ILS NE FAISAIENT QUE RÊVER

De la même auteure

Le Parfum de l'exil, Charleston, 2021 ; Pocket, 2022.

Faites l'expérience de vous-même, First, 2020.

Écoute la petite musique du Clos des Anges, Solar, 2019 ; Pocket, 2020.

Les Petits Soleils de chaque jour, Michel Lafon, 2016 ; Pocket, 2018.

Le prince charmant est infidèle… et la princesse aussi !, Michel Lafon, 2015 ; Michel Lafon Poche, 2018.

Debout les vieux !, Michel Lafon, 2014 ; Pocket, 2015.

Ben hurle !, Anne Carrière, 2009.

Les Pays sans adultes, Anne Carrière, 2008 ; Le Livre de poche, 2010.

Lucine, Bernard Pascuito Éditeur, 2007 ; Le Livre de poche, 2011, 2015 ; prix Henri-Verneuil.

Site de l'auteure : www.ondinekhayat.com

10, place des Cinq-Martyrs-du-Lycée-Buffon
75015 Paris – France
www.editionscharleston.fr

ISBN : 978-2-36812-811-4

Maquette : Patrick Leleux PAO

Ondine Khayat

ILS NE FAISAIENT QUE RÊVER

Roman

CHARLESTON

« Quelqu'un qui ne laisse pas
la réalité déranger ses rêves est un sage. »
Christiane Singer, *La Mort viennoise,* Albin Michel, 1978

« La terre se couvre d'une nouvelle race d'hommes à la fois instruits et analphabètes, maîtrisant les ordinateurs et ne comprenant plus rien aux âmes, oubliant même ce qu'un tel mot a pu jadis désigner. […] »
Christian Bobin, *Ressusciter,* Gallimard, 2001

Pour tous ceux qui rêvent

PROLOGUE

PLUS RIEN NE SERA JAMAIS COMME AVANT. C'est allé trop loin, nous ne pourrons pas revenir en arrière. Je ne les laisserai plus nous briser et nous rendre captifs.

Je sais quand tout cela a commencé. Je sais comment tout cela a commencé.

Je ne serai plus jamais la même. Ce que j'ai affronté m'a métamorphosée. Je n'ai plus de larmes, je les ai laissées couler jusqu'à ce que leur flot se tarisse. Il y a quelque temps encore, j'étais comme vous. Je ne réalisais pas à quel point ils sont puissants. Aujourd'hui, j'en suis consciente. Ils veulent prendre tout ce que nous sommes, tout ce qui nous constitue, pour faire de nous des esclaves dociles, des sans-âmes. Même si nous ne nous rencontrons jamais, j'ai besoin de savoir que vous non plus, vous ne vous laisserez pas faire. Que partout, où que vous soyez, vous résisterez, que vous vous accrocherez coûte que coûte à vos rêves et que vous vous battrez pour qu'ils deviennent réalité.

Ne me dites surtout pas qu'ils ne sont pas dangereux, ne me dites surtout pas qu'il ne faut pas en avoir peur. Ils sont partout et transforment chacun de nos rêves en cauchemar.

Désormais, vous ne pourrez plus prétendre que vous ne savez pas.

1

Il était 14 heures, ce samedi 22 avril, lorsque la foule se mit en marche. Une vague impressionnante déferla dans les rues de Paris. Thalie chercha un élastique dans la poche de son jean et releva ses longs cheveux châtain clair en queue-de-cheval. Elle s'agaça de sa frange qui lui tombait sur les yeux et secoua la tête pour la disperser. Concentrée, elle s'imprégna de l'atmosphère électrique qui se dégageait du cortège et se faufila entre les manifestants, son Leica à la main. Elle photographia sans relâche l'enthousiasme de cette jeunesse venue crier à la face des puissants qu'il leur fallait agir maintenant. Cela faisait des années que les statistiques publiées dans la presse auraient dû provoquer une prise de conscience. La planète, malade de ses habitants, ne parvenait plus à contenir leur folie. Les signaux d'alerte se multipliaient depuis trop longtemps. Les faits étaient là, précis, glaçants. Les prévisions les plus sombres ne tarderaient plus à se réaliser. Les effets du changement climatique se faisaient déjà sentir avec le risque de voir se multiplier des phénomènes météorologiques extrêmes de plus en plus inquiétants. La seule fonte des glaces ne tarderait pas à provoquer une hausse dévastatrice du niveau des océans, certaines régions en faisaient déjà les frais. Les experts s'attendaient à ce que la température mondiale moyenne batte un nouveau record d'ici 2030. Trop longtemps ignorées, voire discréditées par de prétendus scientifiques habitués des plateaux télévisés, leurs prédictions se trouvaient confirmées. Chacun s'arrangeait comme il le pouvait avec la réalité devant laquelle il était placé. Et cette réalité rappelait à tous que chaque acte avait des conséquences. La loi universelle de causalité s'appliquait implacablement, la menace qui pesait ne pouvait désormais plus être ignorée, quelque chose devait se produire. Les avis sur ce « quelque chose » divergeaient. Certains prophétisaient la fin du monde, d'autres la fin d'un monde, la décroissance, le capitalisme responsable… La cacophonie mondiale bruissait tel un essaim d'abeilles dont les piqûres ne tarderaient pas à se révéler mortelles. La jeunesse ne supportait plus de voir son avenir hypothéqué par l'avidité d'une minorité. Les rassemblements se multipliaient depuis plusieurs mois aux États-Unis, en Thaïlande, en Afrique du Sud, en Angleterre, en Ouganda, en Israël, en Russie et dans tous les pays européens, pour secouer l'establishment, et converger vers ce 22 avril, journée mondiale de la Terre. C'était le point d'orgue de ces mouvements fleurissant sur le désir fiévreux d'une jeunesse qui exigeait de reprendre en main son destin, de plus en plus consciente de la défaillance de ses aînés.

Il faisait chaud ce samedi d'avril, le soleil brûlait l'asphalte. Les caméras suivaient ce flot humain aux tee-shirts colorés, comme autant de taches claires écloses sur le bitume. De la musique, mélange de reggae et de techno, s'échappait du cortège. Sur les nombreuses pancartes, des dessins, des slogans, de l'espoir. La foule s'immobilisa devant l'estrade dressée sous la tour Eiffel. Sur un grand panneau scintillait en lettres majuscules : POUR UN MONDE MEILLEUR.

Thalie s'éloigna de la foule et rejoignit son amie, la jeune militante indienne Alisha, vêtue d'un sari rose éclatant, qui patientait à l'arrière de la scène, dans une attitude de recueillement. Thalie fut une nouvelle fois frappée par la beauté de son visage aux traits délicats, de sa peau ambrée, de ses yeux noirs bordés de cils épais.

— Tout va bien ? lui demanda Thalie.

— Oui, je suis juste un peu anxieuse.

— Il y a vraiment beaucoup de monde, sans vouloir te mettre encore plus la pression !

Elles éclatèrent de rire.

— Regarde, dit Alisha à son amie en désignant le flot humain qui leur faisait face. Nous pouvons changer les choses, cette fois, c'est certain. Ils ne pourront plus nous ignorer.

— Tu te souviens de notre promesse ? murmura Thalie

*

Bénarès, Inde, vingt ans plus tôt

Deux petites filles de neuf ans en uniforme, jupe bleu marine et chemisette bleu ciel, étaient assises à leur table d'écolière. Pendant que la maîtresse écrivait sur un tableau noir, elles *se firent un signe de la main. La cloche sonna, indiquant la fin de la classe. Les enfants s'éparpillèrent dans les couloirs, se précipitèrent dans la cour et franchirent la lourde porte en fer forgé. Les deux fillettes s'élancèrent dans les rues, leur cartable sur le dos. Elles empruntèrent un dédale de ruelles, évitant les mobylettes qui slalomaient en klaxonnant et les rickshaws qui se faufilaient partout, puis s'arrêtèrent dans une échoppe pour boire un lassi dans une coupelle en terre cuite. Les deux amies poursuivirent ensuite leur route au milieu de la cacophonie de la ville et parvinrent enfin sur les rives du Gange, le fleuve sacré indien, qui s'étend sur plus de 2 500 kilomètres. Le soleil de la fin d'après-midi parsemait la masse d'eau d'éclats de braise. Alisha et Thalie observaient la vie du fleuve : des sadhus* faisaient leurs ablutions et leurs incantations, des femmes s'y baignaient pour se purifier, d'autres venaient chercher de l'eau, avant de repartir dans leur village chargées de bidons remplis du liquide divin, des brahmanes faisaient la Puja, la prière sacrée. Fascinées, les deux fillettes s'absorbèrent dans leur contemplation. L'intensité qui se dégageait du fleuve, les mélopées lancinantes, les couleurs vives… Elles avaient le plus grand mal à s'arracher à cette vision hypnotique. Un cortège funéraire arriva à leur hauteur et se dirigea vers de grands tas de bois. Thalie fixa le corps, enveloppé d'un linceul blanc, que des hommes déposèrent sur le bûcher avant d'y mettre le feu. Alisha prit son amie par la main et l'entraîna à sa suite. Elles s'élancèrent en courant pour trouver un peu de calme. Quelques minutes plus tard, une odeur pestilentielle stoppa net leur élan. Elles découvrirent, horrifiées, des monceaux de sacs-poubelle, de vieux morceaux de bois et de la mousse nauséabonde à la surface du fleuve. Soudain, Thalie tendit*

* Personnes, en Inde, qui se consacrent à la libération de l'illusion et à l'arrêt du cycle des renaissances.

le bras pour désigner à son amie le corps d'un homme flottant au milieu des ordures. Elles se penchèrent pour vomir et se redressèrent, le visage baigné de larmes. En effectuant quelques mètres de plus, elles découvrirent un liquide noir pestilentiel qui se déversait avec un débit inquiétant dans le fleuve.

— D'où ça vient ? murmura Thalie.

— Aucune idée, répondit Alisha.

— Tu crois que ton père saurait ?

— Peut-être, oui.

Les deux fillettes rebroussèrent chemin et rentrèrent en hâte chez Alisha. Elles gravirent quatre à quatre les marches de l'escalier qui menait au bureau du père de la jeune Indienne.

— Le liquide noir que vous avez vu vient de Novarlife, leur répondit-il.

— De qui ? le questionna Thalie.

— De Novarlife, un laboratoire pharmaceutique en tête de liste des pollueurs.

Le père d'Alisha alla chercher une carte et leur indiqua un emplacement.

— Le Gange est une simple rivière de montagne qu'on appelle Bhagirathi et qui prend sa source ici, dans les replis de l'Himalaya, leur expliqua-t-il. Entre le barrage de Tehri situé 140 kilomètres en aval, et le golfe du Bengale, les rejets toxiques de 760 usines « très polluantes » s'y déversent.*

— Qu'est-ce que ces usines fabriquent ? lui demanda Thalie.

— De la pâte à papier, des vêtements, du sucre, de l'alcool, des médicaments... Trois milliards de litres d'eaux usées se jettent chaque jour dans le fleuve, ce qui représente un taux de pollution 3 000 fois supérieur aux recommandations de l'Organisation Mondiale de la Santé...

* Selon l'Autorité nationale du bassin du Gange (NGRBA), l'organisme gouvernemental en charge de sa protection depuis 2009.

En ce jour de juin, deux petites filles se firent une promesse : désormais, elles uniront leurs forces et feront tout pour changer le monde.

*

Alisha serra la main de Thalie pour se donner du courage, puis s'avança vers le micro. Ses cheveux bleutés de noir descendaient jusqu'à sa taille, son sari rose ajoutait à son incandescence. Son apparition suscita instantanément au sein de la foule des applaudissements, des cris, des sifflements. Thalie, sur la gauche de la scène, s'approcha le plus près possible, ajusta son objectif et mitrailla son amie, qui prit le temps de respirer, s'imprégnant de la foule pour communier avec elle. Thalie fit un focus sur son visage aux traits fins, capturant au passage son regard tourné vers le ciel, dans une imploration silencieuse. Elle semblait habitée, engagée corps et âme dans sa lutte. Sa main gracile se posa sur le micro, Thalie saisit cet instant au vol. La voix d'Alisha, pure, puissante et claire s'éleva.

— Vous, les gouvernements, vous les puissants, entendez notre message. Il est clair et simple : nous ne voulons pas du monde que vous nous proposez, nous ne voulons pas du sacrifice de notre jeunesse sur l'autel de vos profits, scanda-t-elle. Nous craignons ce à quoi ressemblera le futur de l'humanité. Aujourd'hui, des études nous montrent que près de 60 % des jeunes souffrent d'éco-anxiété*[1]. Vous avez détruit 50 % de la vie sauvage, et notre extinction collective est une issue possible, vous le savez. Nous sommes préoccupés

* Les notes numérotées sont à retrouver en fin d'ouvrage, dans la partie Références (p. 309).

par l'avenir, car aucune civilisation ne peut continuer à vivre lorsque de tels déséquilibres existent. Nous ne sommes plus au stade de l'urgence, nous l'avons dépassé depuis longtemps. Une extinction de masse se prépare, vous en êtes les initiateurs et les complices. Vous faites semblant d'agir, vous nous bercez d'illusions pour endormir nos ardeurs, vous brandissez la peur pour contenir nos idéaux, vous tentez de domestiquer nos fougues. Cette planète est notre maison, nous y vivons, nous y habitons, nous y rêvons. Nous refusons de vous laisser décider pour nous, alors que vous avez failli. Honte à vous !

— Honte à vous ! répéta plusieurs fois la foule galvanisée.

Une décharge d'adrénaline se répercuta dans le corps de Thalie, fascinée par l'énergie et la beauté de son amie. Ensemble, elles avaient préparé avec soin son discours, y mettant tout leur cœur, en lien avec d'autres militants qui prenaient la parole au même moment, dans différentes capitales du monde. La nappe de jeunes grandissait, débordait, repoussant les assauts des forces de l'ordre qui tentaient tant bien que mal de la contenir dans l'enclos dédié. Les mots prononcés par Alisha galvanisaient cette jeunesse militante, qui réclamait des actes. Thalie s'éloigna de la scène et mitrailla les alentours, consciente d'assister à un réveil citoyen sans précédent. Les écrans géants, placés de chaque côté de la scène, diffusaient les images des cortèges de jeunes dans le monde entier. Les horaires de mobilisation avaient été choisis en fonction du décalage horaire. Certains rassemblements se chevaucheraient, d'autres, comme celui de New York, avaient lieu au même instant. Des citoyens engagés s'exprimaient dans toutes les langues. Ils partageaient le désir et le besoin urgent de vivre dans un monde meilleur, quelles que soient leur nationalité, leur religion, leur culture, leur couleur de peau. Alisha poursuivit sa harangue, les yeux brillants, les joues en feu, échangeant de temps à autre un regard complice avec Thalie, qui prenait des photos sans s'arrêter, jouant des contrastes, des angles, totalement absorbée par ce qu'elle vivait. Aucune d'elles ne s'attendait à ressentir une telle exaltation.

— Lorsque l'écologie est devenue tendance, poursuivit la jeune Indienne, vous vous êtes targués d'être verts. C'est nous qui sommes verts ! Verts de rage devant votre couardise. Rouge de honte face à vos stratagèmes. Noirs de colère de supporter vos mensonges. Vos politiques sont inexistantes, vos actions stériles. Vous répétez que vous êtes à la tâche, mais quel espoir concret offrez-vous à notre génération ? Nous sommes à un tournant de l'Histoire. Si nous ne provoquons pas des changements maintenant, le monde tel que nous le connaissons et l'aimons pourrait disparaître à jamais. Nous n'avons plus de temps. Nous attendons que vous réagissiez et que vous fixiez un nouvel objectif pour la biodiversité, pour la vie. Vos actions sont insuffisantes, vous mettez des sparadraps sur des plaies ouvertes, tout cela est dérisoire et n'a que trop duré. Nous ne voulons plus être la majorité sacrifiée qui permet à une minorité d'amasser toujours plus de richesses.

La foule applaudit avec enthousiasme. Chaque mot d'Alisha était pesé, efficace, précis.

— N'avez-vous donc aucune empathie ? Aucune conscience ? Comment pouvez-vous dormir sur vos deux oreilles quand des populations entières s'apprêtent à quitter leur foyer, à être chassées de leurs terres, privées des conditions de vie les plus élémentaires, celles mises en avant par vos fameux droits de l'homme ?

Est-ce donc cela que vous voulez ? Vous savez que des conflits de grande envergure se préparent. Pourtant nombre d'entre vous continuent à nier le lien entre le changement climatique et les mouvements migratoires massifs, les conflits sociaux, les guerres, la famine et les violations des droits humains. Nous tous, réunis dans le monde entier, nous nous battons pour la vie. Pour que chaque être vivant trouve sa place et que plus personne ne soit ignoré, oublié, floué, humilié. Nous sommes une seule nation : la nation monde. Nous sommes un seul peuple, le peuple humain.

Une incroyable ferveur s'empara de cette jeunesse pleine de vie et d'énergie. Il y avait de l'électricité dans l'air. Thalie poursuivait son travail, capturant ces instants de vie. Les banderoles à la gloire de la Terre, les couples enlacés, les rires des enfants, les baisers, les larmes d'émotion, les yeux brillants, les poings levés, les jeunes venus de partout, fédérés par un idéal commun, les éclats de rêve. Alisha souriait à la foule, galvanisée par l'onde de choc de ses mots. Thalie braqua son objectif sur elle et saisit le regard de la jeune femme. Rétrospectivement, elle se demanda si son amie avait pris à cet instant la mesure de ce qui se tramait.

— Vous les gouvernements, ajouta-t-elle, vous les puissants, nous ne sommes pas ici pour vous supplier. Nous sommes ici pour vous prévenir que l'heure du changement a sonné. Bien des gens, dans ce monde, essaient de nous diviser, mais malgré nos différences, nous portons dans nos cœurs les mêmes valeurs. Nous voulons que nos rêves deviennent réalité pour que ce monde soit meilleur, pour nous et pour les générations à venir. Et ça commence maintenant.

À peine eut-elle achevé sa phrase, qu'un étrange sifflement retentit. Le temps se figea un court instant, suivi par plusieurs déflagrations. Un sari rose s'éleva dans le ciel comme une brassée de fleurs éclatées... Thalie fut projetée en arrière et s'écroula quelques mètres plus loin. Le temps sembla se fragmenter. Lorsqu'elle reprit conscience, les hurlements de la foule la glacèrent. La marée humaine cherchait à fuir, contenant avec peine son roulis. Thalie toucha son front, du sang coulait sur sa tempe. La panique la submergea.

— Alisha, nooooon !

Thalie se rua aussi vite que possible vers ce qui était encore, quelques minutes plus tôt, la scène sur laquelle s'exprimait son amie. Il n'en restait rien. Désespérée, Thalie regarda autour d'elle et vit un monceau de tôle, de débris, de corps... Elle hurla et se raccrocha à la lanière de son appareil photo, autour de son cou. Elle eut soudain peur que l'explosion l'ait endommagé, qu'il ne reste plus rien des instants qui avaient précédé, immortalisés et stockés dans la mémoire de son appareil. Il s'enclencha après quelques vaines tentatives. La jeune femme fit quelques pas en chancelant. Des grappes de jeunes, ensanglantés par l'explosion, hébétés, avançaient dans une procession désordonnée. La vision de Thalie se brouilla, la tête lui tournait. En se redressant, elle vit un écran géant qui demeurait presque intact. Éloigné de la scène, il avait échappé aux détonations. Des images des capitales du monde s'y succédaient. L'horreur figea la jeune femme, qui fut parcourue de frissons glacés lorsqu'elle réalisa que des explosions similaires s'étaient produites dans d'autres pays. Les corps qui marchaient dans sa direction entravaient sa progression, elle évita de regarder ceux qui jonchaient le sol. Un indescriptible chaos régnait. Sous le choc, elle mitrailla tout ce qu'elle voyait, le monde plongé dans le noir, sans plus aucune trace de l'enthousiasme et de la ferveur présents quelques secondes plus tôt. Un espoir bâillonné, mutilé, anéanti. Les sirènes de pompiers et de police saturaient l'air. Et cette odeur, acide, métallique, qui s'instillait partout… l'odeur de l'adrénaline, de la peur et du sang. Thalie s'obligea à prendre un maximum de photos. Il lui fallait fixer tout cela. Elle passa la main sur son front, son sang ne cessait de couler.

La jeune journaliste, hébétée, poursuivit tant bien que mal son travail. Les hélicoptères dans le ciel noirci de fumée, les mains jointes en supplique, le flot de larmes sur les joues ensanglantées, les visages figés par l'horreur, les gestes de solidarité, les objets disséminés, la mort partout… Thalie photographiait tout cela de manière compulsive, son corps agissait seul, comme si quelqu'un d'autre avait pris les commandes. Elle se voyait agir, dissociée de la réalité, de toute cette horreur dont une partie d'elle voulait à tout prix la protéger. Les visions insoutenables se succédaient. Sur sa gauche, une jeune fille dont le bras droit avait été arraché, se trouvait en état de choc. L'odeur métallique la transperça à nouveau, il lui fut impossible de se contenir. Thalie vomit, courbée en deux. Une image d'elle et d'Alisha, pliées en deux sur les bords du Gange lui revint en mémoire.

Lorsque ce fut fini, la jeune femme rebroussa chemin, sans parvenir à se souvenir de l'endroit où sa moto était garée. Désorientée, elle s'avança vers l'endroit où s'était tenue la scène. Un éclat rose, sur le sol, attira son attention. Un morceau du sari d'Alisha. Thalie le ramassa, bouleversée, et le glissa dans la poche de son jean. Tout le secteur était désormais bouclé par les forces de l'ordre. Thalie vit s'avancer plusieurs bataillons de CRS et reprit son appareil pour photographier cette procession, les bottes qui martelaient le sol, le flot des casques et des visières. Plusieurs véhicules s'arrêtèrent aux abords de la tour Eiffel, l'armée se déploya. Thalie mitrailla ces soldats habitués à intervenir dans des zones de guerre. Leur équipement et leurs fusils d'assaut, pourtant impressionnants, lui semblèrent dérisoires. La nausée la reprit, il fallait partir. Elle se dirigea vers l'avenue de La Bourdonnais dans un état second. Sa moto, garée en contrebas, était intacte. Elle rangea son appareil photo dans son sac, démarra, s'engagea dans la rue Saint-Dominique et accéléra dès qu'il lui fut possible de le faire, concentrée sur le ruban de bitume.

Une quinzaine de minutes plus tard, elle stoppa sa moto boulevard Haussmann, devant un bel immeuble, siège du journal *FreeMedia* pour lequel elle travaillait. Thalie fonça, badge à la main, vers les portiques de sécurité sans retirer son casque. Dans le hall, les portes de l'un des ascenseurs venaient de s'ouvrir, elle s'y engouffra et arriva au cinquième étage. La nouvelle des explosions s'était répandue, de même que celle de la mort d'Alisha. L'effervescence régnait. Thalie pénétra dans le bureau d'Antoine Legrand, son rédacteur en chef, qui se précipita vers elle.

— Dieu merci, tu es vivante ! On t'a laissé plusieurs messages.

Les informations parvenaient avec peine jusqu'à Thalie, qui posa son portable sur la table. Les nombreux messages et appels reçus s'accumulaient. Plusieurs émanaient de son père, d'autres d'Arthur, son ami le plus proche.

— Ça va, Thalie ? lui demanda Antoine.

Elle ne répondit pas.

— Enlève ton casque, lui dit-il.

La jeune femme demeurait figée, sans réaction. Il s'approcha d'elle et l'aida à le retirer.

— Tu saignes ! s'exclama-t-il. Sonia, vite, apporte-moi la trousse de secours, Thalie est blessée.

Quelques instants plus tard, son assistante fit son entrée, essoufflée, la trousse à la main. Thalie se raidit lorsqu'elle s'avança, une compresse à la main.

— Ne t'inquiète pas, je vais juste désinfecter, lui dit Sonia d'une voix qui se voulait rassurante. C'est fini maintenant.

Qu'est-ce qui était fini ? se demanda Thalie. Il lui semblait au contraire qu'une ère remplie de ténèbres venait de s'ouvrir, sur laquelle elle n'avait plus aucune prise. La terreur qui l'avait saisie ne la lâcherait pas de sitôt, elle le sentait confusément. Comment survivrait-elle à tout cela ?

— Nous sommes sous le choc, lui dit Antoine. Au-delà de tous ces morts, je sais combien Alisha comptait pour toi… Si je peux faire quelque chose…

Thalie fut incapable de répondre. Le chagrin broyait sa poitrine, l'empêchant de respirer. Il ne fallait surtout pas qu'elle pense à Alisha. Antoine et Sonia parlaient, mais les mots qu'ils échangeaient lui parvenaient avec un décalage de plusieurs secondes. Elle surprit le terme « Urgences » et s'obligea à se ressaisir.

— Il faut diffuser les photos, dit-elle à Antoine d'une voix blanche en lui tendant son appareil.

Il le lui prit avec douceur, et le travail commença. Le reportage fut rapidement mis en ligne.

Rose et Esteban, deux journalistes proches de la jeune femme, l'accompagnèrent aux urgences de l'hôpital Cochin. La blessure de son front nécessitait plusieurs points de suture. La nouvelle des explosions qui venaient d'avoir lieu dans plusieurs pays s'était répandue, les gens étaient stupéfaits. Aux urgences, le personnel débordé ne parvenait pas à gérer les blessés qui arrivaient en masse. Ses amis l'aidèrent à se frayer un chemin au milieu du chaos qui régnait, mais Thalie fit demi-tour, incapable de supporter plus longtemps les cris, les sirènes, l'atmosphère électrique, l'agitation. Devant sa réaction, Rose et Esteban la conduisirent finalement chez un médecin, ami d'Antoine, qui la prit en charge et effectua les soins nécessaires à son cabinet. Dissociée de la réalité après le choc des explosions, Thalie se laissait faire sans réagir. Elle faisait tout pour ne pas penser à Alisha. Pourtant, l'image du corps de son amie l'obsédait. Comment survivre à une telle horreur ? Elle l'ignorait.

Sa vie venait tout juste de basculer.

2

THALIE DUT S'Y REPRENDRE À TROIS FOIS avant de se souvenir du code de la porte d'entrée et fut soulagée lorsqu'elle put enfin pénétrer à l'intérieur de son immeuble. Elle avait insisté pour que Rose et Esteban la déposent au coin de la rue, leur sollicitude commençait à l'étouffer. Elle avait besoin d'air. Qu'on la laisse en paix. Les pavés de la cour présentaient des irrégularités qu'elle n'avait pas remarquées jusqu'alors. Leur forme incurvée par endroits était pourtant si visible qu'elle ne voyait désormais plus que cela. Un assemblage de pierres bosselées, disjointes, qui semblaient se tordre et se répandre partout, menaçant de l'engloutir. Prise de vertige, la jeune femme baissa la tête pour se protéger, avant de s'étaler de tout son long par terre. Elle reprit ses esprits en jurant, se remit debout et parvint à traverser la cour en conservant le regard fixé au sol. Elle haletait, sa poitrine se soulevait avec difficulté. Un filet de sueur coula le long de sa colonne vertébrale.

Qu'est-ce qui m'arrive, bon sang ?

Impossible de trouver ses clés dans son sac. La mémoire des dernières heures s'étirait en saccade, l'empêchant de mettre bout à bout ce qui venait de se produire. Ces brusques interruptions formaient des crevasses dans ses souvenirs. Qu'avait-elle fait de ses clés ? Plusieurs minutes s'écoulèrent avant qu'elle ne reprenne ses recherches. La fermeture Éclair de la poche intérieure de son sac glissa, révélant le trousseau. Elle gravit les marches lentement, s'arrêtant à chaque étage. Arrivée au cinquième, elle glissa la clé dans la serrure avec peine. La porte de l'appartement qu'elle partageait avec Alisha s'ouvrit. Une silhouette imposante se tenait dans l'encadrement. Thalie hurla.

— Enfin, te voilà ! J'ai appris, pour Ali… Je savais que vous étiez ensemble, j'étais fou d'inquiétude pour toi. Je t'ai appelée une bonne centaine de fois !

La jeune femme, figée, était incapable de répondre.

— Tu m'as laissé tes clés, Thal, tu te souviens ?

Son ami Arthur, pâle, les traits tirés, l'observait avec inquiétude.

— Je suis venu dès que j'ai su…

Il la guida à l'intérieur de l'appartement et l'observa, soucieux. Le visage blême de Thalie, ses yeux fixes et le pansement qui barrait son front lui donnaient l'air d'un fantôme. Il l'aida à déposer son sac et lui tendit un verre d'eau. Elle se dirigea sans un mot vers la salle de bains. Il l'entendit vomir.

Thalie retira son jean, ses baskets et son tee-shirt maculés de sang, se glissa dans la cabine de douche et laissa l'eau couler sur sa peau en prenant soin de garder les yeux ouverts. Chaque fois qu'elle les fermait, des images d'Alisha et de l'explosion l'assaillaient. Elle frotta sa peau pour enlever l'odeur de la mort, de la peur et du sang et sortit de la salle de bains un long moment après, enveloppée dans son peignoir. Arthur l'attendait dans le salon.

— Tu veux me raconter ? lui demanda-t-il.

— Je ne peux pas.

— Je sais que tu as vécu un enfer, mais tu peux me parler, tu sais…

— Je ne peux pas, je t'assure…

Ses yeux écarquillés effrayèrent son ami.

— Ton père m'a appelé, il n'arrivait pas à te joindre, lui dit-il.

— Qu'est-ce qu'il voulait ? s'écria-t-elle nerveusement.

— Il s'inquiétait pour toi.

— Ce serait bien la première fois.

Arthur ne releva pas. Thalie regardait dans le vide, absente.

— Il faut que tu te reposes, ajouta-t-il.

La perspective des images terrifiantes qui défilaient sous ses paupières lorsqu'elle les fermait, l'horrifia. Il était hors de question de dormir. Les affaires d'Alisha se trouvaient un peu partout dans la pièce. Paris était leur point de chute lorsque les deux amies n'étaient pas en voyage pour mener leur combat.

— Regarde, murmura-t-elle d'une voix blanche. Toute la vie d'Alisha est ici.

— Je sais, répondit Arthur avec douceur.

Le jeune homme sentit à son tour la tristesse et l'horreur le submerger, mais il s'obligea à ne rien montrer. Il ne devait pas penser à Alisha. Pas maintenant.

— Comment vais-je faire, sans elle ? s'écria Thalie.

Le ton de sa voix et l'expression de son visage étaient si désespérés qu'Arthur ne sut quoi répondre.

— Alisha n'aurait pas aimé que tu sois triste, lui dit-il après quelques secondes.

— Je n'y arriverai pas. Elle n'aurait jamais dû mourir ! Elle avait tellement de projets, tellement d'actions à accomplir encore.

Thalie se prit la tête dans les mains.

— Pourquoi est-elle morte, Arthur ?

— Je ne sais pas, Thal...

— Je l'aimais tellement. Comment vais-je faire sans elle ? Elle était comme ma sœur. S'il y a une personne sur Terre qui ne devait pas mourir, c'est elle !

Il fut parcouru de frissons en l'entendant.

— Elle était si importante pour moi, si cruciale dans le combat que nous menions. Les gens l'écoutaient, son charisme était puissant. Moi, je ne possède rien de tout cela. Je suis anonyme, je fais des photos, j'écris des articles pour témoigner, mais je n'ai pas son aura.

La jeune femme garda le silence quelques instants, absorbée dans ses pensées.

— Nous étions si près du but... Tous ces jeunes, présents aujourd'hui dans le monde entier, allaient faire la différence. Ils ne faisaient que rêver, et voulaient que leurs rêves deviennent réalité, tout comme nous. Alisha me le disait souvent, il suffit d'un rien pour que tout bascule, pour obliger les gouvernements à agir. Nous n'avions encore jamais vu une telle mobilisation, tout était prêt pour le changement.

Thalie replia ses genoux et les entoura de ses bras.

— Pourquoi, Arthur ? Pourquoi ? s'écria-t-elle. Je ne pourrai pas continuer sans elle, je ne le supporterai pas.

Arthur lui prit la main, bouleversé par sa détresse. Il se posait la même question que Thalie et ne savait pas lui-même comment surmonter la mort de celle qu'il avait passionnément aimée et qu'il n'avait pas revue depuis leur rupture, deux ans plus tôt. Il se sentait accablé, mais ne voulait surtout pas que Thalie s'en aperçoive.

— Je suis incapable de te répondre, lui dit-il. Je sais juste que je suis inquiet pour toi.

Le ton alarmiste de son ami la désarçonna. La jeune femme fut soudain submergée par une intense fatigue. Son corps tout entier semblait lesté par une masse dense et lourde. Ses yeux se fermèrent, sa tête se pencha vers l'avant. Arthur se leva avec précaution et l'emmena dans sa chambre. Il l'allongea sur son lit, déposa un baiser sur son front. Thalie tourna la tête et entrouvrit les yeux.

— Maman ? murmura-t-elle.

Sa mère était venue à son chevet pour éloigner les monstres, comme quand elle était petite. Son parfum ambré emplissait à nouveau la chambre. Elle se penchait sur elle pour lui murmurer des mots doux, lui dire que tout irait bien, désormais. Thalie s'endormit en murmurant son nom. Arthur resta longtemps à ses côtés et s'assura qu'elle dormait profondément avant de s'éloigner en laissant la porte entrouverte.

Thalie courait à perdre haleine dans une forêt sombre et étouffante. Les branches des arbres griffaient sa peau sur laquelle perlaient de petites gouttes de sang. Une pluie torrentielle s'abattit sur elle, mais elle ne s'arrêta pas et poursuivit sa route, éclaboussée par la boue. Soudain, elle la vit. Son cœur s'accéléra ; elle força l'allure pour parvenir à sa hauteur. La revoir, lui parler, l'étreindre. Elle s'approcha, elle n'était plus qu'à quelques mètres. Pourquoi fuyait-elle ainsi ? Pourquoi ne la reconnaissait-elle pas ?

— Alisha, c'est moi, je suis là ! hurla-t-elle.

Thalie poursuivit sa course folle. Tout à coup, elle sentit sa cheville se tordre, ses jambes se dérobèrent sous elle. Elle s'agrippa à une branche d'arbre et tenta de se relever, mais la douleur l'en empêcha. La silhouette se rapprochait de plus en plus de la falaise abrupte. Thalie parvint à se remettre debout et avança en clopinant. Soudain, tout ralentit. La cadence de la pluie, ses pas qui résonnaient sur les feuillages, la lumière de la lune, l'ombre qui s'enfuyait… Tout semblait avoir un temps de retard. Thalie se rapprochait, elle était de plus en plus près. Elle tendit les bras devant elle ; la silhouette, qui lui tournait le dos, tomba soudain de la falaise. Un sari rose s'écrasa sur les rochers.

— Alisha, nooooon !

Thalie s'éveilla en hurlant. Elle s'obligea à bouger et secoua la tête, comme pour en sortir les images obsédantes qui s'y étaient logées. Une part d'elle demeurait bloquée dans cette forêt sombre, sans qu'elle parvienne à revenir dans sa propre vie. Arthur accourut et la serra contre lui. Des images des attaques fleurissaient dans la mémoire de Thalie : les mains graciles d'Alisha sur le micro, sa voix qui résonnait encore, et ce sifflement… La jeune femme mit ses mains sur ses oreilles pour ne plus l'entendre. Le bruit des explosions, les hurlements, l'odeur métallique du sang et de la peur… la mort partout… Thalie réalisa avec effroi qu'elle ne parvenait pas à contrôler les tremblements qui secouaient son corps.

Un cauchemar. Il ne pouvait s'agir que d'un cauchemar.

3

En atterrissant à l'aéroport international de Lal Bahadur Shastri, situé à dix-huit kilomètres au nord-ouest de Bénarès, Thalie fut submergée par l'émotion. Le cercueil hermétiquement fermé contenant les restes de la dépouille d'Alisha se trouvait dans la soute. Elle avait proposé à Arthur de l'accompagner, mais il avait décliné. Il n'avait pas eu le courage d'avouer à Thalie qu'il était incapable de revenir en Inde sur les traces de celle qu'il ne parvenait pas à oublier. Il lui avait expliqué combien il se sentait coupable de la laisser se rendre seule en Inde, mais Thalie l'avait rassuré. Elle était parfaitement capable de se débrouiller seule. C'est du moins ce qu'elle assurait fermement, même si elle ne s'était jamais sentie aussi seule et vulnérable. Arthur avait été très présent durant les jours cauchemardesques qui avaient suivi l'explosion. La jeune femme repensait en frémissant à l'appel passé aux parents d'Alisha ainsi qu'à ses contacts avec la police scientifique qui avait procédé à la reconnaissance des morceaux de son corps à partir de l'ADN prélevé sur ses longs cheveux noirs si caractéristiques. Thalie avait été contrainte de les prélever sur la brosse à cheveux de son amie. Qui imagine être un jour confronté à cela ?

Après avoir effectué un vol de vingt heures comprenant une escale à Delhi, le temps nécessaire pour régler l'ensemble des formalités administratives sembla à Thalie insupportablement long. Une entreprise s'occupa d'acheminer le cercueil. Lorsqu'elle sortit enfin du terminal après avoir récupéré sa valise, elle fut d'abord soulagée de voir Kunda et Ajay, les parents d'Alisha. Mais en découvrant le désespoir qui se lisait sur leurs visages aux traits tirés, elle se dit qu'elle ne pourrait pas faire face à cette nouvelle épreuve. Elle les serra contre elle en tentant de toutes ses forces de contenir son chagrin. Kunda conserva la main de Thalie dans la sienne durant tout le trajet qui les mena de l'aéroport jusqu'à chez eux.

Une très vive émotion saisit la jeune femme lorsqu'elle pénétra dans la maison. La décoration n'avait pas changé depuis sa dernière visite, elle retrouva l'atmosphère chaleureuse de ce lieu qu'elle aimait depuis toujours. Les murs jaune pâle, les meubles en bois, les banquettes colorées et harmonieuses, les teintures de soie… Thalie voulut se rendre dans la chambre d'Alisha, dans laquelle elles avaient partagé tant de secrets. La jeune Indienne l'occupait lorsqu'elle rentrait de ses nombreux voyages. Sur le mur étaient épinglés plusieurs clichés de la jeune femme, souriante et heureuse. Bouleversée, Thalie les contempla longuement. Une photo du Gange baigné de soleil côtoyait une photo d'elle et d'Alisha à Kâniâkumârî, situé à l'extrémité sud de l'Inde, ainsi que plusieurs autres de leur voyage au Kerala*. Deux autres photos les montraient assises en position du lotus. Le regard de Thalie s'arrêta sur une date, épinglée sur le mur : 7 mars 2006, correspondant à celle du triple attentat revendiqué par le Lashkar-e-Taiba, un groupe islamiste basé au Pakistan, qui avait frappé Bénarès. Une puissante bombe avait tout d'abord explosé dans l'un des temples les plus révérés de l'hindouisme, le temple de Hanuman. Une dizaine de minutes plus tard, une autre explosion avait secoué la gare de la ville. Une troisième s'était produite dans un train de passagers, quelques minutes avant qu'il ne parte pour New Delhi. La police avait également retrouvé deux bombes prêtes à exploser dans un restaurant situé près du principal site de crémation de la ville sur les bords du Gange. Alisha aurait dû se trouver dans le train à destination de New Delhi, mais un retard sur le trajet qui la menait à la gare l'avait empêché de pénétrer à temps dans le wagon. Cet épisode avait profondément marqué la jeune militante ; elle avait décidé d'accrocher sur le mur de sa chambre la date de la deuxième chance que lui avait offerte la vie, renforçant encore son engagement. Thalie passa la main sur la photo ; ce 22 avril, son amie n'avait pas eu de troisième chance. Elle s'allongea sur le lit d'Alisha et pleura sans s'arrêter, pour la première fois depuis son décès. Une main se posa sur son épaule. La mère de son amie s'assit auprès d'elle.

— Je suis désolée… dit Thalie en sanglotant de plus belle.

Kunda la prit dans ses bras. Des larmes silencieuses coulaient sur son visage.

---

* État situé au sud-ouest de l'Inde.

— Je n'arrive pas à y croire, murmura Thalie.

— Moi non plus, répondit Kunda.

Elles pleurèrent en silence. Les deux femmes restèrent ainsi un long moment, unies dans la douleur. Kunda venait de perdre sa fille unique, et malgré sa foi, elle était dévastée par le chagrin. Toutes deux savaient que sans Alisha, le monde ne serait plus jamais le même.

Dans la soirée, Thalie reçut un appel de Rose, son amie journaliste, qui l'informa qu'une réunion entre les chefs d'États et de gouvernements allait avoir lieu, sans qu'il y ait plus d'informations. Assaillie par l'angoisse, Thalie se demanda quelles seraient les conséquences des attentats. Le lendemain, elle laissa Kunda et ses sœurs recouvrir le cercueil d'Alisha d'un linceul blanc, symbole de la pureté de son âme. Tous les membres de la famille assistèrent à la cérémonie et participèrent aux prières, afin d'aider la jeune femme à cheminer vers les niveaux vibratoires supérieurs. La veillée se poursuivit trois jours durant. Thalie déposa une lampe à huile près de la dépouille de son amie. Un brahmane* présida la Puja, la cérémonie funéraire honorant Alisha. Thalie et son amie avaient assisté, petites, à de nombreuses Pujas sur les bords du Gange, fascinées par ces rituels millénaires. Le mantra en sanskrit résonna douloureusement pour Thalie, car il était cette fois prononcé en mémoire de la personne qu'elle aimait le plus au monde, sa sœur de cœur. Une fois les prières achevées, tous les proches se rendirent jusqu'au lieu de la crémation, en scandant des paroles sacrées. Le cercueil fut placé sur un brancard surplombant un bûcher composé d'un tiers de tonne de bois. On le couvrit d'œillets d'Inde, choisis

* Prêtre hindou.

pour leur caractère sacré. Un oncle d'Alisha, vêtu de blanc, alluma le bûcher funéraire. Il s'était rasé le crâne, afin de libérer son septième chakra, situé au sommet du crâne, ouverture par laquelle l'âme est censée s'élever. Le bûcher mit peu de temps pour le réduire en cendres. Les larmes de Thalie, parsemées de poussières, lui brûlaient les yeux. Le chagrin et la fatigue, mêlés au feu et aux prières, la plongèrent dans un état second. Le brasier se consuma, symbolisant l'offrande faite au ciel. À cet instant précis, Thalie aurait tout donné pour se convaincre de la véracité des croyances hindouistes. Elle espérait que l'âme de son amie cheminait vers un niveau vibratoire supérieur. Les cendres furent recueillies et confiées au pouvoir de purification du Gange. En les regardant s'éloigner, Thalie ressentit une déchirure aiguë au plus profond de ses entrailles et se pencha en avant pour contenir sa douleur. Jamais elle n'aurait cru que son amie disparaîtrait ainsi et qu'il lui faudrait un jour vivre sans elle. Leur rencontre avait été un tel soulagement... Enfant unique, déchirée par les disputes incessantes entre ses parents, Thalie avait souffert de solitude toute son enfance. Mais à l'âge de neuf ans, sa vie s'était transformée. Elle avait rencontré Alisha, et ne s'était plus jamais sentie seule.

Lorsque la cérémonie s'acheva, Thalie ressentit le besoin de se recueillir seule. Elle alla marcher sur les ghats* millénaires. De nombreuses offrandes y étaient disposées. Un parfum d'encens flottait dans l'air, mêlé à celui des ordures. La jeune Française s'assit sur une plateforme en béton située près d'un arbre, et observa les rives du fleuve. Des hommes et des femmes faisaient leurs ablutions, recueillant l'eau sacrée entre leurs

* Marches qui descendent vers le fleuve sacré pour les ablutions des hindous.

mains, la laissant s'écouler sur leur front. Face à la masse liquide saturée de couleurs où se côtoyaient avec tant d'intensité beauté et laideur, Thalie réalisa qu'il lui faudrait désormais poursuivre sa vie sans Alisha.

Toutes deux étaient amies depuis leurs neuf ans, restant en lien quel que soit l'endroit du monde où elles se trouvaient. Cette relation représentait pour chacune un socle immuable. La beauté de son amie, son ardeur et sa foi avaient toujours été pour Thalie une source d'inspiration. Où puisait-elle sa force ? Tous ceux qui l'approchaient la ressentaient. Alisha était en quête de vérité, de sens, de beauté. La joie pure qui séjournait dans son cœur impressionnait depuis toujours la jeune Française. Leurs échanges nourris possédaient une incomparable richesse, tous les sujets pouvaient être abordés sans crainte de se sentir jugée. Jamais Thalie n'avait fait l'expérience d'être acceptée de la sorte. Lorsque son amie la regardait, elle l'accueillait dans son entièreté. « Chacun de nos gestes, chacune de nos pensées a une résonance dans l'ordonnance de l'univers », se plaisait à lui répéter Alisha.

Thalie se laissa à nouveau absorber par le fleuve, observant les hommes presque nus dans leur pagne, les grappes de mouettes à la queue des barques de pêcheurs, les éclats dorés du soleil sur les murs des palais en ruines, les touristes qui prenaient des photos, le linge étendu sur les berges comme autant de taches de couleurs vives… Elle s'imprégna de ces moments de communion, où se mêlaient l'odeur de l'encens et celle de la bouse de vache. Fleurs, corps dénudés, détritus, mendiants, singes, moines, sadhus, touristes, cris aigus des enfants, cymbales… Tant d'univers si disparates, réunis à la faveur du fleuve sacré. C'était l'heure de la vie, de la grande vie qui appelle à aller plus haut que le ciel.

« Si nous trouvons la paix en nous-même, nous pourrons lui permettre de se manifester dans le monde », lui répétait Alisha. Thalie savait qu'il lui faudrait encore du temps pour éprouver cette paix intérieure. Son cœur errant, sauvage, était traversé par une envie irrépressible de crier sa rage et sa colère à la face du monde. Alisha avait dédié sa vie aux autres, mettant toute son énergie dans son combat pour un monde meilleur. Elle n'aurait jamais dû mourir. Thalie souhaitait avoir la foi, cette foi simple et ardente dont témoignait son amie, mais la jeune femme percevait au plus profond d'elle-même un incommensurable vide.

Un chant sacré s'éleva ; Thalie tourna la tête vers la droite et vit un homme s'immerger dans le fleuve, les mains levées vers le ciel. La mélodie dépouillée possédait une étrange ferveur. La jeune femme ferma les yeux et, l'espace d'un instant, ressentit une paix totale, comme si toutes les particules de son être se fondaient dans son environnement. Une communion vibrante, un instant suspendu, hors du temps. Puis, la magie cessa et le bruit de la vie reprit, la ramenant dans le tourbillon de ses pensées. Lui serait-il un jour possible d'éprouver durablement cet apaisement ? Alisha lui assurait que oui, qu'elle s'en approchait chaque jour davantage, mais son amie n'était plus là pour l'encourager. Le regard d'Alisha était comme de l'engrais, il l'encourageait à aller vers la lumière. Thalie craignait d'être dorénavant privée de soleil et d'eau, incapable de poursuivre son développement seule. Cette peur irrationnelle lui apparut avec une telle intensité qu'elle en eut le souffle coupé. Elle demeura immobile, assise au bord des ghats, laissant le fleuve charrier son chagrin.

Tout au long de la semaine, Thalie retourna chaque jour sur les ghats, espérant y trouver à nouveau de l'apaisement, en vain. Son séjour touchait à sa fin, Kunda et Ajay insistèrent pour qu'elle reste auprès d'eux quelques jours de plus. Mais la jeune femme se sentait de plus en plus oppressée. Sans la chaleur et le rire d'Alisha, Bénarès lui semblait triste. Elle confirma son billet de retour. Kunda et Ajay la conduisirent à l'aéroport. Au moment de se séparer, ils la serrèrent avec émotion dans leurs bras. Ils savaient qu'ils se reverraient un an plus tard, pour célébrer la transmutation d'Alisha.

— Prie pour elle, Thalie, lui dit Kunda, ça l'aidera dans son voyage.

Thalie acquiesça sans hésitation. Elle était prête à croire n'importe quoi pour alléger son chagrin et permettre à son amie, où qu'elle soit, de se diriger vers la lumière. Lorsque l'avion décolla, la jeune femme regarda par le hublot, le cœur broyé par un chagrin sans larmes, Bénarès devenir de plus en plus petit, puis disparaître entièrement.

De quoi sa vie serait-elle faite, désormais ?

4

PENDANT CE TEMPS-LÀ, Bruxelles, survolée en continu par des hélicoptères, était en état de siège. Les frontières de la Belgique étaient fermées, les forces de l'ordre quadrillaient le secteur et les Bruxellois avaient ordre de rester confinés chez eux. Les journalistes campaient devant le siège de l'OTAN, dont le nouveau bâtiment, achevé en 2017, ressemblait à un ensemble de trains disposés les uns à côté des autres. Dans la salle 1 du siège de l'organisation, les visages fermés des trente chefs d'États et de gouvernements des pays membres de l'OTAN en disaient long sur la gravité de la situation. Le Secrétaire général de l'organisation, le Norvégien Hans Morterberg, vérifia que son micro fonctionnait bien et prit la parole.

— Je vous remercie d'être présents ici aujourd'hui pour cette réunion d'urgence. Nous sommes confrontés à une situation exceptionnelle. Les attaques terroristes qui ont frappé plusieurs de nos pays ont causé à date, d'après les derniers bilans malheureusement provisoires, près de 4 500 morts et 8 300 blessés. La pandémie de la Covid 19 à laquelle nous avons été confrontés récemment nous a beaucoup mobilisés, nous donnant l'illusion d'un terrorisme maîtrisé. Or ce qui vient de se produire nous prouve notre erreur. Les terroristes viennent de nous démontrer qu'ils sont plus que jamais présents et actifs.

Hans Morterberg se tut quelques instants, avant de reprendre la parole.

— L'objectif et la raison d'être de l'OTAN sont de garantir la liberté et la sécurité de chacun de ses pays membres. Nous savons tous ici combien elles sont essentielles à notre bien-être. Les valeurs démocratiques sont au cœur de chacune de nos actions, la coopération et le partage d'informations sont la clé de voûte de notre organisation, nous les mettons en œuvre en nous consultant et en coopérant sur les questions de défense et de sécurité.

Le président français rongeait son frein. Il s'agaçait beaucoup de voir ces fonctionnaires qu'il méprisait prendre de grands airs pour dire ce qu'il convenait de faire. Il avait été élu par son peuple, tout le monde ne pouvait en dire autant. Le suffrage universel lui donnait tous les droits. Il était pressé d'en venir aux faits.

— La menace qui vient de s'abattre sur nos pays et sur nos peuples va s'étendre, poursuivit le Secrétaire général. Jusqu'où iront les terroristes ? Je n'en ai aucune idée à ce stade, mais je ferai tout ce qui est en mon pouvoir pour les stopper. Ils viennent de nous déclarer la guerre, mais n'ont aucune idée des mesures que nous allons prendre contre eux. Des mesures en réponse à leur barbarie, d'une ampleur inédite. J'ai convoqué, dès la fin des attaques, le Comité militaire, et me suis personnellement entretenu avec les chefs d'état-major de la Défense des différents pays membres. J'ai aussi pris l'avis de l'État-major militaire international et de la structure de commandement militaire, à savoir le Commandement allié Opérations et le Commandement allié Transformation.

Un lourd silence accueillit les propos du Secrétaire général.

— Comme vous le savez tous, le principe de défense collective consacré dans l'article 5 de notre Traité est le socle de notre cohésion : « Une attaque contre un seul d'entre nous est considérée comme une attaque contre chacun de nous. » Cet article 5 n'a jusqu'à ce jour été invoqué qu'une seule fois, après les attentats du 11 septembre 2001. Suite aux agressions barbares que nous venons de vivre, cet article s'impose de lui-même. Notre réponse doit être à la hauteur de la violence subie. Rappelons-nous de l'efficacité du Patriot Act lancé à l'époque par le président George Bush. Une liberté accrue du FBI et de l'Agence Nationale de Sécurité américaine pour placer sur écoute et sans mandat n'importe quel citoyen américain, des droits d'investigation étendus, des analyses de données personnelles, des détentions sans procès pour des durées illimitées, telles sont quelques-unes des mesures mises en application. Elles font la preuve de leur efficacité depuis des années. Pourtant, face aux nouvelles circonstances, force est de constater qu'elles ne sont plus suffisantes. Nous devons aller plus loin et changer de paradigme.

— Que proposez-vous ? demanda le président de l'Albanie.

— Suite aux consultations que j'ai menées et au vu de la menace globale qui pèse sur chacun de nos pays, nous avons pris attache avec WorldLink, société de pointe dans le domaine des nanotechnologies appliquées au secteur médical. Comme vous le verrez, ses équipes viennent de mettre en place un procédé révolutionnaire permettant de lutter contre le terrorisme, de l'éradiquer en traitant sa cause première : la violence. Je laisse Monsieur Martin Harris, son président, vous le présenter.

Un homme d'une cinquantaine d'années s'avança vers la table et prit place dans le fauteuil qui lui était réservé. Quelques mèches de cheveux gris parsemaient sa belle chevelure châtain. Très élégant, il portait un costume anthracite, une cravate bleue et des chaussures en cuir italien. Il prit le temps de regarder les chefs d'États et de gouvernements auxquels il s'apprêtait à s'adresser. L'enjeu était de taille.

— Mesdames et messieurs, je vous remercie de me permettre de m'exprimer devant vous aujourd'hui. Je mesure l'honneur qui m'est fait. Comme certains d'entre vous le savent, l'entreprise que je dirige, WorldLink, est connue pour être l'un des leaders dans le domaine des nanotechnologies et ses applications directes dans le traitement de certaines maladies. Elle est présente dans une vingtaine de pays.

Tous l'écoutaient avec attention.

— L'un des départements que nous développons, poursuivit-il, concerne les recherches sur les comportements humains, particulièrement sur les états émotionnels. Notre programme phare, développé dans le plus grand secret, concerne la gestion et la maîtrise des émotions en synergie avec les découvertes de pointe en neurosciences. Il se trouve que le sujet majeur qui nous occupe dans ce département est précisément celui de la violence et de ses conséquences. Quels sont les processus qui l'activent ? Où se loge-t-elle dans le cerveau ? Et surtout, comment la stopper.

Martin Harris fit une pause, conscient d'avoir suscité l'intérêt de son auditoire.

— L'agressivité est un comportement présent dans l'espèce humaine depuis son apparition sur Terre, poursuivit-il. L'être humain a en effet d'abord dû s'adapter à des conditions de vie difficiles, que nous qualifierions aujourd'hui de « stressantes ». La science sait depuis longtemps que l'agressivité est régulée par notre cerveau. Nos recherches ont démontré que cette même agressivité serait mise en place par un groupe de cellules cérébrales rarement étudiées, présentes dans le noyau prémamillaire ventral (PMv) de l'hypothalamus.

Il s'interrompit quelques secondes, le temps de scruter les réactions de son auditoire.

— Nous avons découvert que les souris qui réagissaient le plus agressivement quand un nouveau mâle arrivait dans leur cage avaient des cellules PMv plus actives que les autres. Nous avons alors décidé de stimuler ces dernières grâce à l'optogénétique.

— De quoi s'agit-il ? interrogea le président français.

Martin Harris but une gorgée d'eau, avant de poursuivre.

— D'une technologie permettant de rendre des neurones sensibles à la lumière en combinant la génétique et l'optique. Et les résultats sont intéressants. Nous avons réussi à provoquer de l'agressivité chez les souris dans des situations où elles n'attaquent pas normalement, et en inhibant les cellules PMv, nous avons pu interrompre les attaques en cours.

Martin Harris resta silencieux un moment, afin que ces informations techniques soient assimilées par l'auditoire.

— Les comportements agressifs et la violence provoquent des blessures et des traumatismes chez beaucoup de personnes. Tout cela nous permet aujourd'hui de mettre en place des dispositifs pour aider les gens à mieux gérer leur agressivité et les protéger de la violence des terroristes.

— Peut-être pourriez-vous nous donner un peu plus de détails ? proposa Hans Morterberg à Martin Harris en lui lançant un regard appuyé.

Martin Harris poursuivit.

— Plusieurs noyaux cérébraux, situés notamment dans l'hypothalamus et l'amygdale, ont été associés à un certain type d'agressivité, mais les recherches menées à ce sujet n'ont pas pu expliquer l'agressivité sociale récurrente à laquelle nous sommes sans cesse confrontés. Or c'est celle-ci qui nous préoccupe. Nos études ont démontré que des neurones de ce prémamillaire ventral s'activaient très fortement avant le déclenchement de la violence. Et ce qui nous a particulièrement intéressés est que ces neurones restent actifs jusqu'à deux semaines après l'événement déclencheur de la violence. Ce qui signifie que des réactions agressives en chaîne restent susceptibles de se produire encore et encore, engendrant une surenchère de violence. Que se serait-il passé si nous avions pu stopper les neurones du prémamillaire ventral des terroristes ? La violence est une chaîne que nous pouvons assimiler à une onde. Elle s'active, provoque les déchaînements que nous connaissons, reste opérante, se déclenche à nouveau, exposant d'autres personnes à cette violence, qui s'active à son tour dans leur cerveau et explose ailleurs, et ainsi de suite jusqu'à ce que nous soyons tous ravagés par cette contagion. Nous avons le devoir d'agir vite pour mettre fin à ce déferlement. Aujourd'hui, nous en avons les moyens.

Martin Harris marqua un temps d'arrêt. Les visages concentrés lui confirmèrent qu'il marquait des points.

— Nous avons tout d'abord expérimenté cette technologie sur des souris, des cochons puis des singes. Elle repose sur des nanosondes diffusées par injection dans tout le corps.

— Et comment agissent ces nanosondes ? demanda la présidente islandaise.

— Elles tracent en continu les signaux électriques et électromagnétiques du cerveau, les données relatives à la pression sanguine, à la tension artérielle ainsi qu'aux différents taux d'hormones. Toutes ces informations sont ensuite transmises à une puce de deux millimètres, positionnée sous la peau, qui agit comme un traceur. Cette puce consolide l'ensemble des signaux reçus et transmet alors cette vision synthétique à un récepteur externe.

— Que faites-vous de cette masse d'informations ? questionna le président danois.

— Elle nous permet de détecter l'humeur des animaux, mais surtout de prédire leurs émotions. Nous avons donc pu catégoriser les animaux en fonction de la probabilité qu'ils avaient de déclencher des actes de violence. Ces résultats se basent sur des entrepôts de données appelés Data Lake, que les process d'Intelligence Artificielle que nous avons mis au point analysent en continu.

— À ce jour, vous avez donc procédé à des tests concluants sur des animaux ? interrogea le Premier ministre britannique.

Martin Harris prit son temps pour répondre. Il savait que ce qu'il s'apprêtait à révéler à son auditoire ne manquerait pas de provoquer des remous.

— À vrai dire, après avoir testé avec succès son procédé sur des animaux, WorldLink a reçu l'autorisation de le tester sur des êtres humains.

Il y eut des murmures et des éclats de voix dans la salle. Tous savaient que ces autorisations étaient particulièrement difficiles à obtenir, surtout dans les domaines d'action de WorldLink. Martin Harris attendit que le calme revienne pour poursuivre.

— Pour être plus précis, nous avons démarré nos expérimentations après le 11 septembre 2001. La première phase expérimentale a été menée dans le plus grand secret au camp de Guantanamo, puis dans divers milieux carcéraux. Notre technologie est totalement inoffensive et parfaitement assimilée par le corps humain. Les prisonniers de ces camps sont suivis médicalement depuis près de vingt ans, aucune séquelle n'a été décelée.

Les membres de l'organisation, à l'exception du président américain, étaient stupéfaits et exprimèrent avec force leur désaccord et leur mécontentement. Personne n'avait jugé opportun de les tenir au courant d'une expérimentation de cette ampleur. L'effet de surprise était total. Martin Harris savourait sa victoire. Le président polonais intervint.

— Vous êtes en train de nous dire que vous êtes capable de faire baisser le taux de criminalité ?

— Absolument. Nous avons développé un procédé inédit que nous avons fait breveter, et qui permet de suivre en temps réel, je dis bien en temps réel, tous les signaux impliqués dans le déclenchement de la violence. Aucune des variations cérébrales et hormonales indiquant un basculement vers la violence n'échappe à notre technologie.

Le président du Conseil italien intervint.

— Avec cette technologie, vous êtes capables de prédire si quelqu'un va passer à l'acte ?

— Grâce à la masse d'informations collectées depuis des années, nous avons mis au point des modèles prédictifs qui nous permettent d'identifier en temps réel qui va passer à l'acte.

— Et que se passe-t-il ensuite ? l'interrogea le Premier ministre belge.

— Ensuite, les services de sécurité de vos pays peuvent arrêter les suspects s'ils le jugent nécessaire, et donc endiguer la violence et le terrorisme.

L'échange se poursuivit durant plus de deux heures. Ce que proposait le président de WorldLink aux trente pays membres de l'OTAN était inédit, radical. Les regards que s'échangèrent les présidents et chefs de gouvernements présents en disaient long sur la responsabilité qu'ils s'apprêtaient à prendre.

5

LE PLAISIR, INTENSE, se répandit dans tout le corps de Thalie, lui permettant d'anesthésier l'insupportable douleur ressentie depuis le décès d'Alisha. Elle se laissa embrasser avec fougue et mordit les lèvres de son amant. Excité, Édouard la plaqua contre le mur avec plus de force encore. Accrochée à lui, elle planta ses yeux verts dans les siens, le provoquant du regard, trouvant dans ce combat un exutoire. Il la porta jusqu'à la table. Le bois cogna contre le dos de la jeune femme qui soupira. Elle s'immergea tout entière dans le plaisir brut qu'il lui procurait. Soudain, elle le repoussa et courut jusqu'à la chambre. Se sentir une proie. Fuir. Elle claqua la porte. Ses pas se rapprochaient. La porte s'ouvrit. Elle était debout sur le lit, nue. Une rage violente, faite de tension et d'adrénaline, déferla en elle, la faisant se ruer sur Édouard qui l'attrapa et l'allongea sur le lit. Ils luttèrent plusieurs secondes avant que son corps ne lâche, qu'elle ne se soumette à lui. Il la pénétra à nouveau. Il était fou de son corps, de sa bouche charnue, de ses longs cheveux sauvages. L'assaut dura longtemps, la pression diminua, ses muscles se détendirent. Édouard lui sourit, c'était toujours merveilleux de coucher avec elle. Il souhaitait plus qu'une relation sexuelle, mais Thalie avait été très claire. Elle avait récemment mis fin à sa dernière relation, il était hors de question qu'elle se remette en couple. Il se demandait pourquoi elle l'avait recontacté, mais savait mieux que personne qu'avec Thalie, mieux valait ne pas se poser trop de questions. Édouard concentra ses pensées sur la courbe de ses seins, il suça ses mamelons, la faisant gémir.

Une sonnerie résonna dans la chambre.

— Merde ! lâcha Thalie.

— Quoi ? Que se passe-t-il ?

— Je dois y aller.

— Tu plaisantes ?

Elle le repoussa et se leva pour prendre son portable en se sentant coupable d'avoir oublié ce rendez-vous annuel. La jeune femme fila ensuite dans la salle de bains, agacée de voir entrer Édouard quelques minutes plus tard. Il se glissa dans la douche et se colla contre son dos. Le regard sombre qu'elle lui lança n'eut aucun effet sur ses ardeurs. Il ne comprenait pas que Thalie avait déjà la tête ailleurs et que ses caresses la laissaient dorénavant de marbre. Lorsqu'il le réalisa, il sortit de la douche sans un mot, se rhabilla rapidement dans la chambre et partit en claquant la porte. Thalie, soulagée, enfila un jean et un tee-shirt, chaussa ses baskets, mit son blouson et sortit en trombe.

Elle s'engagea sur la route départementale D180A, sa moto avalait le bitume à vive allure. La jeune femme roulait trop rapidement, mais ne ralentit pas. La vitesse la grisait, lui permettant de fuir le réel. Soudain, il y eut un voile noir devant ses yeux. La moto fit une embardée que la voiture, sur sa droite, parvint à éviter de justesse. Thalie s'obligea à se concentrer sur la route qui semblait se lézarder. La jeune femme, prise de vertige, eut la sensation qu'elle allait être engloutie. La panique la gagna. Sa tête prit les commandes, elle se gara sur la droite de la route et retira son casque, sans comprendre ce qui lui arrivait. Son rythme cardiaque était trop élevé, sa gorge nouée, son plexus tordu sous l'effet d'une violente angoisse.

Une dizaine de minutes plus tard, Thalie reprit la route en direction de Saint-Cloud. La jeune femme roulait dorénavant doucement, craignant qu'une nouvelle crise ne la surprenne. Une fois dans la ville, elle gara sa moto face au cimetière et y pénétra. L'endroit était désert. Elle fit une pause devant le cénotaphe* à la mémoire de Robert Spire. Sur le bas-relief en bronze figurait le Christ, les mains ouvertes, présentant les stigmates du chemin de croix. Sur la droite, une femme agenouillée, les mains jointes en une imploration silencieuse. Thalie avança et passa devant un tombeau recouvert de céramique bleue, orné d'un bas-relief représentant une maison dans un cimetière. Intriguée, la jeune femme lut l'épitaphe qui l'accompagnait : *Mon idée réalisée.* Sa montre indiquait 17 heures, ce qui lui laissait un peu de temps ; son père était toujours en retard. Elle se dirigea vers une tombe anonyme et scruta la magnifique mosaïque. Une femme agenouillée et son fils au pied d'une Pietà. Thalie s'absorba dans sa contemplation.

---

* Tombeau élevé à la mémoire d'un mort et qui ne contient pas son corps.

La tombe de sa mère se trouvait à quelques mètres de là. Plusieurs bouquets de fleurs y étaient disposés, son père y veillait. À quoi bon toutes ces fleurs sur le caveau ? se demanda-t-elle en observant la tombe sans ressentir d'émotion. Comment faire le lien entre sa mère, vivante, solaire, et cette pierre tombale froide, impersonnelle ? Venir ici avait toujours été une contrainte. Les deux personnes qu'elle aimait le plus au monde étaient mortes, désormais. La panique l'envahit à nouveau, elle s'efforça de chasser ses pensées noires. Sa montre indiquait maintenant 17 h 30, son père avait déjà une demi-heure de retard. Quelques minutes plus tard, des pas résonnèrent dans l'allée. Thalie ne se retourna pas. Son père l'entoura de ses bras et déposa un baiser sur ses cheveux.

— Désolé, j'ai dû boucler un dossier en dernière minute.

La jeune femme ne releva pas, l'excuse était toujours la même. La majeure partie de l'activité de Victor Duval, avocat d'affaires international renommé, consistait à voyager et à « boucler » des dossiers. Il désigna le pansement qui lui barrait le front.

— Comment te sens-tu ?

Thalie se raidit. La compassion n'allait pas à son père.

— Bien, merci.

— Je suis désolé pour Alisha…

— Parlons d'autre chose, s'il te plaît.

— J'ai toujours su que ça finirait mal.

Thalie leva les yeux au ciel, excédée.

— Ne commence pas, je t'en prie.

— Je l'avais d'ailleurs alertée à plusieurs reprises.

La jeune femme ne parvint plus à se contenir et se tourna vers son père, folle de rage.

— De quoi parles-tu, au juste, quand tu dis que tu savais que ça finirait mal ? De son engagement en faveur de la planète ? De ses prises de position pour défendre les plus faibles ? Est-ce que tu te rends compte de ce que tu dis ?

— Alisha mettait bien trop de hargne dans ses combats pour espérer vivre longtemps. On ne menace pas impunément les personnes auxquelles elle s'attaquait.

— Tu en sais quelque chose, pas vrai ? Tu les connais bien…

— Je ne sais pas pourquoi tu m'en veux à ce point, Thalie. J'ai peur pour toi depuis que vous vous êtes mis en tête, Alisha et toi, de dénoncer le monde entier. Est-ce que tu veux que je te rappelle le nombre de fois où je suis intervenu pour vous couvrir ?

— On ne t'a jamais rien demandé.

— Ne sois pas ingrate, Thalie. Tu étais bien contente que j'intervienne, l'année dernière, quand vous étiez coincées à la frontière chinoise.

Thalie détourna le regard, agacée. Leur reportage en Chine avait été un fiasco, elle détestait y repenser. Son père avait une fois de plus réussi à la faire sortir de ses gonds. Il l'observa, inquiet.

— Il faut que tu te fasses examiner, dit-il en désignant sa blessure au front.

— Je vais très bien, ne t'en fais pas pour moi.

— Je pars à New York demain, pour quinze jours. Pourquoi ne t'installes-tu pas à la maison pendant mon absence ? Lina t'aime beaucoup, elle s'occupera de toi.

Son père lui proposait de passer les prochains jours dans sa nouvelle maison, avec sa nouvelle compagne, la quinzième sur la liste depuis le décès de sa mère. Devait-elle en rire ou en pleurer ?

— Tu parles d'elle comme si elle pouvait prendre soin de moi. Je te rappelle qu'elle a à peine un an de plus que moi.

Son père ne répondit pas. Malgré la tension qui régnait entre eux, ils arrangèrent ensemble les fleurs sur la tombe et se recueillirent quelques instants. La jeune femme vit son père regarder sa montre. À quoi bon venir ici ? À quoi bon toute cette comédie hypocrite ? Il le lui demandait, elle s'y pliait, mais cette contrainte était de moins en moins supportable. Victor aimait conserver l'image d'une famille parfaite, ça n'avait pourtant jamais été le cas. Qu'est-ce qu'une famille parfaite, d'ailleurs ? Beaucoup d'images de sa mère lui revenaient en mémoire : les larmes qu'elle s'efforçait de dissimuler, les sourires de façade dessinés sur ses lèvres… Tout cela se mêlait aux souvenirs d'Alisha.

Vous me manquez tellement…

— Tu m'as fait promettre juste après la mort de maman de venir sur sa tombe chaque année avec toi, mais je te préviens : c'est la dernière fois que je le fais. Tu n'as jamais été là pour elle de son vivant, de toute façon. C'est à ce moment-là qu'elle avait besoin de toi ! Toute cette mascarade me donne envie de dégueuler.

La gorge de la jeune femme se serra, elle ramassa son casque et s'éloigna.

— Thalie, attends ! s'écria son père en se lançant à sa poursuite.

Il l'attrapa par le bras, et le père et la fille se firent face. La violence qu'il lut dans ses yeux le déstabilisa. Comment pouvait-elle le haïr à ce point ? De guerre lasse, il la laissa partir.

Thalie accéléra l'allure, franchit le portail du cimetière sans se retourner, et enfourcha sa moto. Victor la regarda s'éloigner, impuissant.

Lorsque la jeune femme arriva chez elle, sa colère se changea en une profonde détresse. L'absence d'Alisha la torpilla. Quand Arthur l'appela sur son portable quelques instants plus tard, il sentit tout de suite qu'elle était au plus mal. Thalie lui raconta son échange avec son père.

— Tu te rends compte qu'il m'a proposé de venir vivre chez lui avec Lina pendant qu'il sera à New York ? Il n'est même pas conscient qu'elle n'est avec lui que pour son fric.

— Tu sais comment est ton père, Thal, lui répondit Arthur.

— Je ne le supporte plus, je ne veux plus jamais le voir.

— Je comprends…

— Pourquoi ma mère et Alisha sont mortes ? s'écria-t-elle, des larmes dans la voix. Elles étaient aimantes, lumineuses, elles aidaient les autres, alors que lui s'en fiche pas mal. C'est tellement injuste !

En entendant sa détresse, Arthur n'hésita pas plus longtemps et lui proposa de venir vivre chez lui pendant quelque temps. Thalie commença par refuser. Elle avait besoin d'être seule et elle tenait à son indépendance. Mais en voyant les affaires d'Alisha autour d'elle, elle comprit qu'elle ne pourrait pas supporter longtemps de se retrouver seule dans son appartement. Elle saisit son portable et rappela Arthur.

6

Dès le lendemain, Thalie s'installa chez Arthur. En déposant sa valise dans le salon, elle remarqua tout de suite qu'il y avait eu des changements. Les coussins bleus disposés sur le canapé gris, les livres alignés sur la table basse en bois, le buffet assorti, le tapis... L'appartement était différent, il lui fallut quelques instants pour en comprendre la raison.

— Tu as fait du rangement ?

— Il fallait bien, pas vrai ?

Il lui sourit.

— Tu es désormais ma colocataire. Je t'ai fait de la place.

— J'apprécie beaucoup. Merci

— Tu peux rester ici aussi longtemps que nécessaire.

— On en a déjà parlé. Je m'en irai dès que j'aurai la force de trier les affaires d'Ali.

— Tu n'es pas obligée de le faire.

— Je sais… Et je sais aussi que je ne suis pas la seule à souffrir, lui répondit-elle en le regardant fixement dans les yeux.

Arthur détourna brusquement le regard.

À 20 heures pile, Thalie et Arthur écoutèrent l'allocution du président de la République, diffusée sur toutes les chaînes de télévision. Assis à son bureau, les drapeaux français et européen positionnés sur sa droite, il prit la parole d'un ton solennel, le visage crispé, les yeux fixes.

- Mes chers compatriotes, nous sommes en guerre. Ce samedi 22 avril, la France a été frappée lâchement, dans un acte de guerre froidement exécuté. Les terroristes ont massacré 1 000 de nos concitoyens et en ont blessé 2 300. D'autres nations ont également été touchées, les États-Unis, l'Allemagne, la Grande-Bretagne, l'Espagne, l'Italie… Plusieurs pays portent avec nous le deuil. Aujourd'hui, nous pleurons 1 000 des nôtres. Des jeunes femmes, des jeunes hommes, des enfants, qui incarnaient la vie, la liberté. Ceux qui les ont assassinés l'ont justement fait parce qu'ils symbolisaient la vie, la liberté, la France. Dans ce moment terrible, où nous souffrons collectivement dans nos âmes et dans nos chairs, j'adresse en notre nom à tous nos condoléances, notre compassion, notre sollicitude, notre émotion et notre profond soutien aux familles et aux proches des victimes de ce terrible attentat, parents, frères, sœurs, enfants, amis, conjoints… J'adresse en notre nom à tous notre affection la plus sincère, notre solidarité et notre empathie à celles et ceux qui ont été blessés, marqués dans leur chair, traumatisés au plus profond d'eux-mêmes. Une majorité d'entre eux venaient tout juste de fêter leurs vingt ans, ils étaient les enfants de l'après-11-septembre. Ils grandissaient dans un monde rempli de périls et militaient pour la préservation du climat et des espèces. C'étaient des jeunes engagés pour un monde meilleur. Ils nous appelaient sans relâche, nous les gouvernants, à prendre nos responsabilités. Je veux leur dire : nous vous avons entendus, vos demandes ne resteront pas sans réponse. Je vous fais une promesse : la France sera à vos côtés. Tout sera fait pour identifier, traquer, arrêter et punir les responsables de ces attaques inqualifiables. Les terroristes veulent nous diviser, nous opposer, nous jeter les uns contre les autres, nous manipuler, distiller la haine dans nos sociétés, instiller le doute dans notre démocratie. Je veux vous le dire haut et fort, ils échoueront. Ils ont le culte de la mort, nous avons celui de la vie. La France n'est l'ennemie d'aucun peuple, et quelles que soient les décisions qu'elle prend, elles ont toujours pour but de protéger les plus faibles, jamais de les asservir à une quelconque domination.

Arthur tendit un verre de vin blanc à Thalie, qui le prit sans quitter des yeux l'écran de télévision.

— Il est en train de nous préparer à avaler la couleuvre qu'il va nous annoncer, murmura Arthur.

— Chut, écoute !

Le président poursuivit son allocution.

— Nous sommes en guerre. Nous traversons aujourd'hui l'une des pires périodes de notre histoire, et je pèse mes mots. Certains, parmi vous, n'ont plus confiance dans nos institutions, et doutent de la politique. En tant que président de la République, je vous dois la vérité et je ne vais pas vous la cacher. Nos services de renseignements font état d'une menace d'un niveau encore jamais atteint. D'autres attaques comme celle du 22 avril se préparent ; nous serons frappés à nouveau si nous ne faisons rien. Nous pouvons compter sur nos policiers, nos gendarmes et nos militaires pour nous protéger et sur nos juges, nos services publics, nos personnels de santé admirables de courage et toujours si prompts à porter secours et assistance aux victimes. Nous pouvons compter sur nos institutions démocratiques et sur vous, Françaises et Français, pour faire preuve de vigilance, de résolution, d'humanité, de dignité. Mais la destruction qui vient de nous frapper nous oblige à réagir vite pour endiguer la violence avant qu'elle ne se répande comme un poison. Nous sommes confrontés à un niveau de menace jamais atteint. C'est pourquoi je suis contraint de décréter l'état d'urgence dès demain soir, assorti d'un couvre-feu entre 23 heures et 6 heures du matin. J'ai confié au ministre de l'Intérieur le soin de mettre en place des mesures sécuritaires renforcées qui entreront en vigueur dans quarante-huit heures.

Le président marqua un temps d'arrêt.

— Je passe maintenant la parole au ministre de la Santé, qui va détailler les mesures exceptionnelles que nous allons mettre en place.

— Qu'est-ce que tout ça a à voir avec le ministre de la Santé ? murmura Thalie.

Le ministre Jacques Lamblin s'avança vers le pupitre, le visage tendu.

— Mes chers concitoyens, comme vient de l'expliquer le président de la République, en accord avec le ministre de l'Intérieur, le plan Vigipirate a d'ores et déjà été activé, de même que les écoutes téléphoniques et la pose de nouvelles caméras de surveillance. Les contrôles aux frontières sont renforcés, mais il faut aller plus loin. En concertation avec Interpol et l'OTAN, nous avons décidé, en raison de l'extrême danger auquel nous sommes confrontés, de déployer une nouvelle technologie. Il s'agit, je le répète, d'une mesure inédite que nous sommes contraints de prendre pour vous protéger, au vu du risque majeur que nous encourons. Dans les prochains jours, chacun de vous devra se rendre dans l'un des centres mis en place dans sa ville. Un implant vous sera injecté, pour permettre aux services de renseignements au plus haut niveau de l'État de suivre en temps réel les foyers de violence susceptibles de se déclarer. Il s'agit d'un procédé inédit qui se base sur l'analyse en temps réel des taux d'hormones associés aux passages à l'acte violents. Ce dispositif a été validé par le Conseil d'État, par le Sénat et par le Haut Conseil de Défense et je les en remercie. Cet implant contiendra toutes les informations nécessaires pour vous identifier, et permettra d'assurer votre sécurité. Il est mis en place sur décision collégiale de l'OTAN dans plus de trente pays du monde.

Arthur et Thalie fixaient l'écran, abasourdis.

— Tu as entendu la même chose que moi ?

— C'est hallucinant, répondit le jeune homme, atterré.

Ils reportèrent leur attention sur le discours du président, qui reprit la parole.

— Je vous demande, plus que jamais, de vous unir contre la violence et d'être acteur de ce projet de sécurité participative, ajouta-t-il. Le niveau d'alerte est tel que nous ne pourrons nous en sortir cette fois-ci qu'avec une méthode de détection et d'identification des foyers de violence en amont. Nous devons agir vite et frapper fort pour endiguer la vague dévastatrice qui avance vers nous à nouveau, avec une violence jamais atteinte. L'épreuve nous a tous meurtris, mais elle nous rendra plus fort. Je veux répéter ici ma confiance dans la génération qui vient. L'attaque qui nous a frappés restera dans la mémoire de la jeunesse d'aujourd'hui comme une initiation terrible à la dureté du monde, mais aussi comme une invitation à l'affronter en inventant une nouvelle forme d'engagement. Je sais que cette génération tiendra solidement le flambeau que nous lui transmettons. Et c'est pour cette génération que nous mettons en place aujourd'hui des mesures exceptionnelles tant par leur ampleur que par leur forme. Le drame du 22 avril investit cette jeunesse d'une grande et noble tâche. Le terrorisme demande à être stoppé vite et fort. La liberté, elle, ne demande pas à être vengée, mais à être servie. Je salue cette nouvelle génération, courageuse et résiliente, à l'image des innocents dont nous portons le deuil. Elle saura, j'en suis convaincu, faire preuve de grandeur. Elle vivra, elle vivra pleinement au nom des morts que nous pleurons aujourd'hui. En attendant la mise en place des centres d'injection qui seront déployés dans les jours prochains, je vous demande, pour assurer votre sécurité, de limiter tous vos déplacements, de rester chez vous et, pour celles et ceux qui sont à l'extérieur, de regagner vos domiciles. Je vous demande de suivre les instructions que vous recevrez. Ce vaste plan international est désormais le seul capable d'assurer votre sécurité. Il s'appuie sur votre collaboration. La peur va désormais changer de camp. Vive la République et vive la France !

Thalie et Arthur étaient sidérés.

— Ils vont mesurer nos taux d'hormones ? s'écria Thalie.

— C'est totalement stupide, comme si les terroristes allaient participer à ça !

— Ils vont tout contrôler, en fait, ajouta Thalie, stupéfaite. Nous ne pourrons plus rien faire sans être suivi à la trace. Ça va encore plus loin que ce que fait la Chine.

— De quoi parles-tu ?

— Du système de « crédit social[2] » mis en place par le pouvoir chinois.

Devant l'étonnement du jeune homme, Thalie expliqua plus en détail ce dont il s'agissait.

— Le gouvernement attribue une note aux citoyens en fonction de leur comportement. Cette note est basée sur une collecte d'informations recueillies sur les personnes et les entreprises.

— Des informations sur quoi ?

— Sur leur comportement dans les transports en commun, leur moralité sur les réseaux sociaux, leur respect du code de la route, ce genre de choses. Le cumul de tout cela permet de leur attribuer une note qui évalue leur qualité de citoyen.

— Et que fait le gouvernement de ces notes ? demanda Arthur, stupéfait.

— Il détermine le périmètre des droits des citoyens.

— Tu plaisantes ?

— Absolument pas. Ceux dont la note est trop basse ne peuvent pas postuler à certains emplois, inscrire leurs enfants dans certaines écoles ou même prendre les transports en commun. L'organe de presse du gouvernement chinois, le *Global Times*, a affirmé que onze millions de personnes avaient été empêchées de prendre l'avion et quatre millions et demi de prendre le train.

Arthur écoutait son amie, de plus en plus sidéré.

— En gros, ajouta-t-elle, si tu as un comportement « déviant », selon la définition du gouvernement chinois, tu écopes de sanctions pratiques et de privations qui affectent ta vie de tous les jours. Et certains citoyens sont heureux et fiers d'avoir de bonnes notes.

— Je vois, murmura Arthur. Ils deviennent les bons élèves du gouvernement et vont d'eux-mêmes à l'abattoir... Dis-moi que nous n'en arriverons pas là...

Thalie était sous le choc. Elle ne pouvait croire que tous ses repères, tout ce qui fondait la République et la démocratie, tout ce en quoi elle croyait depuis toujours, avait, en quelques semaines à peine, été balayé. Sur l'écran, le présentateur de la chaîne WorldFM, animait le débat qui suivait l'allocution présidentielle.

— Je trouve la prise de position du président très courageuse, expliqua l'éditorialiste d'un grand quotidien. Ça fait des années que les différents gouvernements annoncent des mesures en demi-teintes, qui ont comme point commun leur totale inefficacité. Si nous voulons plus de sécurité, il nous faut un positionnement fort.

— Pour ma part, la situation me semble un peu floue à ce stade, poursuivit une journaliste politique réputée. On nous demande en somme de faire une confiance aveugle au gouvernement et d'accepter, pour notre bien, d'être suivi à la trace.

— Oui, c'est absolument ça, et après ? rétorqua un politologue médiatique. Après la mort de tant de nos compatriotes et le niveau de menace élevée qui pèse sur notre pays, il me semble que la méfiance n'est plus de mise. Vous préférez qu'il y ait encore plus de morts ?

— Ne soyez pas simpliste et réducteur dans vos propos, répondit la journaliste politique. Ce n'est pas ce que j'ai dit.

— Mais je ne le suis pas, madame. Plusieurs bombes ont explosé, faisant des milliers de morts et de blessés et la menace terroriste est à un niveau encore jamais atteint. Que proposez-vous ? De nous regarder dans le blanc des yeux en attendant que les terroristes frappent à nouveau ?

— Ce n'est pas si binaire. J'aimerais éviter qu'un bon citoyen soit désormais un citoyen qui présente un taux d'hormones homologué, sans aucune possibilité de contestation.

— Que les choses soient claires, répliqua l'éditorialiste. Nos taux d'hormones ne sont pas un problème pour ceux qui n'ont rien à cacher, bien au contraire. C'est même la meilleure manière de se prémunir du danger causé par ceux qui, justement, ont quelque chose à cacher. Sans compter le fait que cette technologie pourra peut-être, à terme, nous protéger de maladies susceptibles d'être détectées à temps et prises en charge. Nous ne sommes qu'au début d'un changement majeur, qui nous permettra de vivre dans un monde meilleur. C'est précisément ce que demandait cette jeunesse dont nous portons le deuil.

Accablée, Thalie prit la télécommande et éteignit la télévision. Quelques semaines auparavant, tout semblait encore possible. Ses rêves et ceux d'Alisha étaient tout près de se réaliser. Et, en un instant, tout avait basculé. La jeune femme ignorait désormais à quoi elle pouvait encore se raccrocher. Un sentiment de découragement intense la submergea. Son premier réflexe fut de tendre la main vers son portable pour appeler Alisha, avant de se raviser en suffoquant.

7

Lorsque Thalie ouvrit les yeux après une nuit peuplée de cauchemars, le ciel parisien prenait une couleur sombre qui ne correspondait en rien à un mois de mai. Les nuages gris s'amoncelaient, laissant présager une nouvelle journée de pluie. La jeune femme s'obligea à sortir de son lit pour se faire un café. Arthur avait laissé un mot en évidence sur la table du salon, pour lui recommander de se reposer et lui indiquer qu'il rentrerait tard. Spécialisé dans les algorithmes et la modélisation numérique, il venait tout juste de commencer un nouveau travail. Thalie découvrait chez son ami un aspect maternel qui la touchait. En regardant par la fenêtre, elle fut soudain prise de vertige. Le rythme de son cœur s'accéléra. Tout devint noir, son corps semblait flotter, la réalité était lointaine, imperceptible. Des détonations et des cris résonnèrent dans sa mémoire, la ramenant inexorablement là où elle ne voulait surtout pas être. Et cette odeur métallique, à nouveau… Thalie tenta de se raccrocher à la table de la cuisine, mais ne put se retenir et s'effondra sur le sol, prostrée, haletante. Les événements du 22 avril défilaient dans sa mémoire, sans qu'il lui soit possible d'y mettre un terme. Lorsque ce fut enfin terminé, Thalie, en position fœtale sur le sol de la cuisine, ne put esquisser le moindre geste. Son corps ne répondait plus. Il lui fallut patienter de longues minutes avant de pouvoir se redresser. Elle parvint finalement à se relever et s'obligea à boire un café. Le médecin l'avait arrêtée pour plusieurs semaines, mais la perspective d'une nouvelle journée entre quatre murs la fit frémir. Il lui fallait bouger, agir, c'était vital pour sa survie. Elle prit son sac et sortit en hâte avant qu'un nouveau malaise ne se déclare.

Le regard que lui lança Antoine quand elle pénétra dans son bureau indiquait clairement qu'il n'était pas ravi de la voir.

— Ne me regarde pas comme ça, lui lança Thalie.

— Qu'est-ce que tu es venue faire ici ?

— Je n'en peux plus de ne rien faire.

— Tu devrais être chez toi. Le médecin a dit que c'était la seule solution, après ce qui s'est passé. Tu dois te reposer.

Elle se planta devant lui.

— Je ne tiens plus, Antoine. Si je ne retravaille pas, je vais crever pour de bon, cette fois.

Il l'observa sans savoir quoi répondre. La jeune femme était de loin la meilleure dans son domaine, mais il avait conscience qu'elle venait de traverser une épreuve d'une violence inouïe.

— Je vais retravailler, que tu le veuilles ou non, ajouta-t-elle. Je suis la seule à savoir ce que je ressens, ce qui est bon pour moi. Vous ne pouvez pas comprendre. Ni toi ni ce médecin qui m'a mise en arrêt.

— Tu as été voir la psychothérapeute qu'il t'a recommandée ?

— Non.

— Pourquoi, Thalie ? Tu en as besoin. Ce que tu as vécu est extrêmement traumatisant.

— En quoi aller voir une psy va m'aider ? Elle ne fera pas revenir Alisha, ajouta-t-elle, la voix brisée par le chagrin.

Sa pâleur effraya Antoine.

— Mon travail est toute ma vie, tu le sais bien.

— Je sais, Thalie, mais tu es en arrêt. Il faut que tu récupères.

Antoine soupira avant de reprendre :

— Entendu, j'accepte que tu retravailles, à une condition.

— Laquelle ?

— Que tu consultes cette psy.

Thalie eut un geste d'agacement.

— C'est simple, si tu ne le fais pas, je refuse que tu reviennes avant la fin de ton arrêt.

— Entendu, dit-elle de mauvaise grâce.

— Je ne plaisante pas, Thalie.

— Moi non plus. Moins que jamais.

Le téléphone d'Antoine sonna plusieurs fois, il répondit rapidement à plusieurs SMS.

— Sur quoi veux-tu travailler ? lui demanda-t-il.

— Sur les attentats et tout ce qui se passe en ce moment.

— C'est hors de question.

— Mais pourquoi ?

— Parce que tu n'es même pas censée bosser ! Je veux bien aller contre l'avis du médecin, mais il est hors de question de te laisser te replonger dans toute cette horreur.

La jeune femme eut un mouvement d'humeur.

— Tu ne comprends pas que j'en ai besoin, au contraire ?

— Besoin de quoi ?

— D'exorciser toute cette merde. Arrêtez tous de me regarder comme si j'étais malade ! Je vais très bien.

Elle se passa la main sur le front pour essuyer le filet de sueur qui perlait.

— Ce sont eux, les malades ! hurla-t-elle.

Son regard fiévreux inquiéta Antoine qui ne savait plus quoi penser. La laisser se replonger dans tout cela était-il la solution ? En l'encourageant, ne risquait-il pas de la mettre plus encore en danger ?

— Tu te rends compte de ce qu'il se passe ? poursuivit-elle. Les initiatives citoyennes, l'écologie, la construction d'un monde meilleur, tout ça est stoppé net. Ils vont pouvoir faire de nous ce qu'ils veulent, maintenant.

— Thalie, je crois vraiment que tu dois te reposer. Tu es complètement à bout, je m'inquiète pour toi.

La jeune femme eut un mouvement d'humeur. Il fallait qu'ils arrêtent, tous, de s'inquiéter pour elle.

— Je veux aller sur le terrain, comme je l'ai toujours fait, répliqua-t-elle. Et rapporter ce que je vois, un point c'est tout.

La détermination dans son regard se passait de commentaire. Antoine la connaissait suffisamment pour savoir qu'elle irait jusqu'au bout, quelle que soit sa décision.

— C'est d'accord, lâcha-t-il à contrecœur. Mais j'ajoute une condition supplémentaire.

Thalie leva les yeux au ciel.

— Tu prends rendez-vous dès aujourd'hui avec la psy dont tu as les coordonnées et si tu sens que c'est trop dur, tu arrêtes immédiatement. C'est clair ?

— Très clair, répondit la jeune femme d'une voix monocorde.

— Je ne plaisante pas, Thalie.

— Moi non plus, répondit-elle en plantant son regard dans le sien.

Il la regarda s'éloigner en soupirant, inquiet mais également touché par ce qu'elle tentait de mettre en place pour ne pas sombrer entièrement.

Thalie ne prit pas la peine de repasser chez Arthur. Elle sillonna les rues de Paris à moto pour « prendre la température ». Les Champs-Élysées étaient transformés en centre d'injection géant. La plus belle avenue du monde se trouvait défigurée par des tentes aux chapiteaux blancs devant lesquelles s'agglutinaient des citoyens encore sous le choc de ce que CNN et à sa suite plusieurs médias internationaux n'hésitaient pas à qualifier de « deuxième 11-septembre ». Dans la plupart des villes de France, le gouvernement avait réquisitionné les mairies, les écoles, les stades, les gymnases et certains espaces verts, pour y installer en urgence de grands centres où les citoyens recevaient leur injection. L'ampleur des attaques terroristes avait fait basculer le monde dans une nouvelle ère. L'heure était à l'affolement. L'onde de choc se propageait de part et d'autre du globe, clouant au sol l'espoir et l'utopie. La lutte contre le réchauffement climatique était plus que jamais reléguée au second plan. La peur s'instillait partout. Frappés au cœur sans avoir rien vu venir, les citoyens sombraient dans la terreur. Thalie se déplaça toute la journée dans

Paris pour prendre des photos. Elle se trouvait place du Châtelet lorsque son portable sonna ; Antoine cherchait à la joindre pour la troisième fois. Elle décrocha à contrecœur.

— Je suis sur les quais, tu devrais voir ça, lui dit-elle d'un ton qu'elle voulait enjoué.

— Tu as pris rendez-vous avec la psy, Thalie ?

— Non, pas encore. Je suis en plein boulot, là.

— Très bien. Dans ce cas, je vais le faire pour toi.

Il raccrocha sans lui laisser le temps de répondre. Elle se replongea dans son travail. Quel que soit le quartier, le constat était le même : les centres étaient pris d'assaut. De longues files d'attente s'étiraient sur les trottoirs. Les Français patientaient pour une injection qu'on leur administrait au niveau du poignet. L'implant permettrait à leurs taux d'hormones d'être analysés et détectés en temps réel. C'était le seul moyen d'assurer leur sécurité, le président lui-même en avait fait la promesse. Et il n'était pas le seul : plus d'une trentaine de pays mettaient actuellement en place ces injections, preuve irréfutable de l'efficacité du dispositif.

En fin de journée, Thalie se dirigeait vers son immeuble lorsqu'un SMS d'Antoine lui annonça un rendez-vous, deux jours plus tard, avec la psychothérapeute qui lui avait été conseillée. Elle soupira, agacée, et gara sa moto devant chez elle. Après de longues minutes d'hésitation, Thalie traversa la cour et gravit lentement les cinq étages qui la menèrent jusqu'à son appartement. Le trousseau de clés tremblait dans sa main, elle ouvrit la porte et entra. Elle était de retour chez elle pour la première fois depuis qu'Arthur avait déménagé ses affaires pour l'installer chez lui. Un rai de lumière éclairait le parquet en bois clair du salon.

Ses yeux se posèrent sur *Savitri**, l'un des livres préférés d'Alisha. Elle l'ouvrit au hasard :

« Ô Mort, tu toises un monde qui n'est pas terminé, qui est agressé par toi et dont les routes ne sont pas sûres... Comment le nouveau-né pourrait-il déjà être adulte ? Parce qu'il est enfant, ne grandira-t-il jamais ? Parce qu'il est ignorant, n'apprendra-t-il jamais ? Dans une petite graine fragile se dissimule un arbre immense... »

Thalie soupira et reposa le livre. Elle regarda autour d'elle : l'énergie d'Alisha était perceptible partout. Dans la salle de bains, ses produits de beauté étaient tels qu'elle les avait laissés le matin de l'explosion. La jeune femme ouvrit plusieurs flacons et respira les fragrances de rose, de santal et de patchouli qu'affectionnait la jeune Indienne. Ses crèmes et ses lotions, fabriquées selon les préceptes de la médecine ayurvédique, venaient toutes du Kerala. Alisha les rangeait toujours avec soin sur une étagère de la salle de bains, qui contrastait avec celle de Thalie, sens dessus dessous. Thalie admirait l'ordre de son amie, la trouvant bien plus rigoureuse qu'elle. « C'est simplement une tournure d'esprit, répondait Alisha. Toi, tu es beaucoup plus créative. » Thalie en doutait. Elle attrapa le flacon de parfum d'Alisha et inspira sa fragrance épicée, mélange de cannelle, d'ambre, de poivre et de rose. Il s'agissait d'un parfum singulier, conçu sur mesure par une vieille Indienne, vivant à Bénarès, qui avait connu Alisha bébé. La vieille dame n'avait pas révélé ses secrets de fabrication, mais la fragrance était merveilleuse. Outre ses quatre ingrédients phares, qui lui conféraient une force épicée mêlée de douceur, Thalie percevait autre chose,

---

* Long poème épique (1940) de Sri Aurobindo, philosophe et penseur indien, inspiré d'une ancienne légende védique.

qu'elle n'identifiait pas. Une saveur miellée, chaude, animale. Impossible pourtant de la relier à une odeur connue. Thalie regretta de ne pas avoir pris le temps de passer la voir lors des obsèques d'Alisha, et glissa le flacon dans son sac, ainsi que l'un de ses gels douche, avant de se diriger dans la chambre de son amie. Un foulard rose vif, dans la penderie, attira son attention. Son toucher soyeux la ramena des années en arrière, au temps de l'enfance.

*

Bénarès, Inde, vingt ans plus tôt

Thalie et Alisha marchaient dans les rues de Bhelupura, un quartier situé dans la banlieue sud de Bénarès, et se faufilèrent parmi les barbiers, les réparateurs de parapluie, les vendeurs de fleurs et de lassi, les cireurs de chaussures, les ramasseurs de bouses… À l'intérieur des maisons, des hommes assis travaillaient sur des ouvrages d'où s'échappaient des fils qui ressemblaient à des spaghettis géants.

— Qu'est-ce qu'ils font ? demanda Thalie à son amie.

— Ce sont des tisserands, ils travaillent le fil de soie en se mettant le plus près possible de la lumière du jour. Il y a beaucoup de coupures d'électricité ici.

Thalie les fixait, fasciné par cette ville si différente de Paris. Les deux fillettes poursuivirent leur avancée dans le dédale grouillant des ruelles sombres, étroites et hautes, qui laissaient parfois passer un courant d'air. Alisha entraîna son amie jusqu'à l'échoppe colorée tenue par son père. Sur la devanture, un nom : Puka Silk Factory. Thalie regardait partout, attirée par la multitude des étoffes. Saris, écharpes, pantalons, corsages, robes et autres parures de lit s'habillaient de rose vif, de jaune éclatant, de vert intense, de bleu puissant, d'orange énergisant. Ces couleurs chatoyantes, déclinées en une multitude de nuances, émerveillaient la fillette. Ajay, le père d'Alisha, vint à leur rencontre.

— Namasté, leur dit-il en joignant les deux mains sur sa poitrine.

Les deux fillettes firent de même.

— Comment s'est passée l'école, aujourd'hui ? leur demanda-t-il. Vous avez appris des choses nouvelles ?

Thalie fit la moue.

— Non, je me suis ennuyée…

— Je vais te montrer quelque chose, Thalie, lui dit-il. Choisis une de ces étoffes.

La fillette désigna une écharpe jaune d'or. Ajay prit un briquet qu'il approcha de la frange. Le fil noircit immédiatement, dégageant de la fumée et une odeur de cheveux brûlés.

— Tu sens ?

Thalie acquiesça en fronçant le nez.

— Je vais maintenant faire la même chose avec cette écharpe en coton.

Le père de Thalie approcha la flamme de la frange de la seconde étoffe. Une odeur de papier brûlé se dégagea.

— Tu sens la différence entre les deux odeurs ?

Thalie hocha la tête.

— C'est une technique imparable pour voir si une étoffe est de la pure soie ou du coton. Beaucoup de marchands coupent la soie avec du polyester ou du coton. Ici, nous travaillons la soie pure.

Thalie l'écoutait, fascinée.

— Tu vois tout ça ? dit-il fièrement, en désignant son magasin. C'est mon grand-père qui l'a créé. Il était très pauvre, mais il a beaucoup travaillé. Mon père en a hérité, et maintenant, c'est moi qui suis aux commandes. Notre magasin figure en première position de la liste des vendeurs de soie reconnus par le gouvernement. Regarde.

Il tendit à Thalie une brochure éditée par le gouvernement, dans laquelle la Puka Silk Factory était mentionnée avec le label « government approved ».

— Il n'y a que trois autres enseignes qui bénéficient de cette garantie gouvernementale, ici.

— Qu'est-ce qu'il faut faire pour l'avoir ? demanda la fillette, curieuse.

— Il faut remplir un cahier des charges très strict et déposer 50 000 roupies auprès de l'Office de tourisme.

— À quoi sert cet argent ? l'interrogea Alisha.

— C'est une caution pour rembourser les acheteurs qui se plaindraient d'un produit de mauvaise qualité. Bhelupura est la capitale de la soie, nous en sommes très fiers. Elle fait vivre la plupart des foyers. Les métiers se transmettent de père en fils, comme dans ma famille. Nos saris en soie sont les plus recherchés en Inde et sont également reconnus à travers le monde. Il faut dire que notre soie est admirée partout pour sa délicatesse et fort heureusement, notre savoir-faire a été reconnu en 2009 par un label d'origine géographique spécifique.

— Mon père travaille avec beaucoup de stylistes indiens et étrangers, expliqua Alisha à son amie.

— Ils utilisent notre soie dans leurs créations, surtout la soie jacquard, renchérit son père.

Sur ces mots, il se leva et disparut quelques instants dans le fond du magasin, avant de revenir avec un foulard rose vif qu'il montra à Thalie. La douceur de la soie, le crissement du tissu, les couleurs éblouissantes, la joie de son amie et le regard aimant de Kunda… Un déferlement d'émotions naquit en elle, saturant ses sens de perceptions d'une intensité nouvelle.

La fillette serra le foulard dans sa main et se tourna vers Alisha, les yeux brillants.

— Je me souviendrai toujours de ce moment, toujours ! déclara-t-elle avec fougue.

*

Thalie revint à elle, l'étole serrée contre elle. Des particules d'Alisha semblaient flotter dans l'air. La jeune femme s'arracha à sa rêverie, fit le tour de l'appartement et sortit en refermant la porte. Une fois dehors, elle appela Édouard. Il lui fallait un contact physique. Le jeune homme, échaudé par leur dernier échange, se fit prier, mais Thalie se montra persuasive et il finit par céder. Elle se rendit chez lui, et après quelques brefs échanges, ils firent l'amour. Thalie plongea dans ses sensations physiques pour oublier le réel qui l'angoissait, mais comme à chaque fois, elle ne put s'empêcher de ressentir ensuite un vide immense.

8

Rue de Berri, Thalie parvint à déjouer plusieurs barrages de police édifiés pour contrôler les citoyens et vérifier qu'ils avaient bien effectué leur injection. Ceux qui ne l'avaient pas encore faite étaient priés d'y remédier dans un délai de quarante-huit heures, faute de quoi ils prenaient le risque d'une sanction lors d'un prochain contrôle. L'étau se resserrait, mais Thalie refusait toujours de se soumettre à cette obligation. Le cabinet de Julia Payre était situé au rez-de-chaussée, sur la droite. Thalie tapa le code, poussa la lourde porte, et traversa une jolie cour ombragée. La porte s'ouvrit automatiquement lorsqu'elle sonna à l'interphone. Elle s'installa dans la salle d'attente, qui disposait de plusieurs fauteuils et chaises en velours. Quelques minutes plus tard, Julia Payre la fit entrer dans une pièce lumineuse de taille moyenne, et l'invita à s'asseoir sur un canapé gris clair sur lequel étaient disposés de jolis coussins vert amande. La décoration était épurée, un bureau, une bibliothèque, une table basse en bois, deux cadres de couleur sur les murs crème, du parquet. La thérapeute, âgée d'environ quarante-cinq ans, prit place dans un fauteuil, face à elle. Ses yeux et son sourire étaient chaleureux.

— Bienvenue, Thalie, lui dit-elle. Votre rédacteur en chef a exceptionnellement pris ce rendez-vous pour vous. Il m'a expliqué que vous aviez vécu une très grande épreuve.

Sa voix était agréable.

— Oui… balbutia Thalie.

— Que s'est-il passé ?

Thalie décroisa ses jambes, mal à l'aise.

— Écoutez, il a insisté pour que je vienne vous voir, et c'est pour ça que je suis ici, mais…

— Vous ne souhaitiez pas venir ? lui demanda Julia avec douceur.

— Non…

— Est-ce que vous pensez avoir besoin de mon aide ?

— Non.

— Est-ce que vous avez besoin d'aide, Thalie ? répéta Julia.

La jeune femme soupira.

— Personne ne peut me fournir l'aide dont j'ai besoin.

— Personne ?

— Non, personne.

— Pourquoi ?

— Parce qu'il faudrait savoir ressusciter les morts ! J'imagine que ça n'entre pas dans votre champ de compétences ? lui répondit-elle avec cynisme.

Julia esquissa un sourire triste.

— Vous avez perdu quelqu'un de cher ?

— Oui, murmura Thalie de mauvaise grâce.

— Quel était son nom ?

— Alisha, lâcha-t-elle du bout des lèvres. Elle est morte dans les attentats du 22 avril.

— Vous étiez présente ?

— Oui. J'ai été blessée à la tête, ajouta-t-elle en désignant la trace laissée sur son front.

— Comment vous sentez-vous ? lui demanda Julia.

La question était formulée avec une telle bienveillance que Thalie, surprise, eut un mouvement de recul.

— Écoutez, se défendit-elle, je suis incapable de parler de ma vie pendant des heures à une inconnue.

— Je comprends. Mais puisque vous êtes là, autant en profiter, non ?

Thalie garda le silence.

— Comment vous sentez-vous après tout cela ? répéta Julia.

La tristesse que Thalie tentait de contenir la débordait à nouveau.

— Mal. J'ai perdu mon amie d'enfance... et tous mes rêves...

— Pouvez-vous me raconter ce qui s'est passé le jour de l'explosion ?

Thalie regarda au loin.

— Nous avions préparé cet événement depuis des mois, en lien avec des jeunes du monde entier. Ils étaient tous là, dans les rues, pour demander que les choses changent. Alisha se tenait sur la scène, nous étions émues de voir une telle mobilisation, nous en avions tellement rêvé. Alisha s'est avancée vers le micro, elle portait un sari rose...

Thalie passa sa main sur ses yeux. Sa respiration était saccadée.

— Que s'est-il passé ensuite ? poursuivit Julia.

— Je prenais des photos, tout le monde était enthousiaste. Et puis, il y a eu ce bruit...

— Quel bruit ?

— Un sifflement... puis un silence... et tout a volé en éclats. J'ai été projetée en arrière.

— Qu'avez-vous fait ?

— Je me suis précipitée pour voir si Alisha...

La voix de Thalie se brisa.

— Elle n'était plus là... il n'y avait plus de scène, plus rien. Les gens hurlaient, il y avait des corps partout...

Ses yeux étaient écarquillés, de la sueur perlait sur son front.

— Je ne sais plus comment faire maintenant qu'elle est morte, ajouta-t-elle. Je ne supportais de vivre dans ce monde que parce qu'elle était là et que nous nous battions ensemble.

— Qu'est-ce qui vous est insupportable dans ce monde ?

Thalie hésita à répondre. La douleur l'empêchait presque de respirer. Comment exprimer ce qui l'étouffait depuis toujours ?

— Tout... Les inégalités, les injustices, l'état dans lequel nous mettons la planète... Les gens vivent comme si tout cela était normal, dans l'ordre des choses. Mais je ne peux pas, moi ! Ça m'oppresse, je pourrais en mourir ! Je ne comprends même pas comment les gens continuent à faire des enfants. Je ne pourrai jamais en avoir dans ce monde. C'est irrespirable !

Elle se tordait les mains, submergée par l'angoisse.

— Quand Alisha était là, dit-elle d'une voix tremblante, je pouvais supporter tout ça. Elle rendait ce monde possible. Nous nous étions promis de tout faire pour qu'il devienne meilleur. De vivre pour notre engagement.

— C'est ce que vous avez fait, non ?

Thalie ne parvenait plus à contenir le désespoir qui la submergeait et qu'elle tentait de dissimuler depuis les attentats.

— Oui... Mais tout ça n'a servi à rien ! s'écria-t-elle. Toute cette énergie, ce travail, ces rêves... ces espoirs, ces sacrifices... Tout ça pour quoi ? Il ne me reste rien...

Thalie s'interrompit, foudroyée par la douleur.

— Plus rien n'a de sens, maintenant, ajouta-t-elle. J'ai tout donné, tout mis dans ce combat. Je n'ai plus rien.

— Je comprends, murmura Julia.

— Mais non, vous ne comprenez pas ! s'écria-t-elle. Ils ont gagné.

Des larmes de rage maculaient son visage.

— Ils ont gagné, répéta-t-elle. Ils nous ont eues, Alisha et moi.

Thalie ne vibrait plus et formulait son désespoir aussi clairement pour la première fois depuis les attentats. L'explosion du 22 avril l'avait laminée. La jeune femme avait toujours cru que le flot d'énergie présent en elle était intarissable, que cette source vive, inépuisable, ne subirait jamais les assauts de la mort. Comme elle s'était trompée ! Aujourd'hui, il lui était impossible de se mentir. Intacte à l'extérieur, elle ne pouvait ignorer le paysage de désolation qui avait enseveli ses espoirs. Tout était dévasté, il ne restait rien. Depuis l'explosion, son monde intérieur n'était plus qu'un tas de cendres.

— Thalie, vous faites des crises depuis les attentats ? lui demanda Julia.

La jeune femme finit par acquiescer et expliqua à contrecœur ses symptômes à Julia.

— Vous souffrez de stress post-traumatique, poursuivit la psychothérapeute. Savez-vous de quoi il s'agit ?

— Oui, dans les grandes lignes.

— Ce que vous avez vécu est tellement violent que votre cerveau n'a pas pu l'assimiler et continue à le revivre inlassablement, comme si les attentats avaient lieu encore et encore. Comme un disque rayé qui repasserait la même chanson sans cesse parce qu'il ne peut pas en mettre une autre. Il existe une façon de traiter le stress post-traumatique. Il s'agit d'une désensibilisation basée sur les mouvements oculaires. Ça permet de retraiter les informations pour faire passer le cerveau du seuil d'alerte à l'apaisement. Et nous pourrons également faire de l'hypnose. Tout cela permettra à votre vécu traumatique d'être archivé, vous y penserez beaucoup moins.

— Mais je ne veux pas y penser moins ! s'écria Thalie. Je ne veux surtout pas oublier ce qui s'est passé, oublier Alisha. Ce serait la faire mourir une seconde fois.

Les larmes coulaient sur les joues de Thalie.

— Vous n'oublierez pas Alisha, lui répondit Julia d'une voix douce. Comment pourriez-vous oublier votre amie d'enfance ? Il s'agit simplement de ne plus ressentir autant de souffrance.

— Je ne veux pas, murmura Thalie. Je ne peux pas.

— Pourquoi ?

— Elle est morte, et moi, je souffrirais moins ? s'écria-t-elle. Quelle sorte d'amie serais-je ? J'ai besoin de me souvenir de chaque seconde de cette journée, de chaque odeur, de chaque bruit. Je ne veux rien oublier, ce serait la perdre une seconde fois.

Julia l'observait, bouleversée. Son regard exprimait toute l'empathie qu'elle éprouvait pour Thalie. Elle comprenait la déchirure profonde de cette jeune femme qu'elle rencontrait pour la première fois, le conflit de loyauté qui l'empêchait de se libérer de sa douleur, sa fierté bravache.

— J'entends ce que vous exprimez. Et je ne peux pas vous aider si vous ne m'aidez pas à le faire. Mais je tiens à ce que vous sachiez que je suis là, si vous en ressentez le besoin.

Julia se leva et écrivit un numéro sur un morceau de papier qu'elle lui tendit.

— Voici mes coordonnées personnelles, si besoin. N'hésitez pas à me contacter.

— Merci, balbutia Thalie.

— Je n'ai pas l'habitude d'imposer des séances à des personnes qui ne souhaitent pas être ici. L'important est que vous sachiez que vous pouvez m'appeler quand vous le souhaitez.

— Je vous dois combien ?

— Vous ne me devez rien.

— Mais...

Julia se leva, ouvrit la porte et s'avança dans le couloir. Thalie la suivit. Juste avant de lui dire au revoir, la thérapeute se tourna vers elle.

— Il y a un moment où l'on comprend que la loyauté pour ceux que l'on aime passe par le fait de rester vivant, par la continuité des combats que nous menions ensemble. Alisha, où qu'elle se trouve en ce moment, n'a pas besoin de votre souffrance, mais de votre loyauté à la cause commune qui forgeait votre amitié. Pensez-y, Thalie. Le stress post-traumatique n'est pas une plaisanterie. Vous avez besoin d'aide. N'oubliez pas que je suis là.

Les yeux perçants de Julia se posèrent une dernière fois sur Thalie, avant que la porte ne se referme.

9

LE SAMEDI 4 JUIN À 13 HEURES, Thalie arriva place de la République et se fondit dans la foule, photographiant tout ce qu'elle trouvait utile pour son reportage. C'était la première fois, depuis le 22 avril, qu'elle participait à nouveau à une manifestation. Malgré l'interdiction formelle de manifester, prise par la préfecture de police de Paris, l'événement relayé sur les réseaux sociaux drainait beaucoup de monde. Le lieu du rassemblement avait été annoncé le plus tard possible, afin d'éviter que le secteur soit quadrillé par les CRS. À l'origine de la mobilisation, des scientifiques, écologistes, militants des Droits de l'Homme cherchaient depuis les annonces gouvernementales la meilleure manière d'organiser la résistance. Ils avaient beaucoup hésité avant de lancer cet appel. Fallait-il prendre le risque de se faire arrêter et de subir une injection ? Un certain nombre de citoyens se rebellaient, mais combien étaient-ils vraiment à remettre en question cette décision unilatérale ? Ils l'ignoraient. Les prises de parole publiques pour contredire ou s'interroger sur la pertinence de la décision du gouvernement se révélaient de plus en plus rares. Les arguments opposés à la moindre de ces prises de parole coupaient court à tout débat : ceux qui ne se soumettaient pas à la fameuse injection étaient vus comme des soutiens des terroristes. La pauvreté de ces arguments laissait sans voix cette bande de militants et notamment Slimane, un jeune chercheur en biologie moléculaire, qui avait toujours eu foi dans le débat d'idées. Son militantisme, le fait d'exprimer son opinion et d'écouter celle des autres, l'avait guidé dans tous ses choix professionnels, et lui avait surtout permis de se libérer de la chape de plomb de son enfance La contrainte, l'humiliation, la soumission aux ordres, la toute-puissance, avaient été son quotidien pendant trop longtemps. Tout lui avait été imposé sans jamais prendre en compte ses besoins, ses désirs, ses questionnements, bien trop intenses pour un enfant. Lorsqu'à l'âge de onze ans, il avait pu retourner au collège et reprendre ses études interrompues par un drame familial, il avait compris qu'elles lui offriraient la liberté nécessaire à son épanouissement. Apprendre, se concentrer, se montrer régulier, réviser… En regardant les citoyens rassemblés place de la République, il songea à son grand frère avec émotion. Il lui manquait toujours autant, des années après. Que serait-il devenu s'il avait vécu ? Des banderoles affichaient « Non à la dictature », « Liberté », ou encore « Non à cette société de contrôle ». Thalie les photographia, s'attardant sur Slimane lorsqu'il se hissa sur les quelques planches de bois qui faisaient office de scène et saisit le micro qu'on lui tendait. Un groupe de trentenaires l'entourait, semblant former sa garde rapprochée.

— Mes amis, merci à vous d'être venus aujourd'hui si nombreux pour exprimer vos questionnements et votre opposition à la mise en place des injections voulues par le gouvernement. Nous étions présents, le 22 avril, quand ces terribles attentats ont eu lieu. Certains d'entre nous ont été blessés, ont perdu des proches. Nous pleurons nos amis, nos frères et nos sœurs, nos enfants... Nous sommes solidaires de tous ceux qui ont subi de près ou de loin ces attaques. Nous prenons conscience dans notre chair de la tragédie collective qui nous a frappés. Pourtant, la réponse du gouvernement à cet acte terroriste nous heurte. Nous refusons le « pour ou contre » qui tient lieu de devise depuis ces événements. Nous revendiquons un droit inaliénable au questionnement. Nous sommes inquiets, et nous avons besoin de réponses pour être rassurés. Est-ce un crime de s'interroger ?

— NON ! s'écria la foule en chœur.

— Est-ce un crime d'avoir besoin de réponses ?

— NON ! répéta la foule.

Thalie poursuivit son travail, touchée par la ferveur qu'elle croyait éteinte depuis le 22 avril. Elle photographia deux amis de Slimane, qui se tenaient près de lui.

— Mesurer nos taux d'hormones et arrêter ceux dont les taux seront jugés trop élevés est gravissime, ajouta Slimane. Pourtant, malgré la violence de cette décision, le gouvernement tente de la faire passer pour un choix naturel, seul capable de nous sauver. Depuis cette explosion terrible, toutes les décisions sont prises par un homme seul, le chef de l'État, assisté par un conseil de défense non élu, relayé par l'OTAN, le tout dans la plus grande opacité. Le Parlement est réduit à une chambre d'enregistrement et est sommé par le président de voter les textes de loi en urgence, sans aucun débat démocratique. Cette crise majeure de nos institutions parlementaires et démocratiques, qui devrait interroger quiconque se soucie de l'équilibre de nos institutions, nous effraie.

La masse des manifestants grossissait. Ils étaient plusieurs centaines à braver l'interdiction, fiers de se rassembler pour faire entendre leurs voix. Thalie croisa le regard de Slimane, il lui adressa un sourire chaleureux. Troublée, elle ressentit une vive émotion au plus profond de ses entrailles et ne put détourner le regard, sous le charme. Les cheveux châtain clair du jeune homme formaient des boucles rebelles, ses yeux ambrés étaient profonds, chaleureux. Il maîtrisait l'espace, son corps avait quelque chose de magnétique.

— Il y a, dans ces annonces, d'importants problèmes juridiques, poursuivit Slimane. Comment le Conseil d'État et la CNIL, censés nous protéger de l'arbitraire et des atteintes à nos libertés fondamentales, peuvent-ils valider ces injections ? Depuis ces attentats tragiques, le gouvernement légitime les mesures les plus attentatoires à nos droits fondamentaux et à notre Constitution. Il n'y a plus, aujourd'hui, aucun garde-fou juridique contre les excès du pouvoir sécuritaire. Nous sommes entrés dans une société répressive, où la police peut effectuer des contrôles à l'aveugle et réprimer ceux qui tentent de se soustraire à ce qui s'apparente à un traçage et où les Français eux-mêmes pourront jouer un rôle de police en vérifiant que leurs concitoyens sont bien tracés.

Les forces de police quadrillaient maintenant le secteur. La foule se resserra autour de Slimane. Soudain, de petits groupes mobiles vêtus de noir se mêlèrent aux manifestants qui tentèrent de les repousser. Le climat devint électrique. Les casseurs mirent le feu aux poubelles et incendièrent des voitures. Thalie, pétrifiée, sentit la panique la gagner, mais s'obligea à prendre le plus de photos possible. Slimane observait la situation avec inquiétude. Il poursuivit sa harangue, accélérant son débit.

— La manière dont a été orchestrée cette mise au pas est scandaleuse. Le gouvernement a décidé que chacun de nous était un terroriste en puissance, justifiant le contrôle et la mainmise de l'État sur la moindre de nos libertés. Tout un chantage au prochain attentat a été mis en place, avec pour conséquence un climat délétère. Chacun de nous est devenu un coupable potentiel. Le pays entier est pris d'une fureur répressive et autoritaire. Nous sommes tous concernés, qui que nous soyons, artisans, commerçants, artistes… Et vous aussi, policiers, gendarmes, CRS… Nous ne sommes pas vos ennemis…

L'assaut fut donné, la foule tangua sous la houle policière. Un déferlement de violence s'abattit sur les manifestants, contraints de fuir pour éviter la charge des matraques. Slimane haussa la voix pour se faire entendre.

— Se rend-on compte de ce que signifie le fait que la citoyenneté est désormais conditionnée à une injection prouvant que le taux d'hormones correspondant au passage à l'acte violent est inférieur au taux déterminé par le gouvernement ?

Plusieurs personnes autour de Slimane le pressèrent de fuir. Blême, en sueur, Thalie tentait de poursuivre son travail, malgré la violente crise d'angoisse qui commençait à l'envahir. Son cœur battait à un rythme irrégulier, sa respiration était coupée.

— La citoyenneté ne se divise pas, continua Slimane. Ce dispositif est une aberration éthique, juridique et démocratique et n'a pas sa place dans notre démocratie. La violence et le terrorisme sont d'abord et avant tout une affaire d'éducation et ne disparaîtront pas par un contrôle hormonal des citoyens, mais par une politique éducative adaptée. Il faut pour cela un investissement massif dans l'école et la prévention. C'est ce que nous réclamons en urgence.

Thalie s'approcha de Slimane et prit de nombreuses photos.

— Slimane, vite ! lui cria l'un des hommes qui se tenaient près de lui. Ils sont en train de charger…

— Oblige-le à descendre, Toby ! s'écria l'un d'eux.

À ces mots, un jeune homme tira Slimane par le bras et le força à descendre de la scène improvisée sur laquelle il était juché. Le jeune militant conserva le micro pendant qu'il se faisait exfiltrer.

— La France n'est pas une cour d'école à discipliner, mais un pays où les citoyens ont des devoirs et des droits, lança-t-il. Nous devons nous serrer les coudes en ces temps troublés, pour retrouver un chemin qui soit celui de la liberté et non de la servitude. Nous devons nous unir face à…

Slimane interrompit son discours. Plusieurs CRS fonçaient sur lui afin de le neutraliser. Toby et ses proches tentèrent de le protéger. De violentes échauffourées éclatèrent. Thalie photographiait la foule terrorisée qui se dispersait, et se retrouva soudain à côté de Slimane. Les CRS se rapprochaient d'eux, ils étaient pris au piège. Le jeune homme lui saisit le bras et l'entraîna à sa suite. Elle se laissa faire.

— Viens ! s'écria-t-il.

L'atmosphère était électrique. Slimane courait vite, Thalie trébucha et fit tomber son appareil. Il s'empressa de le ramasser et le lui tendit avec un sourire.

— Tu t'appelles comment ? lui demanda-t-il.

— Thalie.

— Tu travailles pour quel journal ?

— *FreeMedia.*

Il scruta rapidement les environs.

— Viens, suis-moi, dit-il.

Les pas de la jeune femme se calèrent sur ceux de Slimane pendant qu'ils s'éloignaient rapidement de l'épicentre de la manifestation. Malgré la tension, Thalie se sentait étonnamment en sécurité aux côtés du jeune homme. Ils empruntèrent la rue du Temple. Deux hommes en civil s'avancèrent vers eux et tentèrent de les arrêter. Slimane se défendit, il savait se battre et utilisa une technique que Thalie ne connaissait pas. Il fit reculer la jeune femme, pivota le talon de sa jambe avant, engagea le poids de son corps et fit un crochet avec son coude. Il atteignit ainsi violemment la mâchoire de l'un des hommes, qui hurla. Plusieurs CRS s'approchèrent de lui pour le neutraliser. Il se tourna vers Thalie, terrifiée.

— Sauve-toi, vite ! lui cria-t-il.

Un coup de matraque s'abattit sur le jeune homme. Thalie s'élança vers lui en hurlant, mais les forces de l'ordre la repoussèrent violemment. Slimane fut ceinturé, traîné au sol, puis jeté dans un fourgon qui s'éloigna dans un crissement de pneus. Thalie était pétrifiée. Un policier s'approcha d'elle et tenta de lui prendre de force son appareil. Enflammée par la colère, elle courut de toutes ses forces. L'homme se lança à sa poursuite, se rapprochant dangereusement. Il était sur le point de la rattraper lorsqu'un groupe de jeunes, disséminés sur le trottoir, fit diversion. À bout de souffle, Thalie trouva refuge à l'intérieur d'un immeuble de la rue Béranger et s'effondra sur le sol, épuisée, haletante. Des images du 22 avril se mêlaient à ce qu'elle venait de vivre, intensifiant plus encore sa crise d'angoisse.

Quand tout cela finirait-il ?

10

L'EAU CHAUDE RUISSELAIT SUR LA PEAU de Thalie, qui ferma les yeux pour ne plus penser à rien. Elle essayait en vain depuis trois jours de chasser les images de la manifestation, mais revoyait sans cesse le visage de Slimane, les cris, la foule... Elle avait appelé Arthur à l'aide après le rassemblement pour qu'il vienne la chercher rue Béranger. Il l'avait trouvée en état de choc et s'était beaucoup inquiété. Pour qu'elle puisse se changer les idées, le jeune homme avait insisté pour qu'elle l'accompagne à la fête donnée par un de leurs amis communs qui célébrait ses trente ans ce jour-là. Elle avait hésité à accepter, tant il lui était difficile de contenir le flot d'émotions qui la débordait de plus en plus fréquemment. Thalie augmenta la température de l'eau et utilisa le gel douche d'Alisha, laissant la mousse fondre sur son épiderme. Un mélange de santal et de rose se répandit dans toute la salle de bains. L'absence de son amie la percuta de plein fouet.

Une profonde tristesse l'envahit. Arthur tambourina à la porte, l'obligeant à se ressaisir.

— Tu as bientôt fini, Thal ? Il faut qu'on se dépêche, on doit être rentrés à 23 heures à cause de ce foutu couvre-feu.

Thalie se rinça rapidement et sortit de la douche à contrecœur. Elle enfila son peignoir, noua une serviette autour de sa tête et laissa entrer son ami.

— Que se passe-t-il ? lui demanda-t-elle devant son air bouleversé.

— Tu as utilisé le gel douche d'Alisha ? répondit-il.

— Oui, balbutia Thalie.

Il prit sur lui et affecta un air détaché. Très élégant, il portait un jean brut, un pull gris anthracite en coton fin et de magnifiques chaussures en cuir beige.

— Tu es très beau, le complimenta Thalie, s'efforçant d'avoir l'air enjoué.

— Merci. Tu en as encore pour longtemps ?

— Non, je suis presque prête.

Une vingtaine de minutes plus tard, la jeune femme apparut, ses longs cheveux châtain clair éparpillés sur ses épaules. Elle portait un jean taille haute et un chemisier rouge moucheté de fleurs blanches, qui mettait son corps élancé en valeur.

— Tu es magnifique, lui lança Arthur.

— Merci, répondit-elle en se forçant à sourire.

Le taxi appelé par Arthur patientait depuis déjà près de dix minutes, et les accueillit fraîchement. Le chauffeur roula quelques minutes en silence avant d'engager la conversation.

— Vous avez fait votre injection ? leur demanda-t-il.

Arthur éluda en espérant que son manque évident d'enthousiasme mettrait un terme à la conversation. Il ne souhaitait pas aborder ce sujet, qui ne cessait de polariser la haine et les divisions.

— Il fallait réagir, on ne pouvait pas rester comme ça, poursuivit l'homme. Il y a beaucoup trop de violence. La semaine dernière, je me suis fait agresser trois fois. Et j'ai dû faire descendre de force un client. Avec ces injections, au moins, la police pourra intervenir.

— Sauf que la police ne pourra pas être partout… répondit Arthur.

— Oui, mais là, elle est nulle part. Quand je me suis fait agresser, personne n'est venu m'aider, poursuivit le chauffeur.

— Comment avez-vous réagi ? lui demanda Arthur.

— J'étais fou de rage. On a failli en venir aux mains.

— Essayez de rester zen, la prochaine fois. Maintenant que vous avez fait votre injection, vous risquez vous aussi d'être identifié comme terroriste potentiel puisque vos taux d'hormones vont augmenter. Disons que c'est une arme à double tranchant.

— Ce serait le monde à l'envers ! Je me fais agresser et ce serait moi le terroriste ? C'est eux qui sont visés, ça n'a rien à voir avec les gens comme moi !

— Espérons-le…

Thalie laissa ses pensées se perdre dans le dédale des rues pendant qu'ils poursuivaient leur échange, et songea au fameux Slimane. Elle ne parvenait pas à le chasser de sa mémoire. Les lumières de la ville défilaient, diluant peu à peu son chagrin et sa fatigue. La jeune femme eut une pensée pour sa mère. Il arrivait souvent que celle-ci l'emmène faire un tour en voiture le soir, lorsque les absences de son père se révélaient trop pesantes. Ou lorsqu'une énième dispute entre ses parents enflammait la maison. Thalie tentait toujours d'évacuer leurs cris de sa tête, pour qu'ils ne s'y incrustent pas, mais c'était difficile. Ils parlaient fort, claquaient les portes, s'insultaient. Le pire était le mépris qu'affichait son père pour sa mère. La jeune femme se revoyait assise à côté d'elle sur le siège passager, roulant des heures durant au rythme de la musique qui s'échappait de la radio. Au fil des kilomètres, la tristesse de sa mère s'allégeait, jusqu'à ce qu'il lui soit enfin possible de rentrer. Quand son cancer du sein s'était déclaré, elle avait été opérée en France et avait effectué sa chimiothérapie, avant de retourner ensuite en Inde, le temps que le contrat de Victor s'achève. Thalie n'avait que onze ans à cette époque, et l'avait beaucoup soutenue, devenant en quelque sorte la mère de sa mère. Victor, lui, n'était jamais là. Après la chimiothérapie, le père d'Alisha avait encouragé la mère de Thalie à se soigner par la médecine ayurvédique*. Durant toute cette période, Alisha avait appris à Thalie à méditer et prier, lui permettant de traverser cette épreuve avec un peu plus de sérénité. Mais malgré tous ses efforts, elle n'avait pas réussi à sauver sa mère, qui s'était éteinte le 14 décembre 2005. La jeune femme se revoyait, debout devant son corps sans vie, brandissant son poing vers le ciel en se jurant de ne plus jamais croire en aucun dieu. Pendant que le taxi roulait dans Paris, une boule se forma dans la gorge de Thalie qui avait désespérément besoin de sa mère et d'Alisha.

Le taxi traversa le pont Alexandre-V et arriva sur la rive gauche. L'île Saint-Louis était mouchetée de rose, offrant un spectacle saisissant de beauté. La voiture

---

* Issue de la tradition indienne, considérée comme la plus ancienne médecine du monde.

s'arrêta devant un immeuble situé en bordure de Seine. Thalie sortit du taxi. Un voile blanc passa devant ses yeux, elle s'appuya sur Arthur pour ne pas tomber.

— Ça va ? s'inquiéta son ami.

— Oui, ce n'est rien.

La jeune femme luttait cependant pour ne pas s'évanouir. Une intense faiblesse l'envahit. Il lui fallut plusieurs minutes pour se ressaisir. Quand le malaise se dissipa, Thalie afficha un sourire rassurant et attrapa le bras d'Arthur. La fête à laquelle tous deux se rendaient se tenait dans l'appartement des parents de leur ami Paul, tous deux banquiers d'affaires, situé au septième étage d'un magnifique immeuble. Conçu en U, ses grandes baies vitrées balayaient tout Paris, révélant une vue hypnotisante. La musique assourdissante contraignait chacun à hurler pour se faire entendre. Thalie se retrouva dans la pièce principale, un verre de champagne à la main. Une très jolie jeune femme blonde qu'elle ne connaissait pas s'approcha d'Arthur, manifestement sous son charme. Ils trinquèrent. À l'évidence, ils ne se voyaient pas pour la première fois. En les observant si proches l'un de l'autre, Thalie ne put s'empêcher de penser au couple qu'Arthur avait formé avec Alisha, et à leur séparation qui avait sonné la fin de leur trio. La blonde caressa la joue d'Arthur. Thalie se sentit rejetée et s'en voulut de sa mesquinerie. Son ami avait sa vie, rien d'anormal à cela, bien au contraire. Il lui offrait beaucoup depuis les attentats ; elle réalisa, en le voyant rire et passer sa main dans les cheveux de la jeune femme, combien la situation actuelle devait lui peser. Il ne lui parlait jamais d'Alisha, mais elle savait combien il l'avait aimée. Il prenait sur lui, se montrait un ami fidèle et attentif, et ce depuis près de vingt ans. Leur amitié remontait à l'école maternelle, ils étaient entrés au CP ensemble. Deux ans plus tard, Thalie partait vivre à Bénarès pour le travail de son père qui devait honorer un gros contrat dans cette ville. Thalie avait très mal réagi à cette nouvelle, allant jusqu'à menacer ses parents de fuguer. De son côté, Arthur avait, sans succès, supplié ses parents d'héberger son amie. La fillette était au désespoir, ne voulant quitter ni ses amis, en tout premier lieu Arthur, ni son appartement et ses repères. Sa mère, en revanche, semblait heureuse à l'idée de ce voyage. La jeune femme avait compris plus tard que sa mère voyait dans ce départ l'occasion pour Victor de rompre avec sa nouvelle maîtresse, et pour leur couple de prendre un nouveau départ. Thalie se souvenait des heures passées avec Arthur à chercher des informations sur ce pays lointain et mystérieux qu'ils avaient le plus grand mal à se représenter. « Il y a des vaches partout, lui avait-il dit. Et elles sont très importantes. Plus que les gens. » Thalie s'était alors imaginé un pays gouverné par des vaches, ils en avaient ri des heures durant. Leurs adieux, la veille du départ, avaient été déchirants. Ils s'étaient promis de rester en lien et de ne jamais s'oublier. Thalie ignorait qu'elle s'envolait vers un pays fascinant où elle ferait une rencontre décisive qui changerait sa vie à tout jamais…

Les éclats de rire des invités la firent revenir à elle. Arthur, de plus en plus proche de sa nouvelle amie, était maintenant sur la terrasse, lui susurrant quelque chose à l'oreille. Le verre de Thalie fut une nouvelle fois rempli de champagne, avant même qu'elle n'ait eu le temps de décliner. Le visage de Slimane dansa devant ses yeux. Le jeune homme semblait si réel, si proche… Après son arrestation et la diffusion de ses photos, elle avait cherché à savoir ce qu'il était devenu, mais personne n'avait pu la renseigner.

Thalie observa les corps onduler sur la piste de danse improvisée dans le vaste salon. La musique emplissait les cerveaux de son rythme entêtant, anesthésiant les pensées et les ressentis. Elle se demanda si tous ces gens se rendaient compte de la situation et fut soudain submergée par l'angoisse. L'impression que rien ni personne n'était en lien avec elle, que son esprit et son corps flottaient quelque part, perdus entre deux mondes. Le décalage semblait si profond entre elle et les autres... À nouveau, ce sentiment de fragmentation à l'intérieur, qui annonçait la crise d'angoisse tant redoutée. Un voile blanc passa devant ses yeux, elle s'agrippa au fauteuil sur lequel elle était assise. La musique formait des poches de sons que Thalie ne percevait plus que par vagues. Les cris stridents, sur la piste, lui rappelèrent d'autres cris, qui se changèrent en hurlements. Il ne fallait pas rester là. Où se replier ? La jeune femme fit un effort colossal pour se lever. Une tache noire se forma sur les côtés de ses yeux, grossissant de plus en plus jusqu'à l'aveugler. Ses bras tendus cherchèrent une issue. Elle fit un dernier effort pour avancer avant de s'écrouler sur le sol. Il y eut un mouvement de panique. Paul se dirigea en trombe vers la terrasse.

— Arthur, viens vite !

— Que se passe-t-il ?

— Thalie s'est évanouie.

Arthur s'élança à sa suite. Un attroupement s'était formé autour de la jeune femme, toujours sans connaissance. Arthur les pressa de s'éloigner et s'approcha de son amie.

— Thalie... ? Thalie, c'est moi. Tu m'entends ?

La jeune femme ne réagit pas.

— Apportez-moi de l'eau et une serviette, vite ! hurla-t-il.

Quelqu'un revint avec un grand verre d'eau et un linge. Arthur suréleva les jambes de Thalie, lui humecta les lèvres et passa une serviette humide sur son front.

— Appelez les pompiers, vite !

Dix minutes plus tard, quatre pompiers pénétraient dans l'appartement. Après plusieurs tests et mesures, ils emmenèrent Thalie, toujours inconsciente, sur un brancard. Arthur obtint la permission de l'accompagner aux urgences et resta présent toute la nuit. Au petit matin, on lui apprit que son amie allait être transférée à l'hôpital Bichat pour effectuer des examens complémentaires. Les questions qu'il posa restèrent sans réponse. Le médecin refusa de lui donner de plus amples informations car il n'était pas de la famille de Thalie. Le jeune homme fut contraint d'appeler le père de son amie, qui le retrouva deux heures plus tard dans le hall de l'hôpital et le bombarda de questions. Victor Duval prit les choses en mains, comme il avait l'habitude de le faire. Arthur s'en voulut de l'avoir prévenu, mais pouvait-il faire autrement ? Victor le renvoya chez lui, il n'avait pas dormi depuis plus de vingt-quatre heures et ne tenait plus debout. Il se fit la promesse de revenir voir Thalie le lendemain. Elle avait repris connaissance, mais était très affaiblie. Victor exigea ensuite de s'entretenir avec le Dr Legendre, qui avait examiné Thalie. Celui-ci le reçut dans son bureau. L'attitude hautaine de l'avocat exaspéra le chef de service qui lui exposa clairement la situation.

— Votre fille souffre d'un grave burn-out, lui dit-il. Elle est dans un état d'épuisement extrêmement inquiétant. A-t-elle eu un choc récemment ?

— Thalie était présente au Champ-de-Mars le 22 avril. Elle a été blessée à la tête et sa meilleure amie est décédée à quelques mètres d'elle.

— Je vois… Sa tension est très basse, j'ai rarement vu un tel état de faiblesse chez quelqu'un de son âge, sans pathologie associée. Il y a un état de stress post-traumatique qu'il faudra traiter dans un deuxième temps, mais là, c'est son manque d'énergie qui m'inquiète. Nous allons la garder quelque temps en observation. Elle devra sans doute voir une psychologue par la suite.

— Elle a confié à son ami, qui a appelé les pompiers, qu'elle avait eu un voile blanc et un autre noir devant les yeux. Elle ne voyait plus rien. Est-ce que c'est grave ? demanda Victor, inquiet.

— Thalie a eu un malaise consécutif à son épuisement. Il y a, certes, les événements du 22 avril dont vous parliez, mais son état remonte sans doute à plus loin. Votre fille s'investit beaucoup dans son travail ?

— Oui.

— Son corps a lâché, elle a besoin de repos. Nous allons nous occuper d'elle. Elle ne doit plus avoir aucune stimulation extérieure, ce qui veut dire aucune visite jusqu'à nouvel ordre.

Le Dr Legendre raccompagna Victor dans le couloir. Ce dernier retourna dans la chambre de Thalie et regarda sa fille, immobile sur son lit. Il était hors de question qu'il la laisse là sans rien faire. Sa décision était prise.

11

Victor exigea que Thalie quitte l'hôpital Bichat dès le lendemain, contre l'avis du Dr Legendre. Ce dernier lui répéta qu'au vu de son état, c'était de la folie de la transférer dans un autre hôpital, mais l'avocat d'affaires ne voulut rien entendre. Habitué à donner des ordres, il prenait en main les choses depuis toujours et suivit sa décision sans se laisser influencer. Il appela une ambulance pour transporter sa fille, trop faible pour se déplacer seule. La clinique privée dans laquelle il l'emmena était située non loin du quartier de la Défense. Le soleil se reflétait sur les tours de ce quartier d'affaires, peu fréquenté en ce dernier samedi du mois de juin. La présence policière, renforcée depuis les explosions, rendait l'atmosphère lourde, les gens apathiques. Les consignes données par le gouvernement étaient de rester le plus possible chez soi ou sur son lieu de travail. Tout ce qui, avant les attentats, aurait semblé déraisonnable, devenait peu à peu la norme. La majorité des gens restaient cloîtrés chez eux, sortir devenait de plus en plus un acte utilitaire. Victor gara sa voiture dans le parking de la clinique. Les ambulanciers transportèrent le brancard sur lequel était étendue Thalie jusqu'à un ascenseur qui les mena dans le hall. Un homme vêtu d'une blouse blanche vint à la rencontre de Victor. En entendant son prénom, Thalie ouvrit les yeux et surprit le regard qu'échangea l'homme avec son père. Ils semblaient bien se connaître.

— Bienvenue dans notre clinique, Thalie, lui dit-il. Je suis le Dr Tom Chase. Nous allons vous garder avec nous et effectuer une première phase d'analyses et de mesures. Il s'agit d'une simple formalité.

L'homme les mena jusqu'à la salle de tests. Victor observa les équipements, impressionné par ce déploiement de technologies. Thalie fut allongée sur une table équipée de capteurs. Son père l'embrassa sur le front avant de quitter la pièce. Tom demeura seul avec Thalie qui ouvrait de temps à autre les yeux, sans savoir où elle se trouvait. Sa fatigue était si intense qu'elle ne parvenait pas à se redresser.

— Vous êtes ici pour bénéficier d'un traitement novateur très efficace qui va vous remettre sur pied. Vous êtes ici pour guérir. Vous comprenez ? dit le Dr Chase.

Ces mots prononcés d'une voix ferme parvenaient jusqu'à elle par bribes. Thalie se força à ouvrir les yeux. Le regard de l'homme était fuyant. Quelque chose la mit mal à l'aise, mais elle n'aurait su dire quoi et était bien trop faible pour réagir.

Trois infirmiers entrèrent et posèrent un casque équipé de capteurs sur son crâne. Une jeune femme d'une trentaine d'années, qui arborait un joli carré plongeant, s'approcha d'elle. Son sourire laissait apparaître deux fossettes et ses yeux bleus mouchetés d'éclats dorés étaient chaleureux.

— Je suis le Dr Kelly Preston, votre référente pour les tests. Je vous donnerai les instructions tout au long de la procédure. N'hésitez pas si vous avez des questions. Êtes-vous bien installée ?

Thalie lui fit signe que tout allait bien. Épuisée par les crises qui s'étaient succédé à un rythme accru ces derniers jours, elle n'avait plus la force de réfléchir et de la questionner. Elle se laissait faire docilement.

— Nous allons commencer.

Kelly enclencha les capteurs. Le rythme cardiaque de Thalie fut enregistré, de même que sa pression sanguine et sa température corporelle. Le moindre de ses réflexes fut observé, la vitesse de ses réactions et leur intensité furent scrupuleusement répertoriées. Kelly effectua ensuite plusieurs analyses. Son fond d'œil, sa vision de près et de loin, latérale et binoculaire, son appréciation des distances, l'ensemble de sa sphère ORL, son audition… Ces premières mesures ainsi que toutes les autres étaient ensuite cryptées, puis transmises en temps réel à un ensemble de serveurs informatiques hautement sécurisés et reliés entre eux, afin de garantir à tout moment une disponibilité maximale. Basés dans des plateaux informatiques, ces serveurs hébergeaient une gigantesque base de données que des calculateurs se chargeaient d'analyser au travers d'algorithmes sophistiqués. Toutes les informations utiles étaient affichées instantanément au travers de courbes, graphiques et tableaux de bords, directement consultables depuis la tablette que Kelly tenait entre les mains. L'un des infirmiers installa près de Thalie un microrobot qui enregistra l'ensemble de son activité cérébrale. Le but de ces tests qui scannaient l'intérieur de son cerveau était de s'assurer de la réactivité de la zone du cortex cérébral, proche de celle qui permettrait de lui administrer le traitement.

Kelly se pencha sur Thalie.

— Grâce à ce casque qui harmonisera vos ondes cérébrales, vous allez être plongée dans un état de semi-conscience. Vous verrez défiler des images, vous sentirez des odeurs, vous entendrez des sons. Laissez faire, réagissez de façon spontanée, sans réfléchir. Nous enregistrerons vos réactions physiques, psychiques, émotionnelles, mentales et sensorielles pour pouvoir doser le traitement. Ça va ?

Thalie cligna des yeux pour acquiescer.

— Allons-y, ajouta Kelly.

La stimulation cérébrale commença. La jeune femme fut transportée dans un univers virtuel très agréable, traversa des paysages lumineux, marcha au sommet d'une montagne, plongea dans une mer turquoise, courut sur le sable, croisa des girafes, des éléphants et même une baleine. Elle entendit le bruit de la mer, le cri des mouettes, sentit les embruns, le vent sur sa peau, puis fut plongée dans un jardin féerique, rempli d'oiseaux de toutes les couleurs. La moindre de ses réactions, palpitation, soupir, sourire, la moindre de ses émotions, joie, surprise, apaisement, était enregistrée et mesurée en temps réel. La jeune femme faisait montre d'une réceptivité extraordinaire à la stimulation. Kelly enclencha la deuxième phase du programme, la plus difficile. Le paysage changea, le ciel devint noir. Thalie se retrouva propulsée dans un univers sombre et dépeuplé. Un loup menaçant se dressa devant elle. Elle hurla. Son corps était parcouru de spasmes nerveux et sa température corporelle grimpa en flèche. Elle avançait dans un désert, un serpent se dressa devant elle. Kelly inséra ensuite des images violentes pour mesurer le niveau de son traumatisme. L'activité de son cerveau s'accéléra et le robot émit un sifflement de plus en plus aigu. Kelly sélectionna une image de guerre. Le sifflement était maintenant à son maximum et ne redescendait plus. La jeune médecin mit l'expérience sur pause et appuya sur l'interrupteur rouge qu'elle n'actionnait qu'en cas d'alerte. Son collègue Peter pénétra en hâte dans la salle des tests.

— Que se passe-t-il ?

— Regarde ça.

Elle lui indiqua le diagramme. Le système de mesure montrait une irrégularité particulière, qui sortait totalement du cadre des algorithmes répertoriés.

— Hum… Intéressant… dit l'homme. Intercale des images du jardin avec celles que tu as utilisées en dernier, pour voir.

Kelly s'exécuta. L'activité cérébrale de Thalie montra de brusques ruptures de rythme, et mit un temps anormalement long à s'harmoniser.

— Repasse les dernières images.

Dès la première image de guerre, le diagramme sortit totalement des normes enregistrées. Le sifflement ne s'arrêtait plus, même lorsque Kelly brouilla l'image.

— Vite ! Elle est en saturation cérébrale. Il faut réharmoniser son cerveau.

Ils enclenchèrent en urgence le programme d'harmonisation qui agissait directement sur les ondes cérébrales. Il mit plus d'une heure à faire effet, un temps anormalement long.

— On va s'arrêter là, dit Kelly.

Les images cessèrent et Thalie, tremblante, revint peu à peu à la réalité. Kelly serra sa main dans la sienne.

— C'est terminé, Thalie. Vous allez rester ici pendant la phase de décompression, et nous vous conduirons ensuite dans votre chambre.

Kelly et Peter quittèrent rapidement de la salle des tests et rejoignirent Tom Chase dans son bureau.

— Il y a un problème, Tom, dit Kelly d'une voix hésitante.

Peter et elle lui présentèrent le résultat des tests réalisés, qu'il consulta en silence.

— L'ensemble des tests montre une hyperréactivité émotionnelle et cérébrale, doublés d'une forme particulière de synesthésie, poursuivit-elle. Cette jeune femme présente des capacités d'associations sensorielles particulièrement développées. Il s'agit clairement d'un sujet à risque.

Tom grimaça. Il était contrarié.

— Tu évalues ce risque à combien sur notre échelle de mesure ? lui demanda-t-il.

— Il est maximal, répondit Kelly. Nous sommes face à un niveau de risque jamais atteint.

La jeune femme poursuivit l'analyse des données.

— Son activité cérébrale au cours du test de l'activation laisse craindre un phénomène d'absorption et d'overdose énergétique pendant le traitement, ou dans les jours qui suivront.

Peter intervint.

— Nous avons pourtant mis en place un protocole spécifique pour les cas comme celui-ci, non ?

— En effet, répondit Kelly. Mais les mesures prises ici n'ont rien à voir avec les précédentes. Nous sommes à plus de trente mille, Peter. Notre dernier cas n'était qu'à mille. Le différentiel est énorme.

— Et que préconises-tu ? s'agaça Tom.

— Je préconise de renoncer au traitement, répondit Kelly d'une voix ferme.

— Tu plaisantes, j'espère ?

— Non, pas du tout, Tom. Le risque de saturation lors de l'opération est extrêmement élevé, crois-moi.

Peter les observait en silence.

— Il n'y aura aucune saturation. Il te suffira de doser le traitement. C'est dans ton champ de compétences, n'est-ce pas ? lui lança Tom, narquois. Après tout, c'est pour ça qu'on te paye.

— Tom, je t'assure que…

— Tu t'en sortiras très bien, Kelly.

— Je pense vraiment que nous devrions…

— Merci, Kelly. Ça suffira pour aujourd'hui. Et n'oublie pas de lui faire l'injection, je te rappelle que c'est obligatoire.

La jeune femme n'ajouta rien et sortit, Peter sur ses talons.

Quelques instants plus tard, Victor Duval fut conduit dans le bureau de Tom.

— Asseyez-vous, je vous en prie, lui dit ce dernier avec un sourire radieux. Rassurez-vous, tout s'est passé à merveille. Il n'y a aucune contre-indication à l'administration du traitement.

Victor poussa un soupir de soulagement.

— Ça signifie que Thalie ne fera plus de crises ? lui demanda Victor.

— Thalie va se remettre et guérir, je vous en fais la promesse. C'est ce que nous faisons tous les jours, ici, grâce au traitement de pointe que nous avons élaboré, comme vous le savez.

Victor régla immédiatement le premier acompte, le second serait versé après l'administration du traitement.

Thalie fut conduite jusqu'à la chambre qui lui avait été réservée, au troisième étage de la clinique. L'état de faiblesse dans lequel elle se trouvait neutralisait ses pensées. Elle ne parvenait plus à réfléchir et se sentait vidée. La jeune femme avait du mal à se souvenir avec précision de ce qui s'était passé lors de la fête. Elle revoyait Arthur avec la jeune femme blonde, discutant sur la terrasse, les gens sur la piste de danse, puis c'était le trou noir. Quelques images éclosaient par moments dans sa mémoire, le visage d'un pompier penché sur elle, la ride qui barrait le front d'Arthur, signe de son inquiétude, le bruit d'une sirène dans la nuit, des blouses blanches à son chevet, son père… Thalie ne put aller plus loin dans sa tentative de reconstituer le puzzle des derniers jours. Juste avant de se rendormir, elle eut une pensée pour Alisha, une autre pour Slimane.

En ouvrant les yeux le lendemain matin, Thalie repensa au regard fuyant de Tom Chase lorsqu'il était venu lui parler avant le début des tests. Elle ressentait un malaise, sans comprendre pourquoi. Les propos de l'homme résonnaient encore dans sa mémoire. « Vous êtes ici pour bénéficier d'un traitement novateur très efficace, qui va vous remettre sur pied. Vous êtes ici pour guérir. Vous comprenez ? »

Était-ce vrai ? Les images atroces de l'explosion martelées dans sa tête finiraient-elles par n'être plus qu'un mauvais souvenir ?

Thalie fut emmenée en salle d'opération et allongée sur une table en acier équipée de capteurs, au-dessus de laquelle brillait une lumière aveuglante. Les lampes de la salle étaient accrochées à des bras articulés, comme autant de pieuvres effrayantes. Son rythme cardiaque s'emballa. Une soudaine angoisse la saisit.

Fuir. Maintenant. Avant qu'il ne soit trop tard.

Trop tard pour quoi ?

Elle tenta de se relever, mais n'y parvint pas. La pièce blanche aux murs brillants était d'une propreté impeccable. La porte du bloc s'ouvrit, le Dr Kelly Preston entra, vêtue d'une tenue stérile. Thalie lut quelque chose d'étrange dans les yeux de la jeune femme, mais fut incapable de le déchiffrer.

— Je vais vous préparer pour l'administration du traitement. Les capteurs nous permettront de suivre tout le processus en temps réel. Vous serez endormie pendant toute la durée de l'intervention. À votre réveil, vous sentirez juste un léger tiraillement à l'arrière de votre crâne. Nous avons mis en place un protocole antidouleur, ne vous inquiétez pas.

Tom Chase entra à son tour dans le bloc, lui aussi en tenue stérile. Elle fut surprise de le voir. Son sourire sonnait faux.

— Vous êtes prête à guérir ? lui demanda-t-il.

Thalie surprit le regard que lui lançait Kelly.

Il y a quelque chose d'anormal...

Elle fut prise de panique. La même pensée que tout à l'heure martela ses tempes.

Fuir. Maintenant. Avant qu'il ne soit trop tard.

Kelly lui administra un sédatif.

— Attendez... murmura Thalie.

Sa voix s'éteignit, ses yeux se fermèrent et les battements de son cœur, renvoyés par l'amplificateur, se répercutèrent sur les écrans plats. Le rythme était lent et profond, exactement ce qu'il fallait. Gregory Adam, responsable de ce traitement de pointe, fit son entrée. Il supervisait l'ensemble du département. Tom lui avait demandé de s'occuper personnellement de Thalie, suite aux tests préalables qui avaient fait apparaître un risque de saturation cérébrale. Le père de Thalie avait des relations haut placées, il ne voulait prendre aucun risque, même si l'inquiétude de Kelly n'avait pour lui aucun fondement. La jeune femme prenait son travail beaucoup trop à cœur.

Kelly sangla le corps de Thalie et inclina la table à 90 degrés. Kelly et Tom ne quittaient pas l'écran de contrôle des yeux. Tout se passait à merveille. Le traitement fut absorbé avec une rapidité qui ravit Gregory. Aucune des cellules de la jeune femme ne résistait. Il arrivait souvent, au cours du traitement, de rencontrer une forme de résistance. Il fallait alors forcer le processus.

Kelly regarda les écrans latéraux et vérifia les constantes cardiaques de Thalie. C'était la première fois depuis qu'elle travaillait dans ce département que le processus était aussi rapide. On aurait dit que Thalie réabsorbait sa propre énergie. Elle repensa aux tests préalables et ne put s'empêcher de s'interroger. Quelque chose n'allait pas, c'était trop fluide, trop rapide. Tom s'avança vers elle.

— Je crois que tu t'es encore fait du mauvais sang pour rien, Kelly, lui dit-il sévèrement. Nous avons devant les yeux l'une de nos opérations les plus réussies.

— Je n'en suis pas certaine, dit-elle d'une voix sourde.

Tom la regarda, interrogatif.

— Comment ça ?

— C'est trop rapide... répondit-elle.

— Que veux-tu dire ?

— Je ne sais pas...

— Si tu ne sais pas, je te conseille de garder tes tergiversations pour toi. Mets-la en salle de réveil, lui ordonna-t-il sèchement avant de tourner les talons.

Kelly prit sur elle et tenta de ne pas donner prise aux propos de Tom. Elle fixa les écrans de contrôle pour s'assurer que tout allait bien. Thalie était toujours plongée dans un profond sommeil, sous l'effet du sédatif. Son rythme cardiaque élevé retrouvait peu à peu sa fréquence habituelle. Il arrivait souvent que les malades soient agités juste après le traitement, raison pour laquelle on les gardait quelques jours en observation. Le protocole post-traitement, très strict, nécessitait le maintien des sujets dans un sommeil profond dont ils émergeaient par paliers successifs. Il était fondamental pour la réussite du traitement que l'activité cérébrale soit sous contrôle. Kelly vérifia que les sondes disposées sur le crâne de Thalie étaient bien en place. Elles permettaient de suivre en temps réel la synchronisation de ses neurones et l'harmonisation de ses ondes cérébrales. Le traitement devait être consolidé afin de permettre une circulation optimale de l'énergie. Ces ondes lentes, que Kelly suivait de près sur sa tablette, favorisaient un transfert harmonieux du traitement dans tout le cerveau, depuis l'hippocampe situé au centre du cerveau où se formaient initialement les souvenirs, jusque dans le cortex, siège de l'intelligence abstraite et des souvenirs de long terme. Lorsqu'elle se fut assurée que tout était en ordre, elle se rendit en salle de repos et se changea. Il était tard. La jeune femme enfila son jean et ses talons, consciente du découragement qui l'envahissait de plus en plus fréquemment. Le miroir de l'ascenseur qui menait au parking de la clinique lui renvoya un visage blême, aux traits tirés par la fatigue. Kelly monta dans le coupé gris clair qu'elle venait de s'offrir, et conduisit sans plaisir. Le périphérique était dégagé à cette heure tardive, elle serait chez elle à 22 h 30. Depuis combien de temps sa vie sociale avait-elle cessé d'exister ? La jeune femme connaissait la réponse et tenta de ne pas y penser.

L'odeur du cuir neuf la dérangeait, elle ouvrit la fenêtre. L'air frais lui fit du bien, mais ne put dissiper son angoisse. Le visage d'une étudiante en médecine animée d'un idéal s'imposa à elle. Comment était-elle devenue cette femme si triste ? Elle ne devait pas penser à Martin, il avait refait sa vie depuis leur rupture. Trois ans déjà… Kelly essaya de se ressaisir et tenta de résister à la houle de sa mémoire, mais ses assauts l'épuisaient. Ses pensées la ramenaient sans relâche au passé. Martin et elle, deux étudiants qui rêvaient de changer le monde. Attentionné, intègre, généreux, le jeune homme avait été son tout premier soutien. Ils s'épaulaient et s'appuyaient l'un sur l'autre lorsque le découragement était trop fort. Emportée par ses pensées, Kelly manqua la sortie Porte d'Orléans et sortit Porte de Gentilly. Elle ne reprit pas le périphérique. Les nombreux feux rouges la retardèrent plus encore. L'évidence, soudain, la torpilla : personne ne l'attendait dans son bel appartement neuf, propre et bien rangé. Elle se sentait seule à mourir. Rappeler Martin lui venait parfois à l'esprit. Pouvait-elle vraiment gommer de sa mémoire celui qui avait été si important dans sa vie ? Kelly savait qu'elle n'aurait peut-être pas pu aller au bout de ses études et terminer sa spécialisation en neurochirurgie s'il ne l'avait pas soutenue de bout en bout. Personne avant lui n'avait jamais cru en elle. Leur rupture lui apparut une nouvelle fois comme une erreur grossière, irréparable. Pourquoi avait-elle pris cette décision aberrante ? La peur s'instilla à nouveau en elle. Pourquoi avait-elle accepté de suivre Tom ?

12

Lorsque Thalie s'éveilla le lendemain matin, une décharge électrique accompagnée de frissons parcourut son corps. Son regard se posa sur le plafond. Elle s'étira, ses pensées étaient claires, elle était reposée. Elle regarda autour d'elle et mit un moment à se souvenir de l'endroit où elle se trouvait. La jeune femme se redressa pour s'asseoir sur son lit, agréablement surprise d'y arriver sans que cela ne lui cause la moindre fatigue. Elle toucha son crâne. Des capteurs cérébraux, reliés par Bluetooth à un ordinateur portable posé sur un chariot proche de son lit, lui enserraient la tête. Elle se leva sans ressentir aucune douleur et se dirigea vers la fenêtre de sa chambre. Son cœur battait à un rythme régulier. Thalie appuya son front contre la vitre. Le ciel bleu n'abritait aucun nuage. Le soleil matraquait les bâtiments, ses rayons brûlants étaient comme autant d'éclats de lumière sur sa peau. La chambre donnait sur une rue à double sens, la jeune femme suivit des yeux les lignes métalliques de l'immeuble d'en face, détailla les vitres immaculées, et s'attarda sur les véhicules dans la rue. Son regard papillonnait partout, ne se fixait sur rien tant elle avait soif de revoir ce monde qui s'offrait à elle avec tant d'intensité. Tout était net, aligné. Sa vision n'avait jamais été aussi précise. Son rythme cardiaque était lent, elle respirait à plein poumons, surprise de sentir cette énergie à l'intérieur de son corps. Elle n'avait plus éprouvé cela depuis l'explosion. Elle songea à Alisha avec un peu moins de douleur. Le visage de Slimane s'imposa à elle. Il semblait si proche… Elle ressentit une folle envie de le voir, de le toucher, et chassa cette pensée. Pourquoi penser ainsi à un homme qu'elle n'avait vu que quelques instants ? La porte s'ouvrit. Kelly apparut sur le seuil, surprise de voir Thalie debout si peu de temps après l'opération. D'ordinaire, il fallait un temps d'adaptation au traitement.

— Comment vous sentez-vous ? lui demanda-t-elle.

— Légère, répondit la jeune femme.

— Le traitement s'est très bien passé.

— Que m'avez-vous fait ?

— Nous avons réharmonisé vos ondes cérébrales, pour archiver votre mémoire traumatique et vous réénergiser.

— Je n'avais pas demandé à faire ce traitement, lui dit Thalie.

— Au vu de votre état, c'est votre père qui a pris la décision pour vous.

Thalie ne put retenir un mouvement d'humeur qui n'échappa pas à Kelly.

— Tout s'est très bien passé, Thalie, lui dit-elle.

— Comment est-ce possible que je me sente aussi bien ? lui demanda-t-elle, un peu radoucie.

— Les événements traumatiques que nous vivons se fixent dans nos réseaux mémoriels. Notre cerveau est équipé d'une fonction qui permet un retraitement adéquat de ces événements, mais lorsqu'ils sont trop violents, il est débordé et ne peut pas les archiver.

Ces propos lui rappelèrent ceux de Julia Payre, la thérapeute qu'elle avait consultée à la demande d'Antoine.

— Le traitement que nous avons développé aide simplement le cerveau à retraiter des informations bloquées dans les réseaux mémoriels, et donne de l'énergie, poursuivit Kelly. Nous utilisons cette technique depuis plusieurs années sur des millions de personnes qui ont vécu des traumatismes comme le vôtre, parfois plus graves encore.

Kelly regardait Thalie avec bienveillance. Son regard franc, ses mots posés, ses explications claires inspiraient confiance. Une intense émotion s'empara de la jeune femme qui entrevoyait la possibilité de sortir de son cauchemar, d'être enfin libérée de la prison dans laquelle elle avait été jetée. Le tunnel noir et gluant présent depuis l'explosion avait disparu. Un minuscule renflement sous la peau de son poignet droit attira son attention.

— Qu'est-ce que c'est ?

— Nous avons dû vous faire l'injection, vous ne l'aviez pas encore faite.

Horrifiée, Thalie eut un mouvement de recul.

— Je ne voulais pas la faire, protesta la jeune femme.

— Je comprends, mais elle est obligatoire et nous n'étions pas autorisés à vous soigner sans cela.

Thalie soupira, contrariée.

— Je peux rentrer chez moi ?

— Bien sûr. Mais je dois d'abord effectuer quelques mesures.

Un infirmier l'emmena en salle de tests. Kelly examina la zone de traitement et fut surprise de voir qu'elle n'avait laissé aucune trace. Généralement, le traitement créait des microlésions qui se résorbaient plus ou moins vite selon les sujets. En regardant les images du cerveau de Thalie, on aurait pu penser qu'elle n'avait jamais été traitée. Les réflexes de la jeune femme étaient excellents, sa vision de près et de loin également, son rythme cardiaque était idéal, sa température corporelle et sa tension aussi. Les tests se poursuivirent, chacune des mesures prises était parfaite. Kelly les croisa avec celles des tests pratiqués avant l'opération. Les résultats prouvaient son erreur. C'était probablement la meilleure intervention jamais réalisée, il n'y avait pas le moindre signe de rejet. Tout était parfait. Trop parfait ? Kelly tressaillit. Son perfectionnisme anxieux l'envahissait à nouveau. Sa difficulté à accepter la réalité sans se poser de questions l'épuisait. Elle imaginait toujours le pire, anticipait, s'interrogeait sans cesse. Tout cela lui causait du tort. Tom ne supporterait plus très longtemps ses mises en garde et sa prudence. Il s'était montré on ne peut plus clair à ce sujet lors de leur dernier échange. Elle s'obligea à ne pas y penser et retira les capteurs du crâne de Thalie.

— Vous pouvez rentrer chez vous et reprendre une vie normale, lui dit-elle en souriant.

— Merci.

Son père l'attendait dans la salle d'attente. Un sourire illumina son visage lorsqu'il la vit.

— Comment te sens-tu ? lui demanda-t-il.

— Ça va, répondit-elle sur la défensive.

Ils se dirigèrent vers le parking de la clinique et marchèrent en silence jusqu'à la Porsche de Victor, dans laquelle Thalie détestait rouler, trouvant cet étalage d'argent totalement déplacé. Son père avait toujours aimé les belles voitures, il en possédait plusieurs, BMW, Porsche et même une Maserati. Il voulut dire quelque chose mais se retint devant le mutisme affiché par sa fille. La voiture démarra ; ils roulèrent en silence pendant de longues minutes.

— Lina a changé de parfum ? demanda Thalie.

Victor se tourna vers elle sans comprendre.

— Ça sent Ysatis de Givenchy, ajouta-t-elle.

— C'est moi qui le lui ai offert.

— Bergamote, Tubéreuse, Mousse de chêne, Clou de girofle, Ambre, Patchouli…

Thalie égrenait dans sa mémoire les ingrédients qui composaient ce parfum créé en 1984. Absorbée par la fragrance, elle garda le silence durant tout le trajet. Victor renonça à la questionner, ne voulant pas la fatiguer après l'intervention. Il gara la voiture en bas de l'immeuble d'Arthur et sortit du coffre la valise de sa fille.

— Tu veux que je t'aide à la monter ? lui demanda-t-il.

— Je vais me débrouiller, merci, répondit-elle sèchement.

Ils se firent face.

— Pourquoi m'as-tu emmenée dans cette clinique sans me demander mon avis ? lui demanda-t-elle, agressive.

Victor eut un mouvement de recul.

— Parce que je m'inquiétais pour toi.

— Tu te rends compte de ce qui aurait pu m'arriver ?

— De quoi parles-tu ?

— Ils sont intervenus sur mon cerveau !

Victor eut un sourire désabusé.

— Il ne pouvait rien t'arriver de pire que ce que tu as vécu durant les explosions.

Thalie eut un geste d'agacement.

— Que devais-je faire ? poursuivit son père. Te laisser dans un service de psychiatrie, comme un légume sur ton lit ? Ou dans une maison de repos sous tranquillisants ? Tu aurais préféré rester à l'hôpital pendant des mois sans savoir quand tu irais mieux ?

Thalie garda le silence.

— Je t'ai emmenée dans le seul endroit capable de te soigner, poursuivit-il. Cette clinique vient en aide aux personnes traumatisées, elle les guérit. Sa technologie fait l'objet d'un brevet et a été validée par toutes les instances médicales.

— Peut-être, répondit Thalie, mais j'aurais aimé être consultée d'abord.

— Tu n'étais pas en état de décider. C'est pour ça que je l'ai fait pour toi.

La jeune femme garda le silence.

— Je n'avais pas le choix, ajouta son père. Je devais prendre une décision. Et quand je te vois, je ne regrette pas une seconde. Si c'était à refaire, je referai exactement la même chose. Tu n'es pas mère, Thalie. Pas encore. Tu ne peux pas imaginer ce que c'est de voir son enfant souffrir. Quand tu en auras, tu comprendras qu'on est prêts à tout pour le sauver.

— Tu m'as pourtant vue souffrir toute mon enfance sans que ça te cause le moindre problème, rétorqua-t-elle.

Il se passa la main sur le visage, las.

— Je suis profondément désolé que tu ne gardes de ton enfance que des souvenirs abominables. Ce n'est pas ma perception.

— Ça ne m'étonne pas. Tu ne souffrais pas, toi. Tu faisais souffrir.

— Qu'est-ce que tu en sais ?

— Il faut que j'y aille, répliqua Thalie.

— Prends soin de toi.

Victor regarda Thalie s'éloigner. Elle était arrivée à la clinique affaiblie et traumatisée, et en ressortait transformée, quoi qu'elle en dise. Le miracle décrit par Tom Chase avait eu lieu, c'était la fin du calvaire de sa fille.

13

LE COUVRE-FEU, avancé à 22 heures, rendait Paris morne et pesant. La ville ne vibrait plus, dévoilant la tristesse de ses trottoirs déserts. Les contrôles se multipliaient depuis que la menace terroriste était encore montée d'un cran. Les interventions du président et du gouvernement rythmaient la vie des Français à qui l'on communiquait chaque semaine des informations sur leur sécurité. Les services de renseignements étaient mobilisés, le risque terroriste atteignait un niveau plus élevé que jamais et les Français ne se soumettaient pas encore suffisamment à l'injection. Thalie et ses amis, comme la plupart des jeunes, se donnaient rendez-vous clandestinement, bravant le couvre-feu pour conserver un semblant de vie. Qui aurait pu imaginer, quelques semaines plus tôt, que tous les repères disparaîtraient de la sorte ?

Le vernissage de l'exposition de Carla, avec laquelle Arthur était maintenant officiellement en couple, était censé se prolonger bien au-delà du couvre-feu. Thalie arriva bonne dernière, comme à son habitude. Elle pénétra dans une cour arborée plongée dans le noir, et entra dans un magnifique loft du 6e arrondissement, transformé pour l'occasion en galerie d'art. Elle regretta que Rose et Esteban aient décliné l'invitation d'Arthur, qu'ils appréciaient pourtant beaucoup. Elle chassa l'image de Slimane, qu'elle ne parvenait pas à oublier, et se concentra sur les grandes toiles de Carla qui formaient autant de taches de couleur vives sur les murs blancs. Une trentaine de personnes parlait et riait, coupe de champagne à la main. Thalie les observa, trouvant cocasse ce mélange des genres. Les artistes en jean, baskets et cheveux longs côtoyaient des hipsters, des intellectuels, des bobos, des hommes en costard cravate, des femmes élégantes, coiffures structurées et vêtements de marque, et des mannequins au look très étudié. Les conversations et les rires s'intensifiaient. Thalie fut soudain prise de vertige. Une violente vague d'énergie l'envahit. Elle craignit d'imploser et s'appuya contre un mur, effrayée. Puis, tout redevint normal. La jeune femme essuya le filet de sueur qui perlait sur son front et reprit l'observation des tableaux peints par Carla, qui plaisantait et riait avec Arthur, manifestement très amoureux d'elle. Thalie eut un pincement au cœur. Deux ans auparavant, Alisha et Arthur étaient encore ensemble. Le jeune homme se dirigea vers son amie, plantée devant une grande toile évanescente, composée de taches de lumière colorées.

— C'est beau, lui dit Thalie, encore fébrile.

Arthur la toisa, goguenard.

— Ne te sens pas obligée d'apprécier, Thal. Tu n'as jamais aimé les tableaux abstraits.

Elle sourit.

— J'ai cherché les informations que tu m'as demandées sur la clinique Piersen, dit-il.

— Et alors ? demanda Thalie.

— Ils ont développé une technologie unique au monde pour traiter les conséquences des traumatismes sur le cerveau.

— Oui, c'est ce qu'ils m'ont expliqué.

— Leur procédé fait l'objet d'un brevet, ils en ont déposé plusieurs. Ils travaillent avec les meilleurs scientifiques actuels et ont réussi à mettre en place le traitement que tu as reçu sur la base des tout derniers développements en matière de neurosciences.

Il observa Thalie.

— Comment tu te sens ?

— Très bien, répondit-elle.

— Et tes cauchemars ?

— Je n'en ai pas fait un seul depuis l'opération. J'ai du mal à croire que j'étais si faible il y a encore deux semaines.

— On dirait que ton père t'a sauvée, cette fois.

Elle eut un mouvement de recul.

— Il ne m'a pas sauvée, rétorqua-t-elle. Je ne lui dois rien.

— Je sais...

— Il n'a jamais rien fait pour moi.

Arthur voyait son amie en lutte avec son père depuis des années.

— Tu ne crois pas qu'il est temps de lâcher un peu de lest après ce qui s'est passé ? insista-t-il. Tout est si fugace... Alisha a disparu d'une minute à l'autre, c'est tellement...

Il s'arrêta, bouleversé. Thalie réalisa combien son ami souffrait. Il avait fait passer sa douleur au second plan pour pouvoir s'occuper de la sienne. Il n'évoquait presque jamais Alisha et dissimulait son chagrin. Thalie avait tout d'abord cru qu'Arthur n'avait pas été plus affecté que ça, Alisha et lui s'étaient éloignés l'un de l'autre à la fin de leur histoire d'amour, ils ne se voyaient plus. Mais elle avait vite réalisé son erreur.

— Tout passe si vite, Thal, ajouta-t-il. Les liens sont précieux, c'est tout ce que nous avons. Quand je pense à mon père, je ne peux pas m'empêcher de ressentir un immense gâchis. Il y a tellement de choses que nous ne nous sommes pas dites… Je ne pouvais pas, je lui en voulais trop.

— Je sais, murmura Thalie.

— Crois-moi si tu veux, mais aujourd'hui, je le regrette beaucoup.

La jeune femme l'observa, étonnée. Arthur et son père n'avaient jamais pu s'entendre ; elle croyait que son ami en avait pris son parti depuis longtemps et n'imaginait pas l'intensité de sa peine.

Carla s'avança vers eux et embrassa Thalie.

— Merci d'être venue, lui dit-elle. Ça me fait tellement plaisir de te voir.

— Moi aussi. La dernière fois, je n'étais pas très en forme…

Ils gardèrent le silence quelques instants, se remémorant la soirée où Thalie s'était évanouie.

— Tes peintures sont magnifiques, dit Thalie à Carla.

— Merci.

Elle embrassa Arthur et rejoignit ses invités.

— Tu as l'air très amoureux.

Arthur se raidit.

— Je ne sais pas. On verra.

— Je te connais par cœur, Arthur. Tu es amoureux de cette fille.

— Peut-être… J'étais amoureux de toi, petit.

— Tu me trouvais spéciale, ça n'a rien à voir avec l'amour.

— Tu étais spéciale.

Thalie soupira.

— Regarde où ça m'a menée… lança-t-elle, désabusée.

— Ça t'a menée à la défense de tes idéaux.

— À quoi ça a servi ? Alisha en est morte. Je n'ai pas su la protéger.

Arthur posa une main sur son épaule.

— Qui aurait pu prévoir ce qui est arrivé ? Alisha n'avait pas besoin de protection, tu as été la meilleure amie dont elle pouvait rêver. Vous aviez le même idéal, la même foi. Vous êtes allées au bout de vos rêves.

— Elle me manque tellement… Je pouvais tout lui dire, elle me comprenait sans jamais porter de jugement.

Thalie posa une main sur l'épaule de son ami.

— Elle te manque aussi, pas vrai ?

Le visage d'Arthur se crispa.

— Évidemment… Nous avons beaucoup de chance de l'avoir connue.

Le jeune homme se tut pour contenir l'émotion qui le submergeait. La mort d'Alisha l'avait lui aussi plongé dans un profond chagrin. Il tourna la tête en entendant son nom. Carla s'avançait vers eux et demanda à Thalie si elle pouvait lui enlever Arthur quelques minutes pour lui présenter l'un de ses amis. Thalie les regarda s'éloigner. Ses pensées l'entraînèrent jusqu'à Bénarès, un soir de mai, dix-huit ans auparavant.

*

Thalie entendit la sonnette et leva la tête avant de se replonger dans ses devoirs. Soudain, la porte de sa chambre s'ouvrit. Alisha apparut, échevelée.

— Viens ! lui dit son amie.

— Pourquoi ?

— Viens, je te dis !

— Je ne peux pas, je travaille.

Thalie se replongea dans ses devoirs, mais Alisha s'approcha et lui enleva son stylo des mains.

— Il faut que tu viennes, ta mère est d'accord. J'ai quelque chose à te montrer.

Intriguée, Thalie se leva et s'élança à la suite de son amie. Elles sortirent de la maison, serpentèrent dans les ruelles et arrivèrent devant le Gange.

— Regarde, lui dit Alisha.

Thalie observa les alentours. Des dizaines de personnes, enfants de tous âges, sadhus, touristes, yogis, Indiennes affichant des bindis d'un rouge flamboyant, hommes d'affaires au ventre plein se tenaient face au fleuve sacré. Ils brûlaient de l'encens, chantaient, priaient, allumaient des bougies, remerciaient, chantaient, se purifiaient.

— Qu'est-ce qu'ils font ? demanda Thalie à son amie.

— Ils ont rendez-vous avec le soleil, ajouta Alisha.

— Avec le soleil ? répéta Thalie, surprise.

— Oui, pour le remercier. Regarde !

Alisha désigna l'astre lumineux dont les nuances pourpre et or émerveillèrent Thalie. Les deux fillettes s'assirent sur les ghats, fascinées. À cet instant, plus rien n'avait d'importance. L'émotion était dense, palpable. L'air se chargea d'électricité, comme si un invisible courant circulait, entraînant chacun dans une ferveur millénaire. Alisha regarda son amie, heureuse de la voir absorbée dans la magie de cet instant hors du commun. Les deux fillettes restèrent ainsi jusqu'à ce que la dernière flambée de soleil embrase le ciel.

*

Soudain, les lumières s'éteignirent. Thalie revint à elle. Il y eut un mouvement de panique.

— Que se passe-t-il ? demanda-t-elle.

— Des policiers sont dans la rue, lança quelqu'un.

Les invités se rassemblèrent au centre de la galerie. Le couvre-feu était en vigueur depuis près de deux heures, ils ne devaient surtout pas se faire prendre. Un téléphone portable éclaira les visages tendus.

— Nous allons sortir sans bruit par la cuisine, dit Carla d'une voix ferme. Un escalier mène sur le toit. Ne faites aucun bruit.

Carla ouvrit la fenêtre et les guida sur un escalier en colimaçon. Il y eut quelques rires étouffés, des chuchotements. Il fallait faire vite. Thalie enjamba à son tour la fenêtre et suivit Arthur. Son cœur battait trop rapidement, elle tenta d'en reprendre le contrôle et serra plus fort la main de son ami. Arrivé sur le toit, le petit groupe d'amis scruta les environs. Il faisait doux, la nuit se déployait dans le ciel, laissant éclore des brassées d'étoiles. Le bruit d'une sirène parvint jusqu'à eux. Arthur se pencha et observa la rue en contrebas. La police contrôlait plusieurs jeunes qui étaient encore dehors, en dépit du couvre-feu. Malgré la tension, Thalie se sentit protégée par le groupe qu'ils formaient, tous solidaires en ces temps troublés. La jeune femme comprit à cet instant qu'elle n'était pas seule. Malgré le piège terrifiant qui se refermait sur eux, d'autres personnes, partout dans le monde, refusaient de se résigner et résistaient, chacune à sa manière. Elle eut une pensée pour son amie.

Le combat continue, Alisha…

14

Réveillée à l'aube, Thalie avait travaillé tard. Depuis son passage à la clinique, elle avait moins besoin de sommeil. En préparant son interview, elle avait retrouvé sur son ordinateur des photos de Slimane, prises pendant la manifestation. En observant le visage du jeune homme, son rythme cardiaque s'était accéléré, une chaleur subite l'avait envahie. Elle se sentait attirée par lui et s'en défendait, trouvant stupide de se sentir si proche de quelqu'un qu'elle avait simplement croisé.

— Tu es sûre que tu veux venir ? lança Arthur.

— Évidemment ! répondit Thalie.

Le jeune homme la fixait, dubitatif, pendant qu'elle nouait les lacets de ses chaussures de sport. Ses cheveux étaient relevés en queue-de-cheval et son ensemble en lycra moulait son corps mince et tonique.

— Je vais bien ! lui dit-elle. Je ne ressens plus la moindre fatigue.

— Si tu le dis…

Arthur mit ses clés dans la ceinture prévue à cet effet, qu'il prenait avec lui lorsqu'il allait courir. Son amie semblait enthousiaste à l'idée de faire un jogging, il ne souhaitait pas l'en dissuader mais doutait de sa capacité à tenir la cadence. Une fois dehors, ils firent quelques pas en trottinant et pénétrèrent dans le parc Monceau. Thalie rayonnait. Elle allongea sa foulée, Arthur lui emboîta le pas et ils progressèrent ensemble pendant plusieurs minutes. Le ciel de Paris moutonnait, le petit matin était clair, l'air frais regorgeait des parfums de l'été. Thalie accéléra, Arthur la rejoignit.

— Vas-y doucement, lui conseilla-t-il.

La jeune femme haussa les épaules et poursuivit au même rythme. Agacé, il la précéda. Elle courut plus vite et s'éloigna à une cadence soutenue. Il l'observa, étonné, avant de revenir à sa hauteur.

— À quoi tu joues, Thal ?

Ils firent la course. Arthur fut surpris de voir qu'il ne parvenait pas à la distancer, même en forçant l'allure. Familier des semi-marathons et des triathlons, il avait pourtant l'habitude de la course. Elle le dépassa une nouvelle fois, puis ils coururent côte à côte pendant plusieurs minutes. Thalie accéléra à nouveau. Arthur se cala sur son rythme avant de renoncer. Il regarda son amie le distancer, stupéfait. Elle passait devant lui à intervalle régulier, lui faisant à chaque fois un petit signe de la main. Il réalisa que la jeune femme effectuait deux tours quand lui n'en faisait qu'un. Thalie accéléra encore l'allure. Son corps semblait électrisé. Chaque fois que ses pieds foulaient le sol, une onde se propageait jusqu'au sommet de son crâne, lui fournissant le carburant nécessaire pour aller plus vite encore. Une sensation de force et de clarté l'envahissait, une énergie puissante circulait, la rendant invincible. À mesure qu'elle progressait et enchaînait les tours de parc, les autres coureurs lui apparaissaient ternes et lointains. Aucun d'eux n'avançait aussi rapidement. Un groupe de pompiers, familiers du lieu, la dépassa. Thalie accéléra, allongeant ses foulées. Ils firent un tour au même rythme, puis elle les distança, les laissant loin derrière. En regardant sa montre, la jeune femme réalisa qu'elle courait depuis plus d'une heure, sans ressentir la moindre fatigue, ce qui la grisa. Arthur lui fit un signe de la main, lui signifiant qu'il était temps de rentrer, mais Thalie ne s'arrêta pas et enchaîna les foulées, faisant encore deux fois le tour du parc. Arthur l'intercepta lorsqu'elle repassa devant lui.

— Il faut qu'on rentre, s'écria-t-il.

— J'arrive. Encore un tour, répondit-elle en s'éloignant.

Thalie piqua un dernier sprint avant de ralentir. Deux enfants qui se couraient après la frôlèrent. Le son aigu de leurs cris la déborda soudain, provoquant une insupportable douleur qui la fit vriller. L'un d'eux s'étala sur le sol, Thalie ressentit le choc de sa chute dans tout son corps et fut contrainte de s'asseoir sur un banc pour reprendre ses esprits. Une vague d'énergie puissante la submergea, son crâne menaçait d'imploser. Elle prit sa tête dans ses mains. Son corps tout entier fut parcouru d'un courant électrique intense. La vague d'énergie finit par se diluer, provoquant une fatigue brutale qui dura plusieurs minutes avant de se stabiliser. Thalie se demanda ce qu'il lui arrivait, mais chassa son inquiétude. Lorsqu'elle eut retrouvé ses sensations initiales, elle rejoignit Arthur près du banc sur lequel il était assis et ils regagnèrent leur appartement en trottinant. Arthur ressentait dans ses jambes les effets de l'effort fourni et observa son amie. Elle ne transpirait pas, n'était même pas essoufflée.

— Tu n'es pas fatiguée ? lui demanda-t-il.

— Pas vraiment, éluda-t-elle.

— Tu te rends compte que tu as couru hyper vite pendant plus d'une heure, alors que tu ne cours jamais ?

— Tu es jaloux ? lui lança-t-elle.

— Je devrais peut-être suivre le même traitement que toi, répondit Arthur en riant.

— Je file sous la douche, il faut que j'y aille.

Arthur la regarda s'éloigner, stupéfait de la forme qu'elle affichait. Comment avait-elle pu courir aussi longtemps et aussi vite ?

Une heure plus tard, Thalie faisait son entrée sur l'autoroute A16, en direction de Dunkerque. Elle appréciait de rouler sur l'autoroute, le tracé régulier lui permettait de ne plus penser à rien. Il lui fallut un peu plus de trois heures pour rejoindre la ville. Le soleil prenait ses quartiers dans le ciel marbré de nuages blancs. Thalie suivit son GPS, et après plusieurs demi-tours, stoppa sa moto devant une maison de petite taille en briques rouges. Personne ne vint l'accueillir, la sonnette fonctionnait pourtant normalement. Elle fit le tour du pavillon et découvrit un jardin laissé à l'abandon, qui s'étendait sur l'arrière du bâtiment. Un petit garçon d'environ six ans, vêtu d'un sweat-shirt gris et d'un pantalon rouge, apparut.

— Salut, lui dit-elle.

— Salut, répondit-il avec méfiance.

— Tu habites ici ?

— Oui.

— Est-ce que ta mère est là ?

— Elle est sortie faire des courses.

L'enfant ne la quittait pas des yeux.

— Tu sais quand elle va revenir ?

— Je sais pas.

Thalie chercha ce qu'elle pouvait lui dire ; elle n'avait pas l'habitude d'échanger avec des enfants.

— Tu vas à l'école aujourd'hui ?

— Non.

— Pourquoi ?

— Je reste avec ma mère, répondit-il.

La jeune femme hésita, se demandant s'il était judicieux de lui poser la question qui était l'objet de sa visite, et décida de prendre le risque.

— Où est ton père ?

Le petit devint blême.

— Il est parti.

— Parti où ? demanda-t-elle avec douceur.

— Ils l'ont emmené.

Thalie eut du mal à déglutir.

— Qui l'a emmené ? le questionna-t-elle.

— La police.

— Et tu étais là, toi ?

— Je dormais dans ma chambre, mais il y avait du bruit partout.

— Quel genre de bruit ?

— Des sirènes. Ça m'a réveillé et je suis allé dans le salon…

La peur se lisait dans les yeux du garçonnet.

— Il y avait la police.

— Qu'est-ce qu'ils ont fait ? poursuivit-elle.

— Ils l'ont pris.

Le petit regardait dans le vide, désemparé. Thalie s'en voulut de l'avoir questionné.

— Tu crois qu'il va bientôt rentrer ? lui demanda-t-il.

— J'en suis certaine, mentit-elle.

Une femme s'avança vers eux, un panier de courses à la main.

— Damien, qu'est-ce que tu fais là ? Je t'avais dit de ne pas sortir de la maison.

La femme observa Thalie, méfiante.

— Bonjour madame, je suis Thalie Duval, c'est moi qui vous ai appelée.

— Ah, c'est vous, lui lança la femme. Venez.

L'enfant s'empressa de rentrer dans la maison et disparut dans sa chambre. Le désordre, dans le salon, était indescriptible. Les coussins éventrés vomissaient leur garniture blanche, les tiroirs débordaient de papiers, les placards se vidaient de leurs aliments... Thalie ne put cacher sa stupeur.

— C'est eux qui ont fait tout ça, dit la femme. Ils n'ont aucun respect pour rien ni personne.

Elle fit signe à Thalie de s'asseoir, d'un geste las, et désigna une chaise miraculeusement intacte qui dépassait de la table à manger.

— Merci d'avoir accepté de me recevoir, dit Thalie à la femme.

— Je ne le fais pas pour vous, mais pour que les gens sachent ce qu'il se passe.

La jeune reporter démarra l'enregistrement.

— Pouvez-vous me raconter ce qui est arrivé ?

— Je vais tout vous dire. Mais d'abord, je veux que vous me promettiez que mon nom ne sera pas cité.

— Bien sûr, ne vous inquiétez pas. Vous êtes une source anonyme. Personne ne saura qui vous êtes.

— Je vous fais confiance, insista la femme. J'ai un fils de six ans, je ne plaisante pas.

— Vous avez ma parole, soutint Thalie.

La femme se prit la tête dans les mains en soupirant.

— Je n'arrive pas à croire que tout ça nous arrive à nous.

— Je comprends, lui dit Thalie. Racontez-moi.

Son hôtesse regarda un long moment dans le vide en se remémorant chaque détail de cette soirée qui avait fait basculer son existence.

— Ils sont arrivés en pleine nuit.

— C'était quand ?

— Il y a quatre jours. Mon mari est rentré du travail à 21 heures, comme d'habitude. Il est vigile dans un supermarché. Il semblait fatigué, mais je n'ai pas posé de questions. Il n'aime pas parler de son travail. Quand il rentre, il préfère penser à autre chose.

Un pâle sourire éclaira son visage.

— Le petit est venu le voir, comme tous les soirs, pour lui raconter sa journée et mon mari est allé le mettre au lit. C'était son tour, on alterne un soir sur deux.

Des larmes coulaient sur ses joues. Thalie posa sa main sur la sienne.

— Je sais que repenser à tout cela est éprouvant, lui dit-elle.

La femme renifla et alla chercher un mouchoir avant de se rasseoir.

— Après avoir mis Damien au lit, mon mari est revenu dans le salon. Il semblait préoccupé.

— Comment cela ?

— Nous avons l'habitude de parler quand le petit est couché, mais ce soir-là, il ne disait rien. J'ai fini par le questionner.

— Et qu'est-ce qu'il vous a dit ? lui demanda Thalie.

— Qu'un client avait volé une bouteille de vin dans l'après-midi, avant de s'en prendre à lui.

— Que s'est-il passé exactement ?

— C'était un homme d'une quarantaine d'années. Il s'est avancé vers la sortie, la bouteille dans son sac. Mon mari l'a intercepté.

Thalie ne la quittait pas des yeux, et fut soudain débordée par une énergie d'une intensité telle que ses perceptions la plongèrent dans la scène décrite. Tout son crâne semblait pressé, écrasé par une force qu'elle avait du mal à contenir. Elle s'accrocha à la table, craignant d'imploser.

— Ça va ? Vous avez besoin de quelque chose ?

La voix de la femme la fit revenir à elle. L'intensité de l'énergie qui circulait en elle chuta brutalement, provoquant une forte suée.

— Ça va, murmura la journaliste, encore sous le choc.

— Vous voulez un verre d'eau ? lui proposa la femme.

— Oui, merci.

Son hôtesse se leva et lui tendit le verre qu'elle but d'un trait.

— Qu'est-il arrivé ensuite ? poursuivit Thalie après avoir recouvré ses esprits.

— L'homme s'est jeté sur mon mari en levant la bouteille pour le frapper. Il y a eu une bagarre. Mon mari a réussi à le neutraliser et la police est arrivée très vite. Un des policiers a dit à mon époux que grâce aux injections, ils avaient été informés en temps réel du foyer de violence et qu'ils intervenaient directement maintenant.

— Est-ce qu'ils ont interrogé votre mari à ce moment-là ?

— Bien sûr. Il leur a tout expliqué. Ils ont emmené le voleur et sont partis. Mon mari a fini sa journée et est rentré comme d'habitude.

— Et ensuite ?

— On a entendu des sirènes dans la rue.

— Quelle heure était-il ?

— Environ minuit.

La femme regardait dans le vide.

— Il y a eu des coups contre la porte, mon mari est allé ouvrir... Ils se sont jetés sur lui...

Elle se mit à pleurer, sans pouvoir s'arrêter. Damien apparut dans l'embrasure de la porte et se précipita vers sa mère.

— Pourquoi tu pleures, maman ?

La femme essuya ses larmes et se força à sourire.

— C'est rien. Maman est un peu triste, ça va passer.

— C'est à cause de papa ?

Thalie et la mère du garçon se regardèrent.

— Ta maman est en train de me raconter une histoire, elle a bientôt fini, lui expliqua Thalie. Tu veux bien l'attendre dans ta chambre ? Je te promets que je vais prendre soin d'elle.

Le petit l'observa fixement. Pouvait-il lui faire confiance ? Il décida que c'était le cas et se dirigea vers sa chambre, en se retournant vers elles à plusieurs reprises.

— Il faut qu'on se dépêche, lança la femme dans un sanglot. Je ne veux pas que Damien se sente encore plus mal.

— On a presque fini. Qu'ont dit les policiers, lorsqu'ils se sont jetés sur votre mari ?

— Qu'il était en état d'arrestation pour des faits de violence. Il a tenté de se défendre en leur expliquant que c'était une erreur. Il leur a dit qu'il avait été victime d'une agression dans l'après-midi, que leurs collègues étaient intervenus et avaient tout consigné dans un rapport, mais ils n'ont rien voulu entendre.

— Je ne comprends pas que la police soit venue chez vous. L'agression s'est produite dans l'après-midi, le taux hormonal de votre mari s'était stabilisé entretemps, la géolocalisation aurait dû être désactivée.

— Je ne comprends pas non plus. Il y avait des témoins quand tout ça s'est passé. C'est sûrement son responsable qui a donné son adresse.

— Il a dû y avoir une erreur de traitement, ajouta Thalie. L'alerte initiale n'a sans doute pas été classée comme elle l'aurait dû.

La femme essuya ses larmes avec un mouchoir.

— Mon mari ne supporte pas l'injustice, il s'est débattu. Il voulait juste rétablir la vérité. C'est lui la victime.

— Et que s'est-il passé ? demanda doucement Thalie.

— Ils l'ont frappé. Il s'est effondré et ils l'ont emmené.

— Où ça ?

— Ils n'ont pas voulu me le dire.

— Vous êtes allée au commissariat ?

— Bien sûr. Dès le lendemain. On m'a fait patienter pendant trois heures, mais je n'ai pas bougé et j'ai fini par être reçue par un policier. Il m'a expliqué que mon mari était accusé de faits de violence dans l'exercice de son métier, et d'agression envers les forces de l'ordre. Je leur ai expliqué qu'il avait été lui-même victime d'une agression au supermarché, et qu'ensuite il y avait eu un malentendu, mais ils n'ont rien voulu entendre. Le policier m'a dit que les taux d'hormones de mon mari prouvaient sa culpabilité.

Thalie mesura l'ampleur de ce qui se passait. Tout le monde pouvait, à n'importe quel moment, être arrêté et jeté en prison à cause d'un taux d'hormones trop élevé. Or ils pouvaient monter en réponse à n'importe quel événement de la journée. Chaque citoyen était devenu un coupable potentiel.

— Savez-vous ce qu'il va se passer maintenant, pour votre mari ? la questionna Thalie.

— Ils n'ont rien voulu me dire. Je n'ai pas le droit de lui rendre visite, je ne sais même pas où il est retenu. Il n'y a aucune date de jugement, rien.

— Vous avez pris un avocat ?

— J'ai du mal à en trouver. Ils ont peur des représailles.

Elle s'agrippa au bras de Thalie.

— Promettez-moi que vous allez publier votre article, ajouta la femme.

— Je vous le promets.

— Il faut que tout le monde sache.

De retour à Paris, Thalie s'absorba dans son travail. Elle termina son article vers minuit et l'envoya à Antoine, qui la félicita pour son travail et le publia dans la foulée, non sans insister sur le fait qu'elle devait lever le pied. Une quinzaine de minutes après sa mise en ligne, la jeune femme reçut un appel en numéro masqué sur son portable.

— Thalie Duval ? dit une voix masculine qu'elle ne connaissait pas.

— Oui, c'est moi, répondit-elle, tendue.

Une brève incrustation du visage de son interlocuteur dansa devant ses yeux, une vision si réelle et si vive qu'elle en eut le vertige. Quelques secondes plus tard, l'image s'estompa.

— Il faut que je vous parle, dit l'homme.

— Qui êtes-vous ? balbutia-t-elle.

— Vous le saurez bien assez tôt.

Son interlocuteur lui donna rendez-vous aux Buttes-Chaumont le lendemain matin, avant de mettre un terme à la conversation. Une décharge d'adrénaline la submergea et sa fréquence cardiaque s'accéléra violemment.

Qui pouvait-il bien être ? Et que lui voulait-il ?

15

Le parc des Buttes-Chaumont était désert à cette heure matinale. Thalie marchait d'un bon pas dans les allées, contournant les massifs de fleurs qui déployaient leurs senteurs odorantes. Elle regarda autour d'elle. La jeune femme ignorait à quoi ressemblait l'homme qui l'avait contactée la veille. Elle s'avança jusqu'au lieu de rendez-vous. Personne ne l'attendait sur le banc que son interlocuteur lui avait indiqué. Elle passa une première fois devant en affectant un air détaché, avant de revenir sur ses pas. L'homme était en retard. Thalie éprouva soudain de la peur. Il y avait un problème, il fallait partir. Elle allongea le pas, son cœur effectuait de dangereuses oscillations. Avancer, ne pas se retourner. Elle crut défaillir lorsqu'une main se posa sur son épaule.

— 4 rue du Tunnel. 4A23, dit l'homme, qui la dépassa avant de disparaître en tournant sur la gauche.

Troublée, Thalie venait de reconnaître le visage qu'elle avait vu danser devant ses yeux la veille, quand elle avait reçu cet appel. Au bord du malaise, elle s'obligea à poursuivre sa route et sortit des Buttes-Chaumont. Elle tourna à droite et fit environ cinq cents mètres. Le numéro 4 dévoilait un immeuble aux pierres blanches. Thalie avança d'un pas rapide et tapa le code. La porte s'ouvrit. Une silhouette, dans l'ombre, lui fit face et plaqua une main sur sa bouche. Elle étouffa un cri.

— Suivez-moi, ne faites aucun bruit.

Thalie reprit ses esprits et songea à s'enfuir, mais son intuition lui souffla de n'en rien faire. Sa curiosité fut la plus forte et elle suivit l'homme. Ils traversèrent une cour. Une porte vitrée s'ouvrit, elle fut poussée à l'intérieur. Il faisait sombre, ses yeux mirent quelques secondes à s'habituer à l'obscurité.

— Bonjour Thalie.

Elle chercha d'où provenait la voix grave, posée. L'homme était assis sur un canapé. Stupéfaite, elle reconnut le ministre de la Santé.

— Nous avons peu de temps, enchaîna-t-il. Donnez-moi votre portable.

Thalie tendit son téléphone à celui qui l'avait menée jusqu'ici. Il retira la puce et le rangea dans une sacoche.

— Asseyez-vous, lui enjoignit le ministre.

La jeune femme obéit et sortit son matériel de son sac.

— Pas d'enregistrement. Vous allez devoir prendre des notes. J'ai lu votre article, c'est la raison pour laquelle je vous ai contactée. Sachez que je ne suis pas le seul à l'avoir lu, vous risquez d'avoir des problèmes.

— Quel genre de problèmes ?

— Ils vont chercher à vous mettre hors d'état de nuire.

— Comment ?

— En général, ça commence par de l'intimidation.

Thalie avait du mal à respirer. Un filet de sueur glissa le long de sa colonne vertébrale. Le ministre se déplaça, un rai de lumière éclaira son visage. Il semblait épuisé. Des cernes violacés se dessinaient sous ses yeux rougis par le manque de sommeil.

— Je n'ai que dix minutes à vous accorder. Évidemment, vous ne me citez pas, vous ne faites pas mention de ma présence au gouvernement. Je veux que vous me présentiez comme « un habitué des cercles de pouvoir ».

— Bien sûr, répondit Thalie d'une voix tendue.

Rares étaient les témoignages qui venaient de l'intérieur, Thalie ne voulait pas passer à côté.

— Vous avez compris qu'il se passe des choses très graves, poursuivit l'homme. Mais c'est encore bien pire que ce que vous imaginez.

Le corps de Thalie se contracta, elle avait du mal à déglutir.

— Le gouvernement est entièrement noyauté par la multinationale WorldLink. Ce sont eux, dorénavant, qui sont aux commandes.

Il marqua un temps d'arrêt.

— La situation actuelle va se durcir.

Thalie écarquilla les yeux.

— Ce que nous vivons aujourd'hui n'est qu'un début, ajouta-t-il.

— Que voulez-vous dire ?

— L'injection est la première phase de leur plan. Cet implant leur permet de mesurer nos taux d'hormones. Mais vous imaginez bien que ce n'est pas ça qu'ils veulent

— Qu'est-ce qu'ils veulent ?

— Nous contrôler, manipuler nos taux d'hormones, mais surtout agir sur nos pensées, sur nos choix.

Thalie resta silencieuse quelques secondes, le temps nécessaire pour assimiler l'information.

— Comment ? demanda-t-elle.

— Les implants leur offrent un accès direct à l'ensemble de notre organisme. Nos données sont collectées et centralisées directement dans leur base de données. La technologie développée par WorldLink s'appuie sur le même principe que l'IOT*.

L'homme marqua un temps d'arrêt.

— À la différence près que les objets qu'ils veulent connecter, c'est nous.

— Quelles sont les preuves dont vous disposez ? l'interrogea Thalie.

— Il y en a peu à ce stade, répondit-il.

Il marqua un temps d'arrêt avant de poursuivre.

— Et il y a pire encore.

— Quoi donc ?

— Nous sommes en train de mettre à jour le trafic auquel ils se livrent. C'est quelque chose que nous n'aurions jamais pu imaginer.

Thalie le regarda, effrayée.

— Quel trafic ? demanda la jeune femme.

— Je vous contacterai prochainement pour que vous puissiez récupérer une clé contenant plusieurs fichiers qu'il vous faudra analyser, enchaîna-t-il. Le temps est compté, il faut faire vite. Vous devez comprendre qu'ils sont très avancés. Leur technologie est basée sur la contagion, ce qu'ils mettent en place est totalement nouveau, sur le fond comme sur la forme. C'est ce qui les rend particulièrement dangereux.

— Pourquoi avez-vous soutenu les injections ? lui demanda-t-elle.

---

* L'Internet des Objets Connectés.

L'homme resta un moment silencieux.

— Après les attentats, nous étions tous sous pression. L'ampleur de l'événement, le nombre de blessés et de morts nous contraignaient à agir vite. J'ai pensé, comme d'autres, que c'était la meilleure manière d'endiguer la violence. J'ai commis une grave erreur.

— Pensez-vous que WorldLink soit à l'origine des attaques ?

Le ministre garda le silence.

— Il y a encore deux semaines, je vous aurais répondu par la négative. Aujourd'hui, je ne sais plus. Je veux croire que non.

— Combien de personnes au gouvernement sont de votre côté ?

— C'est impossible à dire, nous n'en parlons pas. Officiellement, nous sommes tous derrière le président. Évoquer ce sujet présente trop de risques. Il y a bien des échanges à mots couverts, mais c'est beaucoup trop dangereux. Nous subissons une intense pression.

L'homme qui l'avait menée jusqu'au ministre donna le signal. Il était temps de partir. Thalie reprit son téléphone portable et se dirigea vers la sortie.

— Faites attention à vous, ajouta le ministre. Depuis la publication de votre article, vous êtes sous surveillance. Votre statut de journaliste vous protège, mais ça ne durera pas.

Thalie ne put s'empêcher de frissonner.

— Ne les sous-estimez surtout pas, conclut-il.

Ils échangèrent un dernier regard ; la porte se referma derrière Thalie. Une fois dans la rue, encore sous le choc de ces révélations, elle tenta de reprendre ses esprits. Éblouie par la lumière vive, elle mit ses mains devant ses yeux et chercha ses lunettes de soleil dans son sac. Les bruits extérieurs s'amplifièrent, saturant ses oreilles de sons aigus dont la tonalité haute lui donna la migraine. Des passants arrivèrent à sa hauteur, parlant et riant. Il y avait trop de bruit. La jeune femme chancela, débordée par l'intensité de ses perceptions. Une vague d'énergie déferla dans tout son corps, qui se mit à trembler sans qu'il lui soit possible d'en reprendre le contrôle. Thalie eut soudain peur d'imploser, tous ses organes étaient sous tension. Elle suffoquait et parvint, au prix d'un effort surhumain, à s'éloigner. En passant devant des poubelles, l'odeur des ordures lui donna la nausée. Elle se courba en avant et vomit, le corps trempé de sueur. La jeune femme s'appuya contre un mur, tentant de reprendre ses esprits. À nouveau ces décharges électriques. Il se passait quelque chose d'anormal. La panique la gagna à l'idée de basculer à nouveau dans le cauchemar dont elle se croyait enfin sortie. Puis, les sons, les images, les odeurs et les sensations se stabilisèrent. Ses perceptions redevinrent normales. Thalie revint à elle, vidée, sans plus aucune énergie, et marcha jusqu'à sa moto. Elle attendit de longues minutes avant de pouvoir démarrer.

16

LE GOUVERNEMENT INFORMAIT CHAQUE SEMAINE le pays sur la situation, affirmant que la menace terroriste était toujours au plus haut, ce qui justifiait une intensification accrue du contrôle du taux d'hormones des citoyens. Un nouveau décret, adopté en conseil des ministres, obligeait dorénavant tous les enfants à partir de dix ans à se soumettre à l'injection. La peur s'instillait partout. Les divisions s'accentuaient entre ceux qui soutenaient ce dispositif et ceux qui le considéraient comme une menace pesant sur la démocratie. Les débats tournaient court, se polarisant sur un « pour ou contre » stérile qui empêchait tout sens critique, pourtant indispensable à la liberté de penser. Depuis la publication de son dernier article, Thalie recevait de nombreux appels de citoyens dont les proches se faisaient interpeller injustement. Elle décida de se lancer dans une grande enquête qui la mena à Nice,

Strasbourg, Boulogne-sur-Mer ou encore Marseille, et entreprit de répertorier tous les cas dont elle avait connaissance. En s'impliquant dans son travail, elle se sentait à nouveau utile et honorait la promesse faite avec Alisha sur les bords du Gange. Durant cette période, elle reçut beaucoup d'appels anonymes. Le plus souvent, la communication se coupait dès qu'elle décrochait, mais il lui arrivait aussi d'être explicitement menacée. Ignorant résolument ces appels, la jeune femme se concentra sur son travail, ce qui lui permettait également de ne plus penser à Slimane. Comment se faisait-il que son image soit si présente dans son esprit alors qu'elle l'avait croisé quelques minutes à peine ? Lorsqu'elle eut recueilli l'ensemble des témoignages nécessaires, Thalie décrypta les interviews et les retranscrivit minutieusement. Elle acheva la rédaction de son article le jeudi 5 juillet à minuit et l'envoya à Antoine, impatiente de connaître sa réaction. Il avait pour habitude de l'appeler immédiatement lorsque son papier traitait d'un sujet brûlant, aussi fut-elle surprise de son silence. Elle tenta sans succès de le joindre à deux reprises. Pourquoi ne la contactait-il pas ?

Agacée par son silence, Thalie se rendit au journal le vendredi matin. La rédaction était clairsemée, la plupart des journalistes travaillaient de chez eux. La jeune femme, qui avait toujours aimé l'effervescence de ce lieu, trouva l'ambiance morne et pesante. Elle se dirigea aussitôt vers le bureau d'Antoine, d'ordinaire toujours ouvert, et trouva porte close. Elle décida de passer outre et entra sans même prendre la peine de frapper. Antoine était en grande conversation avec un homme de taille moyenne, au crâne chauve, qui la mit instantanément mal à l'aise.

— Je suis occupé, Thalie, lui dit Antoine d'une voix sèche.

— Désolée, je…

— Attends-moi dehors.

Thalie bafouilla et s'exécuta. Vingt longues minutes s'écoulèrent encore. Quelque chose clochait. Elle fut soudain envahie par une vague incontrôlable, qui provoqua une violente accélération de son rythme cardiaque, avant de chuter brutalement. La jeune femme se cramponna à son fauteuil, s'obligeant à rester bien ancrée. La porte s'ouvrit, la faisant revenir à elle. Antoine raccompagna l'homme jusqu'à l'ascenseur, avant de revenir à son bureau. Thalie fut prise de vertige en se levant.

— Ce type fait froid dans le dos, dit Thalie en le suivant. C'était qui ?

Antoine ne répondit pas. La jeune femme remarqua le filet de sueur qui perlait sur le front de son rédacteur en chef.

— Que se passe-t-il ? lui demanda-t-elle. Il y a un problème ?

— Qu'est-ce que tu veux, Thalie ?

La froideur de sa voix la désarçonna.

— Je veux qu'on parle de l'article que je t'ai envoyé hier soir.

Antoine eut un geste d'agacement.

— Je ne peux rien en faire, dit-il.

— Comment ça ?

— Ton article est impubliable.

— Mais qu'est-ce que tu racontes ? s'écria-t-elle. J'ai fait une enquête hyper sérieuse, les témoignages recueillis sont alarmants. C'est notre devoir d'alerter sur ce qu'il se passe.

— Je ne le publierai pas.

Ils s'affrontèrent du regard. Thalie se trouvait face à un homme qu'elle ne reconnaissait pas. Jamais auparavant son rédacteur en chef n'aurait écarté un tel article.

Il l'encourageait toujours à aller plus loin dans ses articles, lui rappelant sans cesse que son métier de journaliste était une composante majeure de la démocratie. À ses côtés, la jeune femme avait appris son métier, affermi son éthique, renforcé sa ténacité.

— Tu n'as jamais refusé un article important, se défendit-elle en refermant la porte du bureau. Je veux que tu me dises ce qu'il se passe.

Une étrange expression se dessina sur le visage d'Antoine. Il semblait tout près de dire quelque chose, mais se ravisa.

— Rien. Il ne se passe rien, répondit-il avec un mélange de lassitude et de fermeté.

— Ne me prends pas pour une conne, rétorqua Thalie, piquée au vif. Ça a à voir avec le type qui était là ?

— Absolument pas.

— Ne te fous pas de moi ! s'emporta Thalie. Je ne sais pas de qui il s'agit, mais il y avait une énergie à couper au couteau dans ton bureau.

— Assieds-toi et baisse d'un ton, lui ordonna-t-il.

— Ne me donne pas d'ordre ! s'énerva-t-elle.

Ils s'affrontèrent du regard. La colère brûlait la poitrine de Thalie, qui avait le plus grand mal à se maîtriser.

— Assieds-toi, répéta-t-il.

Elle obéit à contrecœur.

— Je suis le rédacteur en chef de ce journal, c'est moi qui décide de ce que je publie, pas mes journalistes. Tu as passé du temps sur cet article, je le comprends très bien, et c'est tout à fait normal que tu veuilles le voir à la une. Mais je ne le prendrai pas.

— Pourquoi ? répliqua-t-elle.

— Parce qu'il n'est pas bon.

Thalie accusa le coup. C'était la première fois qu'il lui parlait ainsi.

— Tu l'as lu ? lui demanda-t-elle.

— Évidemment. Tu as fait de bons coups et je t'ai toujours soutenue, mais ça fait des mois que tu vis sur tes acquis et que la qualité de tes publications décroît.

— Comment peux-tu dire ça ? s'écria-t-elle. Mon dernier article sur cette famille à Dunkerque a eu un énorme écho qui a fait augmenter le trafic sur notre site.

Antoine garda le silence. L'espace d'un instant, Thalie le vit chanceler, mais il se reprit et afficha à nouveau cette expression dure qu'elle ne lui connaissait pas.

— Le gouvernement nous manipule, ajouta-t-elle. Leurs implants sont inefficaces, n'importe lequel d'entre nous peut à tout moment être accusé de violence. Ça peut t'arriver demain. Imagine qu'une voiture te percute, tu t'énerves contre le conducteur, tes taux hormonaux montent en flèche et tu te retrouves au poste, accusé de terrorisme.

— Thalie, je ne changerai pas d'avis, répondit Antoine d'un ton sec. Je ne publierai pas ton article.

— Parce qu'il n'est pas assez bon, selon toi ?

— En effet.

— Tu as reçu des menaces ? l'interrogea-t-elle.

Antoine se raidit.

— Absolument pas, répondit-il d'un ton sec. Je ne peux rien faire de ton article parce qu'il n'est pas bon, c'est tout. Ne cherche pas d'autre raison.

Thalie se leva, posa ses deux mains à plat sur le bureau et se pencha vers lui.

— Je vais te dire ce qu'il se passe, articula-t-elle. Mon article est excellent sur le fond comme sur la forme, comme le précédent. Mais ils t'ont menacé et tu t'es couché devant eux.

Un tic nerveux agita le visage d'Antoine.

— Tu m'as toujours dit que notre métier était d'une importance capitale, que nous étions des sentinelles de la démocratie. Où est passée ton éthique, bordel ?

— Ne me parle pas comme ça, Thalie.

— Nous nous connaissons depuis des années, à quoi bon prétendre que mon article est mauvais ? Pourquoi n'assumes-tu pas simplement d'être à leur solde ?

— Tu ne te rends vraiment pas compte de la situation, Thalie.

— Au contraire. Je n'ai jamais été aussi lucide qu'en ce moment.

Elle se leva et sortit en claquant la porte. Antoine se passa la main sur le visage en soupirant.

17

La pluie n'avait pas cessé depuis le matin, rendant Paris morne et gris. Thalie s'abrita sous le pont Alexandre-III et suivit du regard une péniche qui remontait la Seine. Arthur devait la rejoindre à 14 heures, mais accusait déjà un retard de plus d'une demi-heure. Après son altercation avec Antoine, elle avait travaillé sur les suites données aux arrestations, qui se multipliaient. La jeune femme avait décidé d'ignorer que ses articles ne seraient désormais plus publiés dans *FreeMedia,* elle trouverait un autre moyen de le faire. Son portable sonna. À l'autre bout du fil, la voix de Rose, son amie journaliste, était tendue.

— Il y a eu une descente de police au journal ce matin, lui expliqua-t-elle.

— Tu plaisantes ? répondit Thalie, sous le choc.

— Ils ont saisi plusieurs ordinateurs.

— Ils cherchaient quoi ?

— Ils ne nous ont rien dit.

Elles gardèrent le silence quelques secondes.

— Antoine était présent ? demanda Thalie.

— Oui. Les policiers sont restés longtemps enfermés dans son bureau. Je ne sais pas ce qu'il s'est passé, mais Antoine était effondré quand ils sont partis.

— Il vous a dit quelque chose ?

— Oui. Le gouvernement vient de passer une loi rendant illégale la protection des sources, au nom de la lutte contre le terrorisme. À partir de maintenant, nous avons ordre de révéler l'identité de toutes nos sources.

— Tu plaisantes ? s'écria Thalie.

— Malheureusement, non. Nous devons dorénavant remettre à Antoine un fichier contenant les noms, prénoms, adresses et numéros de téléphone de toutes les personnes que nous avons contactées pour rédiger nos articles.

— Mais c'est délirant ! Qu'en pensent Esteban et les autres ?

Rose poussa un soupir.

— Il ne faut pas céder ! poursuivit Thalie. Nous devons résister.

— Je crois que tu ne saisis pas bien la situation, lui répondit son amie. Bien sûr que nous ne voulons pas céder, mais il ne s'agit pas d'une mesure prise dans un cadre habituel. Si tu les avais vus, ce matin…

— Que veux-tu dire ?

— Pour la première fois de ma vie, j'ai eu peur.

— De la police ?

— Pas seulement, expliqua Rose. Nous ne sommes plus dans un état de droit, il y a eu un basculement. J'en ai vraiment pris la mesure ce matin.

— Rose, nous devons nous unir et résister.

— Oui, bien sûr, répondit-elle. Mais je ne sais pas comment nous allons faire.

Thalie leva les yeux. Arthur descendait l'escalier en pierre qui menait jusqu'aux berges de Seine. Il la chercha du regard et finit par l'apercevoir, portable vissé à l'oreille. La pluie venait de cesser, une lumière irréelle nimbait la masse d'eau.

— Arthur vient d'arriver. Je lui en parle et on se rappelle. Dis à Esteban et aux autres que nous devons nous réunir au plus vite.

— Entendu, à plus tard.

La jeune femme raccrocha. Son ami parvint à sa hauteur, et ils marchèrent ensemble le long des berges. Deux hommes passèrent près d'eux en les fixant du regard, mais Arthur et Thalie, en grande conversation, n'y prêtèrent pas attention. La journaliste s'apprêtait à lui raconter son altercation avec Antoine, lorsque l'un des hommes s'avança vers elle et la saisit par le poignet.

— Viens là, sale pute, lui dit-il. On t'avait pourtant prévenue.

Électrisée par la peur, elle tenta de se libérer, mais l'homme résista, la serrant de plus belle. Arthur s'interposa, le deuxième homme le repoussa violemment. Thalie voulut se dégager, mais son agresseur la retint. Soudain, une décharge d'adrénaline électrocuta la jeune femme, qui mobilisa le poids de son corps et pivota son talon et sa jambe avant. Elle bougea son buste et leva son coude droit à l'horizontale, tout en pliant son avant-bras, atteignant violemment la mâchoire de son agresseur, qui poussa un hurlement. Son acolyte se jeta à son tour sur la jeune femme qui eut un mouvement de recul. Il la dépassait d'une tête et il la plaqua au sol, serrant ses mains sur son cou. Elle essaya de se débattre, mais sa respiration était coupée.

Elle planta ses doigts dans ses yeux, puis releva son bassin et entoura le cou de l'homme avec ses genoux qu'elle serra de toutes ses forces, provoquant chez son agresseur une insupportable douleur au niveau de la trachée. Il tenta de se redresser, mais Thalie mit un pied sur sa hanche et lui asséna un violent coup de pied au visage. L'homme tituba avant de s'effondrer sur le sol. La jeune femme se releva et s'attaqua à son acolyte, dont Arthur peinait à se débarrasser. Elle lui asséna un coup de pied pivotant qui percuta son oreille gauche et le fit chanceler. Elle enchaîna avec plusieurs coups de coude. Thalie ne lâchait pas sa proie, elle voulait en découdre. Arthur intervint pour l'arrêter. Une sirène de police résonna.

— Viens Thal, la police arrive, il faut partir.

Thalie, aveuglée par la haine, n'était plus maîtresse d'elle-même. Une énergie puissante la submergeait, lui donnant l'impression d'être invincible. Elle continua à donner des coups de pied. La sirène se rapprochait. Arthur l'obligea à s'arrêter. La jeune femme regarda ses mains, puis les deux hommes allongés par terre. Elle essaya de se souvenir de ce qui s'était passé, mais ne parvint pas à accéder à sa mémoire immédiate. La voie semblait verrouillée. À nouveau cette sensation d'être débordée par une vague d'énergie puissante qui lui fit redouter l'implosion. Arthur l'obligea à le suivre.

— Tes taux hormonaux sont trop hauts, ils ont provoqué une alerte dans la base de données, tu risques de te faire arrêter. Il faut partir, s'écria-t-il.

Ils s'enfuirent en courant et empruntèrent un escalier pour s'éloigner des berges. Arthur se retourna juste à temps pour voir la police menotter leurs agresseurs. Lorsque les forces de l'ordre furent hors de vue, ils ralentirent l'allure.

Arthur l'observait, soucieux. La sirène de police résonna à nouveau.

— Respire, Thal. Il faut que tu fasses redescendre tes taux pour désactiver l'alerte.

Thalie sentit une brutale montée d'adrénaline qui lui coupa le souffle. Tout son corps mit à trembler. Affolé, Arthur l'entraîna dans les ruelles de l'île Saint-Louis pour fuir la police qui patrouillait, toujours à leur recherche. Lorsque Thalie parvint à se maîtriser, son taux hormonal se stabilisa, désactivant la géolocalisation. La sirène retentit une dernière fois avant de disparaître au loin.

Une fois rentrés chez eux, Arthur fit asseoir Thalie, qui peinait à revenir à elle. Son énergie chuta brutalement, provoquant une intense fatigue. Un orage éclata, zébrant d'éclairs le salon, pendant que des trombes d'eau s'abattaient sur Paris.

— Tu te sens mieux ? lui demanda Arthur en lui tendant une tasse de thé brûlant.

— Ça va, oui.

Il l'observait, inquiet.

— Où as-tu appris le krav maga ? lui demanda-t-il.

Thalie le regarda sans comprendre.

— La technique de combat que tu as utilisée, c'est du krav maga, une technique de combat de l'armée israélienne.

— Je ne sais pas, lui répondit-elle en frissonnant. Je n'en ai jamais fait.

— Tu avais l'air ailleurs, Thal. Je ne t'ai jamais vu comme ça. Tu assénais les coups comme si tu avais fait du krav maga toute ta vie. Comment peux-tu maîtriser cette technique sans l'avoir jamais apprise ? Tu semblais avoir perdu tout contrôle de toi-même.

Elle le regarda, perdue.

— Je ne comprends pas ce qu'il m'arrive, balbutia-t-elle.

— Ça s'est déjà produit, depuis ta sortie de la clinique ? lui demanda-t-il avec précaution.

Thalie garda le silence. Arthur insista.

— De temps en temps, lâcha-t-elle, perdue.

— Tu ne peux pas rester comme ça, Thal. Tu m'as vraiment fait peur.

— Qu'est-ce que je dois faire ?

— Peut-être retourner à la clinique te faire examiner ?

Thalie ne répondit pas, elle se sentait vidée.

— Ces deux types semblaient savoir qui tu es, poursuivit Arthur.

— Je ne pense pas, éluda Thalie.

— Je les ai entendus te dire « On t'avait pourtant prévenue ».

— Tout est allé si vite…

— Qu'est-ce que tu me caches, Thal ?

— Rien du tout.

— Arrête de te foutre de moi, je te connais par cœur. Est-ce que tu veux bien me dire ce qu'il se passe ?

La jeune femme soupira.

— Je ne sais pas si c'est lié, mais depuis la publication de mon article sur cette femme, à Dunkerque, je reçois des appels…

— Quel genre d'appels ?

— Des appels anonymes, la personne raccroche le plus souvent. Parfois, elle me menace.

Arthur se leva d'un bond.

— Tu as reçu des menaces ? s'écria-t-il.

— N'en fais pas tout un plat !

— Tu comptais m'en parler quand ?

— Je ne sais pas ! se défendit-elle. J'étais sur mon enquête, je ne voulais pas me laisser détourner de mon objectif.

Arthur se passa la main sur le visage.

— Ça fait combien de temps que tu reçois ces appels ? lui demanda-t-il.

— Environ trois semaines.

— Quel genre de menaces ?

Thalie commença par éluder la question d'un revers de la main, mais Arthur insista, la poussant à révéler la nature des appels reçus depuis plusieurs semaines. Elle en prit soudain la mesure. Les minimiser lui avait sans doute permis de s'en protéger. Le ministre de la Santé avait raison, il ne fallait pas les sous-estimer.

— Tu crois que je suis en danger ? demanda-t-elle à Arthur d'une voix blanche.

— Il faut que tu fasses attention, Thalie. Je crois que mieux vaudrait ne plus publier tes articles sous ton vrai nom.

— Antoine n'en veut plus, de toute façon.

Arthur l'interrogea du regard, surpris par cette information.

— J'allais t'en parler au moment où ces types ont débarqué

Thalie lui raconta dans le détail son altercation avec Antoine.

— Ils ont dû aller loin dans la menace pour qu'un professionnel intègre comme lui cède, conclut-il.

Thalie le regarda, surprise par ses propos. Elle s'était contentée de mépriser son rédacteur en chef, voyant dans son attitude la marque d'une servilité insupportable. Elle s'en voulut une fois de plus d'avoir été impulsive, au lieu de prendre du recul.

— Tu tombes de sommeil, il faut que tu dormes, Thal.

Thalie n'eut d'autre choix que de l'écouter et se mit au lit, mais ne parvint pas à s'endormir. Une image de Slimane s'imposa à elle. La jeune femme sentit sa présence, comme s'il se trouvait dans le lit à ses côtés.

Une vague de désir monta dans son ventre, elle éprouva un irrépressible besoin d'être contre lui, de sentir sa peau, sa chair, ses mains. Épuisée, elle finit par sombrer dans un sommeil lourd, peuplé de cauchemars.

Des cris résonnèrent dans l'obscurité. Les deux garçons se rapprochèrent l'un de l'autre pour repousser les assauts de la peur. Des éclats de voix, des bruits de meubles, le bruit sourd d'un corps qui tombe. L'aîné des deux garçons se leva en hâte et sortit de la chambre pour se précipiter dans le salon.

— Maman !

Sa mère gisait sur le sol. Du sang coulait de son arcade sourcilière. Son père le saisit par le cou et lui asséna une gifle, suivie d'un coup de poing, puis d'un autre. Le bruit des jointures des doigts de son père se répercuta dans tout son crâne. Le garçon comprima ses lèvres pour ne pas crier, il ne voulait surtout pas lui donner ce plaisir.

Le plus jeune entra à son tour dans le salon et observa la scène, pétrifié.

— Arrête, arrête ! s'écria-t-il en se jetant sur son père.

La main de ce dernier s'abattit sur la joue de l'enfant, qui hurla.

Arthur fut réveillé en sursaut par les cris de Thalie. Il pénétra en hâte dans sa chambre et la trouva assise sur son lit, tremblante, en sueur. Elle eut du mal à le reconnaître, toujours coincée dans son cauchemar. Arthur resta longtemps auprès de son amie, qui ne parvint à se rendormir qu'aux premières lueurs de l'aube.

Thalie devait se rendre à l'évidence. Le cauchemar était loin d'être terminé.

18

L'ÉTAT DE THALIE était de plus en plus instable. De brutales montées d'adrénaline succédaient à de violentes chutes d'énergie, provoquant des états émotionnels en dents de scie qu'elle ne parvenait plus à gérer. La jeune femme tentait de prendre sur elle, mais l'intensité de ses ressentis la débordait de plus en plus régulièrement. Durant cette période, elle fut contrainte à deux reprises d'appeler Arthur à l'aide pour lui demander de venir la chercher, car elle n'avait plus la force de rentrer seule. Un matin, Thalie reçut un message l'informant qu'un colis l'attendait dans une consigne. Elle eut la certitude qu'il s'agissait des fichiers dont lui avait parlé le ministre de la Santé. Un mélange d'excitation et de peur l'envahit, provoquant de dangereuses oscillations d'humeur. Elle récupéra le colis à l'aide du code fourni dans le message et l'ouvrit une fois rentrée. À l'intérieur du carton se trouvait une boîte à musique. En soulevant le couvercle, elle découvrit une clé USB accompagnée d'un mot manuscrit : « Le temps est compté. Ne les sous-estimez surtout pas. » Une décharge d'adrénaline la submergea à nouveau, provoquant une tachycardie, des tremblements et une extrême anxiété. La jeune femme refusa d'écouter les signaux envoyés par son corps et consulta compulsivement les fichiers secrets. Il y en avait beaucoup, le travail était considérable. Thalie se sentit découragée par l'ampleur de la tâche. La nuit suivante, elle ne ferma pas l'œil, incapable de penser à autre chose qu'aux fichiers qu'il fallait analyser. Le lendemain matin, une montée d'énergie particulièrement intense, suivie d'une violente baisse d'énergie, la fit défaillir. Elle fit un malaise et perdit connaissance. Arthur la découvrit allongée sur le sol et l'aida à revenir à elle, mais sa faiblesse était inquiétante. Il hésita et décida à contrecœur d'appeler une nouvelle fois à la rescousse le père de la jeune femme. Victor Duval, très inquiet de l'état dans lequel se trouvait à nouveau sa fille, prit les choses en main, à sa façon. Il contacta immédiatement la clinique et s'entretint avec le Dr Kelly Preston. Celle-ci, ébranlée par les informations communiquées par l'avocat, s'empressa d'aller trouver Tom Chase qui la fit patienter une demi-heure. Lorsqu'il se décida enfin à la recevoir, la jeune femme perdit tout d'abord ses moyens, comme à chaque fois qu'elle se trouvait en sa présence. La manière dont il la regardait la mettait mal à l'aise depuis longtemps maintenant.

— Tu as demandé à me voir en urgence, lui dit-il d'un ton réprobateur. Que se passe-t-il encore ?

— Victor Duval, le père de Thalie, m'a appelée tout à l'heure.

L'expression du visage de Tom Chase se modifia. Il semblait contrarié.

— Thalie a des problèmes depuis le traitement, ajouta-t-elle.

— Quel genre de problèmes ? l'interrogea-t-il.

— Une intensification anormale de son énergie qui monte en puissance de façon brutale et provoque des malaises en série. Elle souffre également de violents cauchemars récurrents alliés à des épisodes aigus de dissociation.

— Que lui as-tu dit ?

— Qu'il ne fallait pas qu'il s'inquiète, que j'allais t'en parler. Il veut que tu le rappelles au plus tôt. Il s'est montré très insistant.

Tom Chase soupira, il ne souhaitait surtout pas avoir Victor Duval sur le dos.

— Ce dossier est un bâton de merde depuis le début, lâcha-t-il.

— Je t'avais prévenu que Thalie était un sujet à risque, lui rappela Kelly.

Il se leva brusquement et haussa le ton.

— Comment aurais-je pu te croire ? Tu as peur de ton ombre ! Si je t'avais écoutée, j'aurais annulé ou reporté la moitié des opérations.

Kelly accusa le coup, mais ne se démonta pas.

— Les mesures de cette jeune femme sortaient clairement de l'ordinaire, Tom. Il ne s'agissait pas d'impressions de ma part, mais de faits étayés par des indicateurs chiffrés.

— C'est facile, après coup, de dire ça.

— Je te l'ai dit dès que j'ai effectué les tests.

— Et tu as quand même accepté de la traiter ! hurla-t-il.

— Parce que tu m'as donné l'ordre de le faire, répliqua-t-elle.

— Si tu étais si sûre de toi, il fallait renoncer au traitement.

— Tu ne m'as pas laissé le choix.

Ils s'affrontèrent du regard.

— Dis à Victor Duval de nous amener sa fille demain. Nous allons nous occuper d'elle.

— Comment ?

— Dis-lui de nous l'amener, conclut-il sans plus de détails.

Kelly resta silencieuse.

— Tu peux disposer, ajouta-t-il d'une voix ferme.

Elle sortit sans un mot et referma la porte derrière elle.

Le lendemain matin à la première heure, Victor conduisit Thalie à la clinique et promit à Arthur de lui donner rapidement des nouvelles. La jeune femme fut installée dans une chambre pendant que son père s'entretenait avec Tom.

— Je vous ai fait confiance, lui dit Victor.

— Et vous avez eu raison, répondit Tom en s'efforçant de garder son calme.

— Ce n'est pas l'impression que j'ai quand je vois l'état dans lequel se trouve ma fille.

— Le traitement que nous proposons est complexe et novateur, vous le saviez. Nous en avions longuement parlé ensemble. Vous avez amené Thalie ici en toute connaissance de cause.

Victor lui lança un regard chargé de reproches.

— Ma fille va plus mal aujourd'hui qu'avant. Comment expliquez-vous cela ?

Tom remit en ordre les papiers étalés sur son bureau pour se donner une contenance.

— Il arrive couramment que nous soyons contraints de procéder à quelques réajustements après le traitement, il n'y a là rien d'alarmant. Nous allons examiner Thalie avec attention. Elle est entre de bonnes mains, ici. Faites-moi confiance.

Victor garda le silence.

— Combien de temps comptez-vous la garder en observation ?

— Je ne peux pas vous le dire avec précision. Nous avons besoin de quelques jours, peut-être quelques semaines.

— Quelques semaines ? s'écria Victor. Vous plaisantez, j'espère ?

— Je préfère prendre toutes les précautions, c'est un gage de sécurité. Quand votre fille sortira d'ici, elle sera en pleine forme, je vous en donne ma parole.

Victor jaugea Tom. Son aplomb le rassura. Il n'avait de toute façon pas d'autres choix que de lui faire confiance. Thalie dormait lorsqu'il entra dans sa chambre pour lui dire au revoir. Kelly l'assura qu'elle et son équipe veilleraient sur sa fille. Il quitta la clinique rassuré et s'envola le soir même pour Singapour où d'importantes négociations l'attendaient.

19

— THALIE ? Vous m'entendez ?

La journaliste ouvrit les yeux. Une jeune femme souriante, dont le visage lui était familier, était penchée sur elle.

— Je suis le Dr Kelly Preston. Vous vous souvenez de moi ? lui demanda cette dernière.

Thalie acquiesça et regarda autour d'elle.

— Qu'est-ce que je fais ici ?

— Vous avez eu plusieurs malaises, et votre père a jugé plus sage de vous ramener à la clinique pour que nous puissions vous examiner.

Plusieurs événements des derniers jours lui revinrent en mémoire.

— Combien de temps vais-je rester ici ?

— Nous ne savons pas encore. Nous devons comprendre ce qui provoque vos malaises.

Thalie tenta de se redresser.

— Il faut que je prévienne Arthur, dit-elle, soucieuse.

— Je l'ai eu au téléphone tout à l'heure, il est au courant que nous vous gardons en observation. C'est lui qui a contacté votre père.

— Est-ce qu'Arthur va venir me voir ?

— Il n'y est pas autorisé pour l'instant. Vous avez besoin d'un repos complet.

Thalie soupira, contrariée.

— Votre père, lui, a dû partir pour Singapour, poursuivit Kelly.

Thalie ne releva pas.

— Tout va bien se passer, la rassura Kelly. Nous allons vous examiner. Un brancardier va venir vous chercher. Je vous retrouve tout de suite.

Une fois seule, Thalie tenta de reconstituer le puzzle des derniers jours. Le visage de Slimane apparut à nouveau devant ses yeux. Elle se demanda où se trouvait le jeune homme à cet instant. Une dizaine de minutes plus tard, on l'emmena en salle de tests. Kelly positionna les capteurs sur son crâne ainsi que sur certaines parties de son corps. Son rythme cardiaque, sa pression sanguine et sa température corporelle furent mesurés, comme ça avait été le cas avant l'administration du traitement quelques semaines plus tôt. Puis Kelly enregistra les réflexes de la jeune femme et effectua les tests préliminaires : fond d'œil, vision de près et de loin, latérale et binoculaire, appréciation des distances, contrôle de sa sphère ORL, de son audition, etc. Ces nouvelles mesures, croisées avec les anciennes, s'affichèrent sur la tablette que Kelly tenait entre les mains. La jeune médecin se pencha vers Thalie et positionna le microrobot chargé d'enregistrer l'ensemble de son activité cérébrale et de répertorier ses réactions physiques, psychiques, émotionnelles, mentales et sensorielles. La stimulation cérébrale fut enclenchée. L'activité du cerveau de Thalie s'accéléra. Dès les premières stimulations, le microrobot émit un sifflement aigu qui s'intensifia. La saturation cérébrale était encore plus forte que lors des tests préalables. Le traitement avait échoué. Paniquée, Kelly lança en hâte le programme d'harmonisation des ondes cérébrales, qui resta inefficace un long moment, avant de faire enfin effet. Thalie, tremblante, revint peu à peu à la réalité. Kelly prit sa main dans la sienne.

— C'est terminé, Thalie.

La jeune femme fut raccompagnée dans sa chambre et s'endormit, épuisée par les tests. À contrecœur, Kelly se rendit dans le bureau de Tom Chase.

— J'espère que tu as une bonne nouvelle à m'annoncer, lui lança-t-il sans lever les yeux de son dossier.

Kelly eut du mal à déglutir.

— Malheureusement, non.

Tom planta son regard noir dans le sien. Kelly prenait sur elle, mais parvenait de moins en moins à le supporter.

— Que veux-tu dire ?

— Comme je te l'avais dit lors des tests préliminaires, Thalie présente une hyper réactivité émotionnelle et cérébrale, doublée d'une forme particulière de synesthésie, répondit-elle. Ces capacités sensorielles sont extrêmement développées.

— Et pourquoi ses « capacités particulières » provoquent-elles des malaises ? l'interrogea-t-il sèchement.

— Notre traitement n'est pas fait pour des personnes aussi réactives émotionnellement.

Tom prit soudain la mesure de la situation.

— Il faut annuler le traitement, dit-il.

— Mais c'est impossible ! s'écria Kelly.

— Nous n'avons pas d'autres choix, trancha Tom.

— Tu m'as toujours dit que le traitement ne pouvait pas être annulé, poursuivit la jeune femme. Que cela présentait un danger pour les patients, qu'ils risquaient de voir leur mémoire entièrement effacée.

— Arrête donc les psychodrames ! l'interrompit Tom. Oui, il y a un risque pour elle, mais si nous ne le faisons pas, il y a un risque pour nous !

— Mais de quoi parles-tu ?

— Nous ne pouvons pas courir le risque que notre traitement soit dévalué. Il faut la réopérer au plus vite, dit-il sèchement.

Kelly l'écoutait parler avec effroi, regrettant d'en avoir trop dit. Elle prit la mesure du danger auquel Tom était prêt à exposer Thalie. Elle le connaissait suffisamment pour savoir qu'il irait jusqu'au bout, quels que soient les arguments qu'elle lui opposerait.

— Tu as raison, il n'y a que ça à faire, dit-elle d'une voix ferme. Je vais tout préparer pour l'opération, demain matin.

Tom la regarda sortir de son bureau, excédé. Il supportait de moins en moins ses tergiversations. Une fois dans le couloir, Kelly fit un effort pour se contenir et marcher normalement. Que devait-elle faire ? Elle ne pouvait compter sur personne.

Son collègue Peter était lui aussi de garde, elle échangea avec lui des banalités tout en regardant régulièrement sa montre. Il était minuit passé lorsque Tom quitta enfin la clinique. Kelly profita de l'absence de Peter pour passer un appel téléphonique, avant de se glisser dans la chambre de Thalie. Elle posa une main sur l'épaule de la jeune femme, qui sursauta.

— N'ayez pas peur, c'est moi, Kelly.

La chambre était plongée dans l'obscurité.

— Écoutez-moi attentivement et ne faites aucun bruit.

Thalie s'habituait peu à peu à la pénombre. Le faible éclairage qui venait du couloir lui permettait de discerner le visage tendu de Kelly.

— Vous ne pouvez pas rester ici.

— Mais pourquoi ? lui demanda Thalie.

— Vous êtes en danger. Levez-vous vite et habillez-vous, le temps nous est compté.

Sous le choc, Thalie obéit sans poser de questions.

— Tenez, prenez ça, lui dit Kelly en lui tendant un sac. J'ai mis dedans quelques vêtements, nous faisons la même taille. Mon frère vous attendra dans une Lexus blanche, aux abords de la clinique. Il vous conduira dans une maison où vous serez en sécurité. Je vous y rejoindrai dans quelques heures. Vous ne devez surtout pas rentrer chez vous.

Le ton dramatique de Kelly la glaça.

— Mais que se passe-t-il ?

— Vous êtes en danger, ici, vous devez partir immédiatement. Ils ne doivent jamais vous retrouver, vous comprenez ? Jamais.

— Mais qui sont-ils ? Que me veulent-ils ? lui demanda Thalie, paniquée.

Des pas résonnèrent dans le couloir. Quelqu'un se rapprochait. Kelly mit un doigt sur ses lèvres en faisant signe à Thalie de se remettre au lit, et se dissimula dans la salle de bains. La porte s'ouvrit, Peter entra et s'avança vers le lit. Thalie, le souffle court, fit semblant de dormir. Il resta là plusieurs secondes, avant de quitter la pièce en refermant la porte derrière lui. Les deux femmes restèrent immobiles quelques instants, puis Kelly sortit de la salle de bains. Thalie se releva, tremblante.

— Suivez-moi, lui dit Kelly, en entrouvrant la porte.

Le couloir était désert, elle fit signe à Thalie de la suivre. Les deux femmes empruntèrent l'escalier de service et descendirent en silence les quatre étages. Puis, Kelly s'arrêta devant une porte, située à l'arrière du bâtiment. Une lumière pâle éclairait faiblement leurs visages.

— Thalie, vous devez fuir aussi vite et aussi loin que possible.

— Mais pourquoi ? Que se passe-t-il ?

— Je n'ai pas le temps de vous expliquer. Mais s'ils vous retrouvent, ils effaceront votre mémoire. C'est tout ce que je peux vous dire. Attendez-moi dans la maison et jetez votre portable, vous ne devez laisser aucune trace. Je préviendrai votre ami Arthur.

Kelly ouvrit la porte, le parking était désert.

— Restez près du mur, sur la gauche. Vous arriverez devant une grille, qui s'ouvre avec ce bip, lui dit-elle en le lui tendant. Glissez-vous le plus rapidement possible à l'extérieur, mon frère vous conduira en lieu sûr.

Kelly lui prit les mains et les serra dans les siennes.

— Vous allez y arriver, courage ! lui dit-elle.

Thalie, sous le choc, ne bougea pas.

— Allez-y, vite ! s'écria Kelly.

Thalie suivit les indications de Kelly, courut de toutes ses forces en rasant les murs du parking et dut s'y reprendre à trois fois avant que le bip ne fonctionne. La grille s'ouvrit. La jeune femme se glissa à l'extérieur et s'éloigna en hâte de la clinique. Elle regarda autour d'elle, cherchant des yeux la Lexus blanche. Aucun véhicule n'était visible. Fébrile, elle prit son portable dans sa poche pour composer le numéro d'Arthur, malgré les recommandations de Kelly. Le bruit d'un moteur résonna soudain dans la nuit. Elle se retourna. La voiture qui roulait dans sa direction n'était pas blanche. Paniquée, Thalie se mit à courir. Une Mercedes noire s'arrêta à sa hauteur. Traquée, sans forces, la jeune femme puisa dans le peu de réserves qui lui restaient pour fuir, et tourna dans une rue, sur la droite, puis une autre, et encore une autre. Tout redevint silencieux. La jeune femme ralentit l'allure et se retrouva soudain face à un homme trapu, qui la ceintura. Elle poussa un hurlement et lâcha son portable, qui s'écrasa sur le sol.

20

ARTHUR BOUGEA DANS SON SOMMEIL et se tourna sur le côté. Il lui fallut plusieurs secondes pour réaliser que son portable vibrait. Le numéro affiché lui était inconnu. Il tendit la main et décrocha sans dire un mot.

— Arthur… ? dit une voix de femme qu'il ne reconnut pas.

Il resta silencieux.

— Allô ?

— Qui êtes-vous ? demanda-t-il.

— C'est au sujet de Thalie… Je ne peux pas vous parler longtemps.

Arthur était maintenant parfaitement réveillé.

— Que se passe-t-il ?

— Prenez vos affaires et descendez vite.

— Maintenant ?

Son interlocutrice mit fin à la conversation. Le réveil indiquait 4 heures du matin. Arthur se leva et s'élança vers le salon. Dissimulé derrière le rideau, il regarda par la fenêtre et ne discerna aucun mouvement dans la rue, plongée dans l'obscurité. Il rassembla rapidement quelques effets personnels dans un sac et quitta l'appartement avant d'emprunter l'escalier, qu'il descendit rapidement sans faire de bruit. Le jeune homme avait le plus grand mal à se maîtriser, ignorant ce qui l'attendait. Tendu, il ouvrit la porte cochère et resta dans l'embrasure en observant les environs. Était-ce un piège ? Que se passait-il ? Un bruit de moteur résonna dans la nuit, un coupé gris clair s'arrêta à sa hauteur. La femme qui était au volant lui fit signe de monter ; il obéit. La voiture démarra en trombe.

— Qui êtes-vous ? demanda-t-il à la conductrice.

— Je suis Kelly Preston, c'est moi qui vous ai appelé quand Thalie est retournée à la clinique.

Arthur observa la jeune femme. Ses cheveux châtains coupés au carré encadraient son visage tendu.

— Que se passe-t-il ? Où est Thalie ? s'écria-t-il.

— Prenez ça et appliquez-le sur votre poignet, lui dit-elle. Ça désactivera votre implant.

— Je n'en ai pas besoin, répondit-il. Je n'ai pas d'implant.

Kelly sembla surprise.

— J'ai réussi à passer entre les mailles du filet. Pour l'instant.

— Est-ce que Thalie a cherché à vous joindre cette nuit ? enchaîna-t-elle.

— Non, répondit Arthur avec inquiétude. Pourquoi me demandez-vous ça ?

Kelly garda le silence.

— Mais que se passe-t-il, bon sang ?

— Il y a eu un problème à la clinique.

— Quel genre de problème ?

Kelly soupira.

— Êtes-vous certain que Thalie n'a pas essayé de vous joindre ? insista-t-elle.

— Je vous dis que non ! s'écria-t-il. Que se passe-t-il ? Où est-elle ?

— Thalie a mal réagi au traitement, c'est la raison pour laquelle nous l'avons placée en observation.

— Je suis au courant, vous me l'avez dit au téléphone quand vous m'avez contacté. Mais vous ne répondez pas à ma question.

Kelly conservait les yeux rivés sur la route, la mâchoire contractée, les épaules voûtées. Son corps tout entier était tendu et douloureux.

— Nous avons eu des divergences sur la procédure à suivre, expliqua-t-elle.

— Qui, nous ? lui demanda Arthur.

Kelly ouvrit la fenêtre pour ne pas défaillir.

— Tom Chase, le directeur de la clinique, et moi. La direction qu'il souhaitait prendre était dangereuse pour Thalie.

— Comment ça ?

— Ses choix ne sont dictés que par ses intérêts personnels. Il ne prenait pas soin de Thalie, c'est la raison pour laquelle j'ai dû intervenir.

La voiture prit de la vitesse.

— Faites-moi confiance, je vais tout vous raconter, dit-elle.

Arthur poussa un soupir. Kelly semblait sincère et fixait la route, concentrée. Son visage fatigué se creusait par endroits ; sa vulnérabilité toucha le jeune homme. Ils roulèrent sur les quais de Seine et longèrent Bercy avant d'emprunter l'autoroute A4, puis la sortie 6 vers Brie-sur-Marne. Ils arrivèrent une trentaine de minutes plus tard à La Varenne-Chennevières, en Val-de-Marne. La voiture s'arrêta devant un portail noir que la jeune femme ouvrit à l'aide d'un bip. Elle se gara à l'arrière du jardin qui bordait une jolie maison, dont les contours se révélaient à la faveur de la demi-lune qui l'éclairait par endroits. La jeune femme coupa le moteur. Arthur et elle sortirent, empruntèrent un escalier en pierre et pénétrèrent dans la maison. Kelly vérifia que tous les volets étaient fermés et alluma la lumière. Arthur regarda les grandes toiles de l'artiste peintre Isabelle Cappe, disposées sur les murs, qui dévoilaient de magnifiques paysages de couleur. La mer et les nuages s'y mêlaient dans une harmonie douce et singulière.

— Asseyez-vous, lui dit-elle en désignant le canapé disposé dans le salon.

Arthur obéit.

— Il n'y a pas grand-chose à boire malheureusement, enchaîna la jeune femme.

— Je n'ai pas soif, lança Arthur.

Kelly s'assit sur un fauteuil, face à lui.

— Qu'avez-vous fait de Thalie ? lui demanda-t-il.

Le visage de Kelly se décomposa.

— Je l'ai fait sortir de la clinique.

— Pour aller où ?

— Mon frère devait l'attendre devant la clinique pour l'amener ici en voiture…

Kelly s'interrompit. Les événements de la soirée et de la nuit tournaient en boucle dans sa tête.

— Il a été contrôlé par la police aux abords de la clinique. Quand ils l'ont laissé partir, il n'y avait plus aucune trace de Thalie. Il l'a cherchée partout, sans succès. C'est pour ça que je vous ai appelé.

— Vous l'avez laissé partir dans son état et vous ne savez pas où elle est ? s'écria Arthur. Mais elle faisait des malaises en permanence, c'est pour ça que son père a tenu à la ramener chez vous ! Vous vous rendez compte de ce que vous avez fait ?

Kelly s'efforça de prendre sur elle pour poursuivre la conversation.

— Je n'avais pas le choix. Elle ne pouvait pas rester à la clinique.

— Mais c'est vous qui avez pratiqué ce traitement sur elle, s'écria-t-il. Qui d'autre pouvait la prendre en charge ?

— Vous ne comprenez pas. Le traitement n'aurait jamais dû donner lieu à une intensification de ses perceptions. Vous avez dû remarquer certaines anomalies dans son comportement, n'est-ce pas ?

Arthur repensa aux semaines qui venaient de s'écouler.

— Oui. Thalie semblait parfois plongée dans une autre réalité. Il lui arrivait d'être anormalement en forme, de courir pendant des heures sans se fatiguer, tout en dormant très peu, de travailler sans s'arrêter, puis de se retrouver soudain au plus bas, sans aucune énergie.

— Qu'aviez-vous remarqué d'autre ?

— Après l'explosion, Thalie faisait beaucoup de cauchemars. À la suite du traitement, ses terreurs nocturnes ont cessé quelque temps, avant d'empirer à nouveau. Elle se réveillait la nuit en hurlant, obsédée par des scènes très précises dont elle ignorait la provenance. Elle a aussi développé certaines capacités qu'elle ne possédait pas avant.

Il resta silencieux quelques secondes.

— Vous ne m'avez toujours pas dit pourquoi vous l'avez fait sortir de la clinique.

Kelly tentait d'organiser ses pensées. La fatigue et la tension des dernières heures la submergeaient. À cette confusion s'ajoutait un sentiment persistant de culpabilité.

— La clinique Piersen est spécialisée dans le traitement du traumatisme et de la dépression, expliqua-t-elle. Tom Chase et son équipe ont mis au point un procédé unique…

— Je sais tout ça, l'interrompit Arthur. Après son traitement, Thalie m'avait demandé de me renseigner.

— Nous sommes intervenus sur son cerveau pour l'aider à archiver le traumatisme dû à l'explosion, poursuivit Kelly. Le traitement s'effectue en deux phases : la première pour réguler l'activité cérébrale liée aux trop fortes stimulations, et la seconde pour redonner de l'énergie aux patients. Les tests préalables ont révélé chez elle des capacités émotionnelles et sensorielles très supérieures à la moyenne.

— Comment ça ?

— Thalie est ce que nous appelons une haut-potentiel émotionnelle. Ce qui signifie qu'elle perçoit, ressent et absorbe les informations avec une intensité beaucoup plus forte que la moyenne des gens. C'est ce qui a posé problème.

— Pourquoi ?

— Parce que le traitement est fait pour des personnes ayant un quotient émotionnel et sensoriel dans la moyenne. Quand c'est le cas, les traumatismes des patients se régulent et l'énergie que nous leur fournissons leur permet d'accéder à l'équilibre.

Arthur l'écoutait avec une attention soutenue, malgré sa fatigue. Il était 5 h 30 le soleil n'allait pas tarder à se lever.

— Thalie possédait déjà des normes très au-dessus de la moyenne, le traitement a intensifié cela. Et cette saturation a provoqué ses malaises.

— Et vous n'aviez pas anticipé ça ? l'interrogea Arthur.

Kelly eut un temps d'hésitation.

— Nous avions procédé à des tests… balbutia-t-elle.

— Et que révélaient-ils ?

La jeune femme détourna le regard, honteuse.

— Que révélaient les tests ? insista Arthur.

— Qu'il y avait un risque d'overdose énergétique.

— Donc vous saviez ce qui allait se produire ?

Elle releva la tête. Le regard d'Arthur la glaça.

— Nous savions que… c'était un risque… bafouilla-t-elle.

— Vous le saviez et vous avez laissé faire ? lui demanda Arthur, hors de lui.

— Ce n'est pas aussi simple…

Le jeune homme se leva et laissa exploser sa colère.

— Comment ça, pas aussi simple ? Bien sûr que si ! Vous saviez que ce traitement allait la mettre en danger et vous l'avez quand même pratiqué ?

Kelly se figea, accablée. Arthur faisait les cent pas dans le salon, fou de rage.

— Que va-t-il se passer, maintenant ? Thalie est dans la nature, nous ne savons même pas où elle est. Tout ça à cause de vous !

Il quitta la pièce et sortit dans le jardin. Le ciel se teintait de rose, chassant les derniers vestiges de la nuit. La fraîcheur de l'air lui fit du bien. Une dizaine de minutes plus tard, il retourna dans la maison. Kelly était toujours sur le fauteuil, la tête posée sur ses genoux qu'entouraient ses bras. Son épuisement était visible. Arthur s'assit face à elle. Kelly n'osait pas le regarder en face. Elle s'adressa à lui, les yeux fixés au sol.

— Lorsque j'ai reçu les résultats des tests, j'en ai immédiatement informé mon patron, mais il n'a rien voulu entendre. Il tenait à pratiquer le traitement, disait que c'était dans ma tête. Je n'aurais jamais dû me laisser convaincre, j'ai commis une faute et je m'en veux terriblement. Quand j'ai opéré Thalie, elle a tellement bien réagi que j'ai cru m'être trompée. C'était l'un de nos meilleurs résultats, l'absorption du traitement était fluide, tout s'est très bien passé. Tom a dit qu'à cause de moi, ils avaient failli renoncer et que la prochaine fois que ça arriverait, il me mettrait dehors. J'ai sincèrement cru que j'avais commis une erreur dans l'analyse des tests et je m'en suis beaucoup voulu.

Elle s'interrompit quelques instants. Sa sincérité permettait à Arthur de mieux comprendre ce qui s'était passé.

— Quand le père de Thalie a rappelé la clinique, j'ai compris que mes doutes étaient fondés depuis le début, mais Tom est resté sur sa position. J'ai effectué de nouveaux tests qui ont prouvé qu'elle était en overdose énergétique. Quand Tom a pris conscience de la gravité de la situation, il a eu peur.

— De quoi ?

— Il craignait que cela dévalue son traitement. Il m'a demandé d'intervenir.

— Comment ?

Kelly regarda au loin. Arthur lut de la tristesse dans ses yeux.

— Il voulait que nous réopérions Thalie et que nous annulions le traitement.

— Et vous pouvez faire ça ?

— Techniquement, oui… répondit la jeune femme.

Arthur tentait de décoder ses propos.

— Et vous avez réopéré Thalie ?

— Non.

— Pourquoi ?

Le regard de Kelly se perdit dans le sien.

— Une fois le traitement effectué, il est impossible de séparer l'énergie du patient de celle dont il a bénéficié grâce au traitement. Si nous intervenons, c'est la totalité de son énergie que nous sommes contraints de retirer.

Arthur l'écoutait, stupéfait.

— Et que se passe-t-il, alors ?

Kelly mit plusieurs secondes à répondre.

— La mémoire du patient risque d'être effacée.

Arthur prit soudain la mesure de la gravité de la situation.

— C'est ce que Tom voulait que vous fassiez à Thalie ? demanda-t-il d'une voix blanche.

— Oui.

Le jeune homme prit un temps pour assimiler ces informations.

— Vous comprenez maintenant pourquoi j'ai dû faire sortir Thalie en hâte ? Ils auraient trouvé quelqu'un d'autre que moi pour le faire.

— Vous croyez qu'ils l'ont retrouvée ?

— Je l'ignore.

Kelly regarda sa montre. Il était un peu plus de 6 heures.

— L'équipe du matin est en train d'arriver. À moins d'une alerte donnée dans la nuit, ils ne remarqueront sa disparition que dans quelques minutes.

— Mais où a-t-elle pu aller ? s'inquiéta le jeune homme.

21

Thalie n'avait aucune idée de l'endroit où elle se trouvait. Un homme l'avait poussée à l'arrière de cette Mercedes noire qu'elle avait cherché à fuir. Les nombreux détours empruntés rendaient impossible l'identification du trajet. On la fit entrer à l'intérieur d'une pièce sombre et asseoir sur une chaise. Des bruits de pas résonnèrent, intensifiant sa peur. Les propos de Kelly résonnaient dans son esprit : « Vous êtes en danger, ici. Vous devez partir immédiatement… S'ils vous retrouvent, ils effaceront votre mémoire. » Thalie était glacée, la peur l'empêchait de bouger. Quelqu'un retira le bandeau qu'elle avait sur les yeux ; il lui fallut plusieurs secondes pour retrouver une vision nette. Les murs de la pièce dans laquelle elle se trouvait étaient blancs et nus. Une table et une chaise étaient disposées devant elle. Six hommes et femmes lui faisaient face. Thalie s'attarda sur l'un des hommes présents, âgé d'environ 35 ans, qui portait un pantalon kaki, un tee-shirt noir et un keffieh autour du cou.

— Je vous reconnais… lui dit-elle.

L'étonnement se peignit sur le visage de l'homme.

— Je vous ai vu lors de la manifestation du 4 juin. Vous étiez avec Slimane…

Il ne répondit pas. L'homme le plus âgé, qui devait avoir une soixantaine d'années, prit la parole.

— Bonjour Thalie, dit-il. Je suis désolé de la manière dont tu es arrivée ici.

Sa voix calme et posée tranchait avec ce qu'elle venait de vivre.

— Ta fuite prématurée nous a facilité les choses. Nous surveillions la clinique depuis quelque temps pour rassembler des preuves, et nous cherchions un moyen de te faire sortir.

Thalie ne comprenait pas où l'homme voulait en venir. De quelles preuves parlait-il ? Pourquoi voulaient-ils la faire sortir ? Et comment connaissaient-ils son existence ?

— Pourquoi t'es-tu enfuie de la clinique ? lui demanda-t-il.

Elle garda le silence. Il lui reposa la question. Elle avait peur. Que devait-elle répondre ?

— Qui êtes-vous ? lui demanda-t-elle, sous le choc. Vous travaillez pour la clinique ?

— Pardonne-moi, je ne me suis pas présenté. Je m'appelle Jacob.

Il désigna les personnes qui l'entouraient.

— Voici Toby, que tu connais déjà apparemment, Claire, Émeline, Sacha et Mateo. Tu rencontreras les autres plus tard.

Thalie les observa. Claire, dans la quarantaine, était vêtue d'un tailleur-pantalon gris et portait des mocassins compensés. Très féminine, trois colliers s'entrelaçaient autour de son cou, agrémentés d'un médaillon en forme de nénuphar. Des piercings décoraient son oreille gauche et on apercevait des tatouages à la naissance de son cou ainsi que sur ses avant-bras. Émeline était plus jeune et devait avoir environ trente ans. D'allure sage, elle portait une queue-de-cheval haute, un jean et des baskets. Mateo avait à peu près le même âge. Son pantalon en velours, sa chemise d'un autre âge et ses lunettes rondes lui donnaient l'air d'un intellectuel dans la lune. Thalie reconnut Sacha, brun et trapu. C'est lui qui l'avait jetée de force dans la voiture.

— Pour répondre à ta question, poursuivit Jacob, nous ne travaillons pas pour la clinique. Nous luttons contre eux.

Thalie fut à la fois soulagée et déstabilisée. Elle ne comprenait toujours pas qui ils étaient ni ce qu'ils lui voulaient.

— Pourquoi as-tu fui la clinique ? lui demanda à nouveau Jacob.

— Le Dr Kelly Preston, celle qui m'a opérée, m'a dit de partir loin, qu'ils ne devaient jamais me retrouver. Elle ne m'a pas expliqué pourquoi, elle m'a juste dit que j'étais en danger.

Jacob se pencha vers elle.

— Est-ce que tu t'es déjà demandé ce qui fait la singularité de quelqu'un ? Ce qui le rend unique ?

Thalie se sentit oppressée. Le regard de l'homme n'avait rien de menaçant, bien au contraire. Elle n'y lisait qu'une immense tristesse, mâtinée de douceur. Les visages de ceux qui l'entouraient, en revanche, étaient tendus, fermés. La panique la gagna.

— Ici, tu n'as rien à craindre, ajouta-t-il.

Ses cheveux blancs encadraient son visage léonin, ses yeux vifs possédaient une étrange profondeur.

— Je vais te raconter une histoire, poursuivit-il. Un homme était parti s'aventurer sur les territoires inhospitaliers d'Afrique, seuls quelques porteurs l'accompagnaient. Ils avaient une machette à la main et se frayaient un chemin dans la végétation intense en coupant les feuilles et les branches. Leur objectif était d'avancer à tout prix. S'ils arrivaient devant une rivière, ils la traversaient le plus rapidement possible. S'il y avait une colline, ils accéléraient le pas pour ne pas perdre une minute. Mais au bout d'un moment, les porteurs s'arrêtèrent. L'homme fut très étonné, car ils ne marchaient que depuis quelques heures. Il se tourna vers eux et leur demanda : « Pourquoi vous êtes-vous arrêtés ? Vous êtes déjà fatigués après quelques heures de marche ? » L'un des porteurs le regarda et lui dit : « Non, monsieur, nous ne sommes pas fatigués. C'est juste que nous avons marché très vite et que notre âme est restée derrière nous. Nous devons maintenant l'attendre pour qu'elle nous retrouve. »

Jacob se pencha vers elle.

— Notre monde a perdu son âme, Thalie, dit-il. Nous avons besoin qu'elle nous retrouve.

Un lourd silence s'installa. Thalie ne comprenait pas où il voulait en venir.

— Ce qui fait la singularité de quelqu'un, c'est son âme, sa substance, son énergie vitale, poursuivit l'homme. Si on lui vole cela, on porte atteinte au principe même de la vie. Voilà le crime abominable dont se rend coupable WorldLink, soutenue par ceux qui font appel à elle.

Thalie le fixa, interloquée.

— Mais de quoi parlez-vous ?

— De toi et de l'implantation dont tu as bénéficié, lança sèchement Toby.

— Calme-toi, lui dit Jacob.

Mais le jeune homme n'avait pas l'intention de lâcher sa proie aussi facilement.

— Tu n'avais pas pensé à ça, pas vrai ? Tu te sens bien, c'est la seule chose qui compte, pas vrai ? Peu importe que quelqu'un y laisse sa peau ?

— J'ai une question pour toi, Thalie, enchaîna Jacob. Est-ce que ta vie vaut plus que celle de quelqu'un autre ?

Thalie frémit, ébranlée.

— Non ! Bien sûr que non.

— Peux-tu nous dire pourquoi tu as accepté de te faire implanter ?

— Mais de quoi parlez-vous ? s'écria-t-elle.

— Est-ce que tu considères que prendre l'énergie de quelqu'un d'autre n'est pas si grave ? l'interrogea Jacob.

Thalie le regarda sans comprendre.

— Prendre l'énergie de quelqu'un d'autre ? répéta-t-elle abasourdie.

— Tu oses prétendre que tu ne savais pas ? s'écria Claire. Qu'est-ce que tu imagines ? Que l'énergie que tu as reçue lors de ton traitement vient de nulle part ?

Jacob observa le visage décomposé de Thalie. La jeune femme respirait avec difficulté, ses pupilles se dilataient, sa poitrine se soulevait à un rythme désordonné, les jointures de ses mains étaient blanches. Il se tourna vers elle.

— Que sais-tu de ton implantation ? lui demanda-t-il.

— Mais de quoi parlez-vous ?

— Tu t'es bien rendue à deux reprises à la clinique Piersen ?

Thalie le fixa, interloquée. Comment était-il au courant ?

— C'est mon père qui m'y a amenée, répondit Thalie.

— Pourquoi ? lui demanda Toby sèchement.

— J'étais présente, le jour des attentats… Nous avions organisé la marche…

Elle s'interrompit pour contenir l'émotion qui s'emparait d'elle et parvint à chasser les images du corps d'Alisha dans les décombres.

— Je couvrais la manifestation pour mon journal… Après l'explosion, j'ai commencé à faire des malaises. C'est pour ça que mon père a pris cette décision.

Il y eut un silence.

— Ils m'ont expliqué après l'intervention qu'ils avaient mis au point un procédé unique pour effectuer des modifications dans le cerveau, qu'ils disposaient d'un traitement permettant d'archiver les souvenirs traumatiques.

Thalie lisait l'incrédulité sur les visages. Toby la regardait durement, Claire la sondait en silence. Mateo, Sacha et Émeline se contentaient de l'écouter sans rien laisser paraître.

— Au début, je me sentais mieux, poursuivit-elle, mais ensuite, mon état s'est dégradé. C'est pour ça que mon père m'a à nouveau fait hospitaliser.

Jacob garda le silence un long moment avant de se tourner vers les autres.

— Je pense qu'elle dit vrai, dit-il. Elle n'est pas au courant de ce qu'ils lui ont fait.

— C'est trop facile, rétorqua Toby. Je refuse que les coupables se dédouanent comme ça.

Claire posa une main sur l'épaule du jeune homme pour tenter d'apaiser sa colère. Thalie croisa le regard de Jacob. Une grande tristesse s'en dégageait. La panique envahit la jeune femme.

— Que se passe-t-il ? Qu'est-ce qu'ils m'ont fait ? hurla-t-elle.

L'expression désolée sur le visage de Jacob la fit frémir. Elle attendit la suite, pétrifiée.

— Ce traitement dont tu parles est en fait une implantation, expliqua-t-il. Il ne s'agit pas d'une clinique privée, mais d'un centre d'implantation appartenant à WorldLink.

— Un centre d'implantation appartenant à WorldLink ? répéta-t-elle, sous le choc. Mais quel rapport avec eux ?

— Les injections obligatoires qu'ils ont mises en place ne sont qu'une première étape, lui dit Claire. Ils poursuivent en réalité un but bien plus vaste et se livrent à un trafic d'énergie vitale.

Les propos du ministre de la Santé, évoquant le trafic qu'ils étaient en train de découvrir, lui revinrent en mémoire.

— Ils ont transféré en toi celle de quelqu'un d'autre, poursuivit Jacob.

— Comment ça ? répondit Thalie, affolée. Je ne comprends pas...

— Admettons qu'elle ne soit pas au courant, enchaîna Toby. Mais son père, lui, ne peut pas ignorer les agissements de WorldLink. C'est un avocat reconnu, il est l'un de leurs conseils et ne peut pas ne pas savoir.

Thalie, surprise qu'ils connaissent l'existence de son père, accusa le coup. Elle ignorait le rôle qu'il jouait auprès de WordLink.

— Mon père n'aurait jamais cautionné ça ! répliqua-t-elle, sous le choc.

— En es-tu certaine ? lui lança Émeline.

Le regard échangé entre le Dr Chase et son père le matin de l'opération lui revint en mémoire. Thalie eut soudain la certitude que son père savait. Elle comprit à cet instant qu'elle ne pourrait plus jamais revenir en arrière. Sa conscience aiguë ne lui permettrait plus jamais de vivre comme avant. La réalité lui sautait aux yeux, sans qu'elle puisse empêcher cette implacable lucidité de coloniser chacun de ses souvenirs, chaque principe qu'on lui avait inculqué, chacune des valeurs qui étaient le fondement même de son éducation. Son père était pire encore que ce qu'elle avait imaginé. Ce monde de privilégiés calfeutrés, où seuls comptaient l'argent et la réussite, lui apparut plus monstrueux encore. La voix de Jacob arrêta la course folle de ses pensées.

— Ça suffit pour aujourd'hui, dit-il.

Thalie se leva et se tourna vers eux.

— Je ne savais rien de tout cela, vous devez me croire ! s'écria-t-elle, désespérée. Je suis journaliste, je me bats contre l'injustice depuis toujours… J'ai perdu ma meilleure amie dans ces attentats…

Sa voix se brisa.

— Nous te croyons, Thalie, répondit Jacob. Il faut que tu te reposes, Émeline va te montrer ta chambre.

La jeune femme conduisit Thalie jusqu'à une chambre située à quelques mètres de là.

— Le lit est fait, dit Émeline. Il y a des affaires de toilette sur le lavabo et des vêtements dans la commode.

Thalie l'attrapa par le poignet, en proie à la panique.

— Je ne savais rien, je t'assure !

Émeline l'observa, embarrassée.

— Il faut que tu dormes, répondit-elle. À demain.

Elle tourna les talons, la laissant seule dans l'obscurité. Thalie s'allongea sur le lit ; son corps tout entier était douloureux. Le mot « implantation » tournait en boucle dans sa tête. L'énergie vitale de quelqu'un qu'elle ne connaissait pas circulait dans ses veines. Comment cela était-il possible ? L'effroi la tint éveillée un long moment avant qu'elle ne finisse par sombrer dans un sommeil agité.

L'enfant courait, son cartable sur le dos, pressé de raconter sa journée à son frère. Il sauta par-dessus les flaques, slaloma entre les gens et pénétra dans l'immeuble. L'ascenseur était en panne. Le petit garçon monta les marches deux à deux, s'arrêtant à intervalle régulier pour reprendre son souffle. Son cœur battait trop vite, encore quatre étages. Il s'arma de courage et parvint enfin à destination. Le garçonnet tourna la clé dans la serrure, resta sur le seuil et tendit l'oreille.

Aucun bruit.

Il s'élança vers la chambre et ouvrit la porte en grand. Pétrifié, il poussa un long hurlement en découvrant le corps de son grand frère pendu dans la chambre.

Thalie se dressa sur son lit, haletante, incapable de chasser l'image terrifiante du corps du jeune garçon qui se balançait devant ses yeux. Elle tenta de reprendre ses esprits, les deux mains posées sur sa poitrine, attentive à la mélodie désordonnée de son cœur. La chambre était plongée dans l'obscurité. La jeune femme mit plusieurs secondes à se souvenir de l'endroit où elle se trouvait. Elle regarda sa montre : il était 6 heures du matin. La sueur glacée qui recouvrait son corps la fit frissonner. Des images de son cauchemar continuaient à éclore dans sa mémoire, avec une intensité terrifiante. Les événements récents s'étaient enchaînés avec une rapidité déconcertante. Qu'allait-il se passer, maintenant ? Perdue, Thalie repensa à la terreur qu'elle avait lue dans les yeux de Kelly. La jeune femme ne pouvait plus rentrer chez elle et ignorait où elle se trouvait. Tout était silencieux alentour. Elle se leva sans faire de bruit. La porte n'était pas fermée à clé. Elle suivit le couloir qui bordait sa chambre et arriva devant une porte close. De la lumière perlait sous la porte, la jeune femme entendit des bruits de voix. Curieuse, elle tourna lentement la poignée. Jacob, assis face à un écran, participait à une visioconférence. Les fenêtres ouvertes sur son écran affichaient plusieurs visages. Claire et Mateo se tenaient près de lui.

— Nous devons trouver le moyen de diffuser massivement nos connaissances, dit un homme. Montrer que notre cerveau est une simple antenne, et pas le siège de notre conscience.

— En effet, répondit Jacob. C'est le but.

— Mais quel est le meilleur moyen d'expliquer tout ce que nous savons ? interrogea une femme.

Il y eut un silence. Thalie se tenait sur le seuil de la porte entrouverte.

— Nous pourrions utiliser nos appareils de mesure, répondit Claire. Et rendre publiques certaines de nos expériences.

— Certes, mais comment diffuser nos connaissances pour qu'elles aient un impact mondial ? demanda un homme au fort accent italien.

— Cette situation, aussi tragique soit-elle, intervint Jacob, nous pousse dans nos retranchements. Ce que nous avons tenté jusqu'à présent a fonctionné à petite échelle, ce qui est déjà remarquable. Nos hypothèses se sont révélées vraies, nous avons su nous unir pour les modéliser. Mais le basculement et la radicalisation auxquels nous assistons nous contraignent à passer à une autre étape. Il faut que les citoyens reprennent leur pouvoir.

Les autres acquiescèrent. Thalie tentait de comprendre de quoi ils parlaient.

— Pour reprendre son pouvoir, encore faut-il avoir conscience qu'on en a un. Or les gens l'ignorent. Ils ne font que suivre les ordres. Est-ce que ça les intéresse, d'ailleurs, de savoir qu'ils en ont un ? C'est tellement plus facile de se laisser dicter sa conduite.

Thalie frissonna ; elle connaissait cette voix. Un fauteuil, près de la fenêtre, pivota. Une décharge électrique parcourut tout son corps. Elle écarquilla les yeux en reconnaissant Slimane, amaigri, le visage pâle. Des flashes de la manifestation qu'elle avait couverte plusieurs semaines auparavant défilèrent dans sa mémoire.

— Tu as une idée de la marche à suivre, Slimane ? intervint un homme corpulent à la voix forte.

Thalie revint à elle, son corps était couvert de sueur.

— Tu as toujours des idées, ajouta l'homme en riant. Nous comptons plus que jamais sur toi !

Thalie était désarçonnée par leur bonne humeur, qui contrastait avec la gravité de leurs propos.

— C'est flatteur, Dan, répondit Slimane. Mais cette fois, j'ai bien peur de vous décevoir.

Sa voix troubla à nouveau la jeune femme. Les yeux du jeune homme se posèrent sur Thalie. Le corps de la jeune femme vibra instantanément, comme si chacune de ses cellules était aimantée dans sa direction. Elle s'appuya contre la porte pour ne pas tomber. L'expression du visage de Slimane s'adoucit. Jacob et Claire se retournèrent et les observèrent, surpris par l'intensité perceptible entre eux.

— Au travail ! s'écria l'une des chercheuses. Nous devons rapidement trouver des solutions.

La visioconférence s'acheva. Le regard de Slimane se décrocha de celui de Thalie, qui vacilla. Elle se sentit démunie lorsqu'il passa devant elle et quitta la pièce. Sans réfléchir, elle s'élança à sa suite. Le couloir était désert. La jeune femme regarda autour d'elle. Une porte était entrouverte, elle passa la tête dans l'embrasure et l'aperçut en train de fouiller dans une pile de documents.

— Slimane ? lui lança-t-elle.

Il se tourna vers elle. Thalie se sentit soudain intimidée et se trouva grotesque.

— Tu te souviens de moi ? lui demanda-t-elle en marchant vers lui. Thalie...

Il n'eut aucune réaction. La jeune femme était déçue qu'il l'ait oubliée.

— On s'est rencontrés à la manifestation. Nous avons fui ensemble quand ils nous poursuivaient...

Slimane semblait ailleurs. Une tristesse profonde envahit Thalie, sans qu'elle en comprenne la cause.

— Tu... tu ne te rappelles pas ? balbutia-t-elle.

Il la regarda fixement et acquiesça.

— Si... *FreeMedia*, répondit-il.

Elle reçut une décharge dans le cœur, une brutale arythmie lui coupa le souffle.

— Ça va ? murmura-t-elle. Tu es malade ?

— Non. Juste fatigué.

— Que s'est-il passé quand ils t'ont arrêté ?

— Je suis resté là-bas quelque temps, répondit-il, évasif.

Il regarda au loin, une expression douloureuse passa sur son visage. Thalie avait du mal à maîtriser ses émotions. Elle s'avança vers lui et posa une main sur son épaule. Au moment où leurs peaux entrèrent en contact, la jeune femme reçut une décharge électrique et étouffa un cri pendant que Slimane reculait, mal à l'aise.

— Je suis désolée, balbutia-t-elle.

Leurs regards s'accrochèrent l'un à l'autre. Thalie sentit son cœur et tout son être battre pour cet homme auquel elle avait étonnamment pensé tant de fois ces dernières semaines. Elle voulut dire quelque chose, mais aucun son ne sortit de ses lèvres. Une étrange alchimie opérait entre eux, pourtant le jeune homme lui paraissait hostile. Savait-il, lui aussi, qu'elle avait été implantée ? Il rangea plusieurs documents dans sa sacoche et se dirigea vers la porte.

— Qu'est-ce que vous faites, ici ? lui demanda-t-elle pour le retenir.

— Demande à Jacob.

Il s'éloigna sans se retourner.

— Attends ! s'écria Thalie.

Elle fut soudain submergée par le désespoir et par une baisse fulgurante d'énergie qui l'obligea à s'asseoir pour reprendre ses esprits.

22

La main de Kelly formait un mouvement gracieux autour de son visage aux traits délicats. Arthur la regardait dormir, il l'avait obligée à se reposer un peu. Lui ne pouvait fermer l'œil, trop de questions demeuraient sans réponse. Ému par sa vulnérabilité, il éprouva l'envie de s'approcher d'elle et de la prendre dans ses bras, mais se retint. Pourquoi ne parvenait-il pas à entretenir une relation amoureuse plus de quelques mois ? Était-il toujours insatisfait, ainsi que le lui avait dit Carla avec laquelle il venait tout juste de rompre ? Le visage de celle qu'il avait passionnément aimée s'imposa à lui. Il faisait pourtant tout depuis les attentats pour ne plus penser à elle. Un jour de septembre, quinze ans plus tôt, lui revint en mémoire.

*

Alisha et Thalie se levèrent et firent la course sur le sable mouillé avant de se jeter dans la mer. Les vagues troublaient à peine la quiétude de l'eau. Alisha se tourna vers le rivage et fit un signe de la main à Arthur. Ses longs cheveux noirs dansaient au milieu des éclats du soleil. La plage était déserte en ce début de mois de septembre. Les deux adolescentes crièrent à Arthur de les rejoindre, il hésita, et s'avança vers elles. L'eau était fraîche, il se fit un peu prier. Alisha et Thalie, joyeuses, se moquèrent de lui. Il les rejoignit en frissonnant et tous trois regardèrent l'horizon.

— Je me sens si bien avec vous, murmura Alisha.

Le soleil vif, la mer apaisée, l'odeur des embruns et du sable mouillé, l'air frais et pur, l'amour, l'amitié, la communion…

— Si seulement tout pouvait toujours être aussi parfait, murmura Thalie.

Alisha lui caressa la joue.

— On ne peut pas retenir la vie, Thal, lui dit-elle. Elle s'écoule comme elle le souhaite.

— Écoute la sagesse indienne, renchérit Arthur en faisant un clin d'œil à Thalie.

Ils éclatèrent d'un rire joyeux, sortirent de l'eau et s'allongèrent sur leurs serviettes. Lorsque le jour commença à décroître, ils se dirigèrent vers la maison en suivant la dune de sable qui s'étendait tout autour. Une fois douchés, tous trois se retrouvèrent dans le salon et observèrent par la baie vitrée le ciel éclaboussé de soleil.

— Vous êtes les êtres que j'aime le plus au monde. Je veux que nous nous fassions une promesse, leur dit Thalie.

Alisha et Arthur se tournèrent vers elle.

— Si un jour quelque chose arrive à l'un d'entre nous, quoi que ce soit, je veux que nous nous promettions de nous retrouver ici, dans cette maison. Qu'elle soit notre refuge à tous les trois, pour la vie.

Alisha prit la main qu'elle tendait vers eux, imitée par Arthur.

— C'est promis, répondirent-ils.

*

Arthur chassa l'image d'Alisha et se leva en hâte. Il s'avança vers Kelly et posa une main sur son épaule avec délicatesse. La jeune femme entrouvrit les yeux.

— Que se passe-t-il ?

— Je crois savoir où Thalie est allée. J'aurais dû y penser plus tôt.

Kelly recouvra ses esprits et se redressa.

— Venez, lui dit-il en la prenant par la main.

Ils rassemblèrent leurs affaires et sortirent de la maison.

— Je conduis ? proposa Arthur.

Elle lui lança les clés de la voiture et il s'installa au volant. Les pneus crissèrent sur les graviers de l'allée, Kelly actionna le bip, le portail s'ouvrit et ils s'éloignèrent à vive allure.

— Pouvez-vous me dire où nous allons ? lui demanda Kelly.

— Nous allons voir la mer.

23

SEULE DANS LA PIÈCE que Slimane venait de quitter, Thalie fit un effort pour se ressaisir. Son énergie remontait peu à peu et finit par se stabiliser. Elle sentait les tensions dans son corps endolori. La jeune femme ne comprenait pas ce qui lui arrivait. Qui étaient Jacob et les autres ? Que faisaient-ils dans cette maison ? Les événements récents s'étaient enchaînés trop rapidement, elle était perdue, épuisée. Une vague de tristesse la submergea.

Ne pense pas à Alisha. Pas maintenant.

Elle s'obligea à se lever et retrouva Jacob dans le salon déserté. Il était seul, et l'invita à s'asseoir près de lui.

— Comment te sens-tu ? lui demanda-t-il.

— Mal, répondit-elle. Cette énergie circule en moi, je ne sais pas comment m'en débarrasser...

— Nous sommes confrontés à un procédé inédit, mis en place à grande échelle par WorldLink, lui expliqua Jacob. Tu n'y es pour rien.

Des larmes de soulagement et d'épuisement coulèrent sur les joues de Thalie. Malgré les variations d'humeur qu'elle traversait, le manque de sommeil et les événements récents, elle se sentait physiquement en forme, et savait qu'elle le devait à celui ou celle à qui WorldLink avait pris son énergie. Cette conscience la fit frémir. Comment pouvait-on se sentir bien au détriment d'un autre ?

— En volant de l'énergie vitale et en la réimplantant, poursuivit Jacob, ils se rendent coupables de crime contre l'humanité. Nous allons trouver une solution, mais pour l'instant, tu vas devoir rester ici. Nous avons brouillé ton traceur. Plus aucune de tes variations hormonales ne peut être repérée.

Thalie se sentit un peu soulagée.

— Nous avons besoin de toi, ajouta-t-il.

— Bien sûr, balbutia Thalie. Comment puis-je vous aider ?

— Toby a intercepté récemment une conversation cryptée entre un membre du conseil d'administration de la clinique Piersen et un responsable de WorldLink. C'est grâce à cet échange que nous avons remonté le fil et compris ce qu'il se passait. Nous avons alors commencé à surveiller la clinique pour nous y introduire et rassembler des preuves. Nous avions besoin d'entrer en contact avec un de leurs patients, tu étais la dernière dans le registre des admissions. Voilà pourquoi tu es ici. Nous avions prévu de t'enlever aujourd'hui même, nous avons eu beaucoup de chance que celle qui t'a opérée t'exfiltre avant, juste au moment où nous étions en planque. Pour pouvoir contrer WorldLink, nous avons besoin de comprendre comment ils procèdent exactement, et sur quelle technologie ils s'appuient.

Thalie se demanda ce qu'ils attendaient d'elle et regarda les appareils disposés dans le salon, surprise de ce déploiement de technologie.

— Que faites-vous, ici ? À quoi servent tous ces appareils ? lui demanda-t-elle en désignant les machines disposées autour d'eux.

— C'est du matériel de cardiologie.

— Vous êtes cardiologue ?

Jacob acquiesça.

— Où sommes-nous ? l'interrogea Thalie.

— Dans la propriété d'un ami, à une heure de Paris.

Jacob lui sourit avec chaleur.

— Je suis désolé de la manière dont tu es arrivée ici, mais nous n'avions pas vraiment d'autres choix. Je sais que tu aimerais rentrer chez toi, mais il va falloir attendre. Ici, tu es en sécurité.

— Combien de temps vais-je devoir rester ?

Jacob ne répondit pas immédiatement.

— Je crains que la réponse ne te convienne pas.

— Combien de temps ? répéta Thalie.

— Le temps qu'il faudra, poursuivit le scientifique, évasif.

— Le temps qu'il faudra pour quoi ?

— Pour trouver comment contrer WorldLink.

Thalie accusa le coup. Elle hésitait à poser la question qui l'obsédait, mais finit par se lancer.

— Je couvrais la manifestation contre le gouvernement pour mon journal le jour où Slimane a été arrêté. Que lui est-il arrivé ?

— Il a été retenu pendant près de trois semaines avant d'être libéré. Il en est sorti mal en point. Il a rejoint notre réseau récemment, par le biais de Toby. Ils se connaissent depuis longtemps tous les deux.

— Qui fait partie de ce réseau ?

— HeartWave est un réseau international qui compte des membres dans le monde entier. Il est composé d'ingénieurs, de médecins, de physiciens, de biologistes, de psychologues, de militants écologistes… notamment.

— Claire et les autres en font partie ? lui demanda Thalie.

— Oui. Claire est physicienne et dirige plusieurs études pour le réseau. Émeline travaille avec moi, elle fait de la recherche en cardiologie. Mateo fait de la biologie cellulaire, Slimane de la biologie moléculaire.

Thalie connaissait le métier de Slimane, elle s'était renseignée sur lui après la manifestation.

— Et Toby ?

— Toby est médecin. Et révolté, comme tu as pu t'en rendre compte, répondit Jacob en esquissant un sourire. Il a participé à plusieurs missions humanitaires dans des pays en guerre et en est malheureusement revenu abîmé. Il est aussi très doué en informatique, il est capable de craquer toutes sortes de fichiers, ce qui nous aide beaucoup actuellement.

Thalie faillit lui parler des fichiers remis par le ministre de la Santé, mais hésita.

— Et Sacha ?

— Sacha est ingénieur. Il participe activement à la création de nos machines. Voilà, tu sais tout… ou presque !

De nombreuses questions demeuraient cependant encore sans réponse. Aussi Thalie décida de continuer à le questionner.

— À quoi sert ce réseau ? Que faites-vous ici ?

— Nous travaillons sur les aspects guérisseurs du cœur, pour favoriser un changement global de conscience. Nous sommes en lien avec différents mouvements, notamment écologistes. Notre point commun est de chercher à protéger le vivant.

Thalie ne comprenait pas où il voulait en venir.

— Nous avons découvert récemment que le cœur possède son propre système nerveux, un réseau de nerfs sophistiqué que nous appelons le « cerveau cardiaque ». Il contient plus de 40 000 neurones, et permet à notre cœur de percevoir de manière autonome, de traiter des informations, de prendre des décisions et même de faire preuve d'un certain type d'apprentissage et de mémoire.

Le visage de Jacob s'animait à mesure qu'il parlait, la passion se lisait dans ses yeux.

— Notre cœur est un système intelligent fabriquant et sécrétant de nombreuses hormones et neurotransmetteurs qui affectent profondément le fonctionnement de notre cerveau et de notre corps, ajouta-t-il.

— Quel type d'hormones ? lui demanda Thalie.

— L'ocytocine*, par exemple. Notre réseau étudie notamment les effets des champs électromagnétiques produits par le cœur. Nous avons prouvé que les informations contenues dans ce champ peuvent jouer un rôle vital de synchronisation dans tout le corps humain.

Thalie l'écoutait avec attention.

— Le champ magnétique de notre cœur est cinq mille fois plus puissant que celui de notre cerveau, poursuivit Jacob. Est-ce que tu réalises le potentiel dont nous disposons ?

— Pour faire quoi ?

— Pour changer de paradigme.

---

* Connue comme l'hormone de l'attachement, elle est sécrétée par l'hypothalamus.

La jeune femme ne voyait toujours pas où le scientifique voulait en venir.

— À quoi servirait ce changement de paradigme ? demanda-t-elle.

— À établir une société bienveillante, basée sur l'empathie collective, par exemple.

— Et vous croyez que c'est possible, juste avec notre cœur ?

Jacob sourit. Ce point avait été maintes fois débattu avec les membres du réseau HeartWave.

— Nous avons prouvé que le champ électromagnétique de notre cœur affecte les personnes qui nous entourent. Il émet des vibrations perceptibles par notre entourage. Quand des personnes s'aiment, leurs champs respectifs deviennent un champ unique. Tu conviendras que ça ouvre un certain nombre de perspectives.

Thalie garda le silence. Les propos de Jacob lui rappelaient certains de ses échanges avec Alisha.

— Vous êtes croyant ? lui demanda-t-elle.

— Je suis un scientifique, pas un mystique. Tout le travail que nous menons au sein de notre réseau est basé sur des preuves scientifiques. Pour certains d'entre nous, bien sûr, cela pose des questions liées au sens de la vie. Chacun y répond comme il le souhaite.

Thalie se leva et observa à nouveau les instruments de mesure disposés un peu partout, certains reliés à des écrans d'ordinateurs. Elle se tourna vers Jacob qui l'observait, songeur.

— Vous croyez vraiment que notre cœur peut changer les choses ? l'interrogea-t-elle.

Jacob sourit, car la question de Thalie faisait écho à celles qu'il s'était posées de nombreuses fois.

— Si certains d'entre nous parviennent à augmenter suffisamment le champ magnétique de leur cœur, à le charger positivement, ils agiront comme des émetteurs et cela se propagera aux personnes qui les entourent.

Thalie fut surprise de ses propos.

— Vous ne parlez vraiment pas comme un scientifique, répondit-elle en songeant à nouveau aux nombreuses discussions qu'elle avait eues avec Alisha, qui concevait son combat pour l'écologie comme une mission spirituelle.

— Une de mes amies avait la foi. Elle aussi croyait au pouvoir du cœur et de la compassion, expliqua Thalie.

L'absence d'Alisha la torpilla une nouvelle fois, lui donnant l'impression de se tenir au-dessus d'un gouffre.

— Elle a été tuée dans les attentats du 22 avril, ajouta-t-elle d'une voix tremblante. Elle se battait pour l'écologie avec tellement d'ardeur et de courage...

Thalie se tut, submergée par l'émotion.

— Si seulement elle avait pu vivre... murmura-t-elle.

— Comment s'appelait votre amie ?

Thalie resta silencieuse le temps que le chagrin qui formait un barrage dans sa gorge laisse à nouveau circuler les mots.

— Alisha.

Jacob posa une main sur la sienne.

— J'ai entendu parler d'elle, murmura-t-il. Je suis désolé.

Son empathie et sa chaleur apaisèrent Thalie.

— Ce que les moines bouddhistes et les religieux de toutes confessions disent depuis longtemps sur la compassion est aujourd'hui corroboré par toutes nos études scientifiques, ajouta-t-il. La science rejoint la spiritualité.

Thalie avait perdu la foi à la mort de sa mère, mais pouvait néanmoins adhérer aux théories de Jacob.

— J'ai perdu un ami, moi aussi, poursuivit-il. C'était il y a longtemps.

— Comment s'appelait-il ? l'interrogea Thalie.

— Greg.

Thalie hésita.

— De quoi est-il mort ? finit-elle par lui demander.

— Il est toujours vivant, répondit Jacob.

Ses yeux, perdus dans le vague, prirent une teinte étrange.

— Mais l'ami que j'aimais est mort, poursuivit-il. D'un trop grand besoin de pouvoir. J'ai été contraint de faire le deuil d'un vivant.

— Vous ne vous voyez plus depuis combien de temps ?

— Depuis près de trente ans.

Thalie l'observait, surprise qu'il se livre avec tant de sincérité.

— Il vous manque ? l'interrogea-t-elle.

Jacob réfléchit quelques secondes avant de répondre.

— Ce n'est pas lui qui me manque, mais ce qu'il a été.

— Comment vous êtes-vous connus ?

— À l'école primaire, vous voyez que ça remonte à loin ! Nous avons ensuite suivi les mêmes études scientifiques, nous avions de nombreux sujets en commun, notamment l'étude des champs magnétiques, mais nous avons eu des divergences.

Thalie l'écoutait avec intérêt.

— Quel genre de divergences ?

— Des divergences d'ordre éthique.

Thalie l'écoutait attentivement. Jacob concentrait chacune de ses paroles, prononcées avec calme. Sa voix, son attitude, les expressions de son visage, tout en lui suscitait l'intérêt.

— Nous étions passionnés par la fréquence de la résonance. Cette reliance que nous ressentons naturellement enfant, cette sensation que nous sommes tous reliés est perceptible par l'ensemble de nos cellules, et par notre cœur. Je me suis donc naturellement dirigé vers cet organe qui me fascinait alors que Greg, lui, s'intéressait exclusivement au cerveau. Et au pouvoir...

— C'est pour ça que vous êtes devenu cardiologue ?

— Entre autres, oui...

Il hésita quelques secondes avant de poursuivre ses confidences.

— Mais aussi parce que mon père a fait un infarctus quand j'avais huit ans, répondit-il. Il s'est effondré devant moi dans le salon. J'étais seul avec lui à la maison, ma mère était partie pour la journée. Des voisins m'ont aidé, ils ont appelé les pompiers qui ont confirmé sa mort et l'ont emmené sur un brancard.

Thalie l'imagina, enfant, confronté au décès de son père.

— Je suis désolée, murmura-t-elle.

— Attendez la suite, lui dit-il.

La lueur malicieuse qui s'alluma dans ses yeux surprit la jeune femme.

— Ma mère est revenue de l'hôpital le soir même et m'a annoncé une nouvelle stupéfiante : mon père était vivant.

Jacob s'amusa de l'expression qui se peignait sur le visage de Thalie.

— Je n'ai pas compris ce qui s'était passé à ce moment-là, j'étais simplement heureux que mon père soit en vie. Quand il est rentré à la maison, je n'arrêtais pas de le questionner. Je ne comprenais pas comment il avait pu mourir devant mes yeux, et être à nouveau vivant. J'insistais tellement qu'il a fini par me raconter quelque chose qui a changé ma vie.

Thalie buvait chacune de ses paroles.

— Mon père était ingénieur, un cartésien dans toute sa splendeur. Alors quand il m'a expliqué être sorti de son corps et avoir été projeté dans un tunnel lumineux avant de réintégrer son corps physique, j'ai été fasciné. Il a en réalité vécu ce qu'on appelle aujourd'hui une NDE*, une expérience de mort imminente. Ça m'a ouvert l'esprit. C'est sûrement cette expérience qui a donné naissance, des années plus tard, au réseau HeartWave. Il y a tant de choses que nous ignorons encore sur nous-mêmes.

Jacob se leva et remit son corps en mouvement.

— Mais assez parlé, vous feriez mieux d'aller vous reposer un peu, poursuivit-il.

Il se dirigea vers la porte. Thalie hésita, mais sentit qu'elle pouvait lui faire confiance.

— J'ai quelque chose pour vous, s'écria la jeune femme.

Elle lui tendit la clé USB qu'elle avait récupérée juste avant de retourner à la clinique.

— Qu'est-ce que c'est ?

— Des fichiers appartenant à WorldLink.

Jacob ne cacha pas sa stupeur.

— Vous les avez consultés ?

— J'avais commencé à m'y plonger avant de retourner à la clinique.

— Comment vous les êtes-vous procurés ?

Thalie hésita à répondre.

— J'ai été contacté par le ministre de la Santé à la suite de la parution d'un de mes articles. C'est lui qui me les a fait parvenir.

L'étonnement se lisait sur le visage de Jacob.

— Nous voici face à une nouvelle énigme, murmura-t-il.

---

* *Near Death Experience.*

24

L'AUTOROUTE DU NORD était peu fréquentée à cette heure matinale. Il était environ 9 h 30 lorsque Arthur et Kelly arrivèrent à Ambleteuse, après avoir roulé près de trois heures. Le jeune homme s'engagea sur une route pentue et arriva à une intersection. Il tourna à gauche sur un chemin de terre. Au sommet de la falaise, la maison surplombait la mer. Il se gara à l'arrière du bâtiment. Il ouvrit la porte et se précipita à l'intérieur.

— Thalie ?… Thal, tu es là ?

Il monta à l'étage, ouvrit toutes les portes, mais fut contraint de se rendre à l'évidence : son amie n'était pas là. Un profond découragement l'envahit.

— Il n'y a qu'ici qu'elle aurait pu se réfugier et être en sécurité.

Arthur réfléchissait. Qu'était-il arrivé à Thalie ? Était-elle en danger ? Kelly sortit de son sac un disque dur externe et le lui tendit.

— Vous m'avez dit que vous vous y connaissiez en informatique, Vous pourriez regarder ça ? l'interrogea-t-elle.

— Qu'est-ce que c'est ?

— Une copie de la base de données de la clinique.

— Où l'avez-vous eue ? lui demanda Arthur, surpris.

— Dans l'ordinateur de Tom, répondit la jeune femme.

— Vous avez réussi à craquer son mot de passe ?

— Je le connaissais, répondit-elle, mal à l'aise.

Arthur se demanda pourquoi la jeune femme semblait embarrassée. Il ouvrit son ordinateur et brancha le disque dur. Plusieurs fichiers y figuraient. Il tenta de les ouvrir en essayant différentes clés de chiffrement, mais n'y parvint pas.

— Ces fichiers sont très bien protégés, murmura-t-il, concentré.

— Vous y arrivez ? lui demanda Kelly, tendue.

— Je ne suis pas certain d'être suffisamment calé pour les lire. Ils ont des SIEM perfectionnés, le contraire aurait été étonnant.

— Des quoi ?

— Des systèmes de gestion des événements et des informations de sécurité. Ce sont des systèmes centralisés qui leur offrent une visibilité totale sur l'activité de leur réseau et leur permettent de réagir aux menaces en temps réel. Ils ont tout verrouillé.

Arthur tenta une nouvelle combinaison de codes, mais les fichiers demeuraient inaccessibles.

— Savez-vous ce qu'ils contiennent ? lui demanda le jeune homme.

— Des informations sur les patients traités, les procédures...

Il se tourna vers elle.

— Toutes les cliniques disposent d'informations confidentielles sur leurs patients, lui dit-il. Mais il est rare qu'elles sécurisent à ce point leur base de données. Qu'est-ce qu'il y a d'autre dans ces données, à votre avis ?

— Si Tom était prêt à annuler le traitement de Thalie, il a pu faire cela avec d'autres patients. Leurs noms figurent peut-être dans ces fichiers ?

— Si ces documents apportent la preuve qu'ils annulent des traitements en parfaite connaissance de cause des risques encourus pour les patients, nous pouvons les faire tomber.

Kelly l'observait, tendue. Arthur tenta une nouvelle fois d'accéder à la base de données, mais elle demeurait inviolable.

— Vous pensez pouvoir réussir ? l'interrogea-t-elle nerveusement.

— Peut-être, si vous arrêtez de m'interrompre toutes les deux minutes.

Kelly s'excusa et se dirigea vers la baie vitrée. Le ciel était gris et lourd, seuls quelques éclats de lumière parvenaient à se faufiler entre les nuages. Elle fut saisie par la beauté de ce paysage du Nord. Arthur, concentré, poursuivait son travail devant l'ordinateur. La journée promettait d'être longue.

25

THALIE, JACOB, SACHA ET TOBY se retrouvèrent dans le bureau de Jacob et passèrent plusieurs heures à analyser les fichiers remis par le ministre de la Santé. Ils furent rejoints un peu plus tard par Claire, Mateo et Émeline. Thalie se détendit en voyant que leur attitude à son égard s'était modifiée. Leur méfiance initiale avait disparu, ils semblaient dorénavant la considérer comme l'une des leurs. Slimane fit son apparition en fin de matinée. Lorsque Thalie le vit, comme d'habitude, une très vive émotion la submergea. Elle fut incapable de détacher son regard de lui, de son visage, de sa peau, de ses yeux qui la scrutaient et semblaient la voir entièrement. Les autres étaient surpris de l'alchimie perceptible entre eux. Les fichiers contenaient des centaines de mails, des documents Excel et Word, et des scans de notes internes portant la mention « Confidentiel ». Ils tentèrent d'en comprendre la signification en les passant au crible. Plusieurs dossiers attirèrent leur attention, notamment une succession de codes.

— Qu'est-ce que c'est que ça ? murmura Toby.

Jacob fit défiler le dossier qu'ils recoupèrent avec un autre document.

— Il semble que WorldLink ait établi une classification des citoyens, expliqua-t-il.

— Comment ça ? l'interrogea Thalie.

— Chaque code correspond à une catégorie, regardez…

La classification s'afficha sur l'écran : utiles, inutiles, utiles nuisibles, niveau d'énergie vitale, libido, intensité du champ magnétique, inconscient accessible, inconscient coopératif, inconscient inaccessible, niveau de conscience…

Ils poursuivirent leur exploration et passèrent en revue les différents documents.

— Et ça ne s'arrête pas là, murmura Jacob avec effroi. Ils ont répertorié les données médicales, religieuses, bancaires, transgénérationnelles, politiques, sexuelles…

Tous restèrent sans voix en découvrant l'ampleur des agissements de WorldLink.

— Chacun de nous est codé dans cette base. Ils savent tout.

— Les traçages leur ont permis de faire remonter toutes les informations qui nous concernent vers leurs serveurs, murmura Claire.

Jacob n'était pas tracé, mais Émeline n'avait pu y échapper. Il entra le nom de la jeune chercheuse dans la base. Sa fiche apparut sur l'écran avec un code : elle était classée utile nuisible. Le montant de son compte bancaire, ses données de santé, la lignée dont elle était issue… tout ce qui se rapportait à elle, jusqu'au détail le plus intime, était répertorié. La suite de l'analyse des fichiers de WorldLink leur donna des précisions sur ceux que la multinationale considérait comme « utiles » : les riches, les scientifiques, les artistes, les politiques… Les inutiles comprenaient les pauvres, ceux qui ne possédaient ni diplômes ni instruction, et qui pouvaient facilement être remplacés par des machines… WorldLink avait également répertorié les différents courants au sein du gouvernement : les « machiavéliques » qui théorisaient et étaient chargés de diffuser l'idéologie utiles/inutiles, les « idéalistes » qui croyaient à ce nouvel ordre mondial et voyaient dans le partenariat avec WorldLink une manière de créer un monde meilleur, et les « avides » qui ne cherchaient qu'à accroître leur pouvoir.

Thalie observa Jacob et les autres, quasiment tous classés inutiles ou utiles nuisibles, tout comme elle. Ceux, parmi eux, qui demeuraient « utiles » ne tarderaient sans doute pas à changer de catégorie dès que WorldLink apprendrait leurs agissements contre elle. Un autre fichier révélait l'existence d'une milice privée, appartenant à WorldLink, ainsi que la composition de ce qu'ils appelaient « la dissidence » : une majorité d'inutiles en rébellion contre les injections, des utiles choqués par l'idéologie de WorldLink, des transfuges du gouvernement qui avaient ouvert les yeux, des transfuges de WorldLink qui avaient découvert son véritable but… Un autre dossier contenait des échanges de mails entre Tom Chase et un membre du gouvernement, qui révélait l'inquiétude croissante de certains membres de WorldLink à propos des « dissidents » et préconisait de procéder à ce qu'ils appelaient « le grand effacement ». Ils cherchèrent des informations sur cette procédure « d'effacement », mais le reste des fichiers ne révélait rien de plus.

À la fin de la journée, ils se retrouvèrent dans le salon, épuisés par la tension des dernières heures, choqués par tout ce qu'ils venaient de découvrir. Thalie se sentait désormais partie prenante du groupe. À leur contact, elle retrouvait ces moments de solidarité partagés avec Alisha et ses compagnons de lutte, avant les attentats. Un peu de la ferveur et de l'idéalisme qu'elle croyait morts depuis l'explosion ressurgissait. Thalie découvrit que Jacob avait été le directeur de thèse d'Émeline à l'université, et que la jeune femme s'était montrée une élève brillante. Claire parla de l'étude sur laquelle elle travaillait actuellement, qui rassemblait des milliers de participants dans le monde entier, dans le but d'étudier les rapports entre le cœur et le cerveau. Les volontaires étaient exposés à différentes images, certaines violentes, d'autres apaisantes. Et l'étude révélait quelque chose d'incroyable : l'information parvenait d'abord au cœur. Ce n'est que dans un deuxième temps qu'il y avait une réponse du cerveau, puis du corps, qui réagissait par des signaux identifiables, comme des frissons, par exemple. Mais l'étude révélait surtout que le flux d'informations cœur/cerveau/corps s'enclenchait plusieurs secondes avant que l'événement réel ne se produise[3]. L'étude de Claire démontrait que le cœur semblait être connecté à un type d'intuition qui se trouvait au-delà des limites du temps et de l'espace. La physicienne s'intéressait plus particulièrement à cette source d'intuition. À quoi notre cœur était-il connecté et comment pouvions-nous apprendre à puiser davantage dans cette source ?

Slimane se joignit à eux un peu plus tard dans la soirée et s'assit près de Thalie. Une réaction chimique incontrôlable se produisit à nouveau dans tout son être lorsqu'il la frôla. Une sensation indéfinissable, accompagnée d'une irrépressible envie de le toucher. Lorsque leurs yeux se croisèrent, une décharge électrique se répercuta dans la colonne vertébrale de Thalie, lui coupant presque le souffle. Leurs regards ne parvenaient pas à se détacher, plus rien n'existait autour d'eux. Des images sensuelles, érotiques, envahissaient la jeune femme, qui ne tenta pas de les chasser. Elle ne se reconnaissait pas. Jamais auparavant elle n'avait ressenti une telle connexion avec un homme. Elle éprouvait pour Slimane des sentiments immédiats, évidents. Une douceur, une vulnérabilité et une ouverture dont elle ne se serait pas crue capable et qui la déstabilisaient.

Quel étrange pouvoir cet homme avait-il donc sur elle ?

26

THALIE OUVRIT LA FENÊTRE DE LA CHAMBRE dans laquelle elle était installée, au premier étage de la maison. Il pleuvait, une odeur de terre mouillée se déployait. Elle avait espéré échanger seule à seule avec Slimane, mais il s'était retiré juste après le dîner. Déçue, elle était restée un moment avec les autres, et avait fini par regagner sa chambre. Son corps était fourbu, la découverte de l'ampleur des agissements de WorldLink l'angoissait. Un profond désespoir l'envahissait. Une solitude incommensurable, à laquelle se mêlait une envie de toucher et d'être touchée. Elle songea à Slimane et ferma les yeux, dans l'espoir de chasser son visage. Depuis combien de jours n'avait-elle pas senti une peau contre la sienne ? Ces derniers mois avaient isolé tout le monde, restreint les contacts sociaux, réduit à néant la mobilisation pour l'écologie. Chaque citoyen était dorénavant tracé, surveillé, puni, et ce que Thalie et ses amis venaient de découvrir renforçait plus encore cet isolement. Qui pourrait bien les croire ? Des pensées envahissantes matraquaient sans relâche sa conscience. L'énergie vitale d'un être circulait dans ses veines.

Voleuse de vie.

Elle frissonna, terrifiée par le délit dont elle s'était rendue complice sans le savoir. Qu'aurait fait Alisha dans cette situation ? La sagesse et la force de son amie lui manquaient plus que jamais. À qui désormais se confier, partager ses doutes, ses peurs ? Auprès de qui obtenir du réconfort ? Il fallait absolument qu'elle contacte Arthur. Mais comment ? WorldLink était à ses trousses et pourrait facilement remonter jusqu'à elle si elle essayait de joindre son ami. Elle songea à Rose, à Esteban, à Antoine et à sa vie d'avant. Le visage de Kelly Preston apparut brièvement dans son esprit. Que devenait-elle ? Elle avait pris de gros risques pour la sauver. Des bruits de pas résonnèrent dans le couloir. On frappa à la porte. Thalie ouvrit. Slimane se tenait devant elle. La jeune femme fut à nouveau saisie par l'intensité de l'émotion qui s'empara d'elle.

— Je te dérange ? lui demanda-t-il.

— Non, répondit-elle, troublée.

— Je peux entrer ? ajouta-t-il en pénétrant dans la chambre sans attendre sa réponse.

Il regarda autour de lui et observa la décoration sobre : un lit, du parquet, des murs blanc crème, un tapis en jute, un bureau en bois clair, des rideaux de lin beige rosé. Il se tourna vers elle.

— Qu'est-ce qu'il se passe entre nous ? l'interrogea-t-il franchement.

— Je ne sais pas… balbutia Thalie.

Leurs regards s'aimantèrent, les deux jeunes gens se rapprochèrent l'un de l'autre. La jeune femme sentit une vague d'énergie circuler en elle avec une puissance telle qu'elle en fut effrayée. Que lui arrivait-il ? Transportée, il lui était impossible de résister à cette attraction qui la poussait à se rapprocher davantage de Slimane. Le besoin de le toucher s'amplifia, elle fit un pas vers lui. Le jeune homme ne bougeait pas. Son regard reprenait vie, à mesure qu'ils demeuraient dans une proximité qui allait bien au-delà de leurs corps. Il percevait la chaleur qui émanait de Thalie, comme si ses cellules et les siennes entraient en symbiose. Elle se rapprocha de lui. Plus rien n'existait autour d'eux que ces étranges sensations qui fleurissaient dans tout leur être. Ils communiaient corps et âme. Thalie n'avait jamais cru au coup de foudre, le romantisme n'était pas son for. Pourtant, à cet instant, les yeux perdus dans ceux de Slimane, elle sentit dans sa chair qu'il faisait partie d'elle. La jeune femme se lova contre lui et l'enlaça. Il eut un imperceptible mouvement de recul, mais se laissa faire. Thalie cherchait maintenant ses lèvres, les léchait, et l'embrassait. Il ferma les yeux et se laissa envahir par ce baiser fiévreux, hypnotique, étourdissant. Il se sentait merveilleusement bien. Le contact de Thalie faisait reculer sa fatigue, ses douleurs, son découragement. Elle caressa son visage. La respiration de Slimane prenait de l'amplitude, ses poumons retrouvaient leur forme initiale, pour la première fois depuis son arrestation. Ils se regardèrent et perdirent la notion du temps. Des larmes de soulagement coulèrent sur les joues de Thalie, elle en vit de semblables dans les yeux de Slimane. Ils ne cherchèrent pas à les dissimuler et se déshabillèrent lentement, prenant le temps de se regarder, d'explorer chaque millimètre carré de leurs peaux. Le cœur de la jeune femme et le sien communiaient, ils étaient semblables, leurs battements se faisaient écho, respiraient au même rythme. Leurs cellules se fondaient, se confondaient. Leur fusion était totale, renforçant le battement de la vie en eux. Tous deux s'abandonnèrent à cette communion qu'ils n'auraient jamais crue possible et qui leur fit découvrir des territoires inexplorés.

Lorsqu'ils furent rassasiés, ils se blottirent l'un contre l'autre. Thalie réalisa combien ce qu'elle venait de vivre différait de tout ce qu'elle avait connu. Des images de ses relations passées avec les hommes lui revinrent en mémoire. Les appeler, passer chez eux, coucher ensemble, exiger de son corps le plaisir, exiger de l'autre du plaisir, se mettre en scène, « avoir » un orgasme… La mécanisation de son désir, de même que la fonction utilitaire de son corps se révélaient dans toute leur crudité. Dans son lien avec Slimane, Thalie sentait son corps. Il réagissait, vibrait, lui parlait comme un être vivant. Il réclamait de l'attention, du respect, de l'espace, de l'amour. Elle n'avait encore jamais connu cela. Slimane la serra contre lui. Il ne s'était pas senti aussi bien depuis très longtemps.

27

ARTHUR S'ACCORDA UNE PAUSE et se rendit dans la cuisine. Il devait se rendre à l'évidence, il n'arrivait pas à pénétrer dans les fichiers de WorldLink. Le contact de l'eau froide sur ses poignets lui fit du bien. Il retourna dans le salon et disposa une couverture sur Kelly, assoupie sur le canapé. Elle ouvrit les yeux.

— Vous avez réussi ? lui demanda-t-elle.

— Non.

Ses traits étaient creusés par la fatigue. Elle tendit la main vers lui.

— Reposez-vous un peu, vous en avez besoin, lui dit-elle.

Il s'assit à ses côtés. Le soir tombait ; le ciel prit une teinte étrange. Une lumière presque irréelle pénétra par la baie vitrée du salon, offrant un magnifique coucher de soleil sur la mer. Kelly regarda autour d'elle.

— Cette maison est particulière, dit-elle. À qui appartient-elle ?

— À la mère de Thalie, c'est une maison de famille. Nous y passions une partie de nos vacances d'été, avec une amie…

— Qui est cette amie ? osa demander la jeune femme en sentant un léger trouble dans la voix de son interlocuteur.

L'émotion submergea Arthur. Il s'efforça de la contenir et réalisa à quel point il avait cherché depuis les attentats à ne pas voir sa propre douleur.

— Elle s'appelait Alisha, répondit-il. C'était une militante courageuse et une femme merveilleuse.

Sa voix se brisa.

— Elle est morte dans les attentats du 22 avril.

— Je sais qui était Alisha, répondit Kelly. J'ai vu un reportage sur elle. C'était votre amie ?

— Oui… Avec Thalie, nous étions inséparables.

La douleur d'Arthur était palpable. Kelly ne savait que dire.

— Vous connaissez Thalie depuis longtemps ? finit-elle par lui demander.

— Depuis l'école primaire. Elle est partie en Inde à l'âge de neuf ans, c'est là-bas qu'elle a rencontré Alisha. Au début, j'étais jaloux de leur amitié, je craignais que Thalie m'oublie.

Il sourit, nostalgique.

— Elle a vécu plusieurs années en Inde, elle revenait seulement pour les vacances. Je la trouvais différente.

— Qu'est-ce qui avait changé ?

— Sa rencontre avec Alisha l'avait transformée. Tout le monde changeait au contact d'Ali. Elle était tellement sincère, joyeuse, posée, et en même temps si profondément engagée…

Kelly repensa à une photo de la jeune Indienne, publiée dans les journaux au moment de son décès. Elle avait été frappée par la puissance de son regard, par sa force et sa beauté.

— Thalie et Alisha voulaient changer le monde et se sont engagées corps et âme, poursuivit Arthur. Quand je vois ce qui leur est arrivé, je ne peux pas m'empêcher de me dire qu'il aurait mieux valu qu'elles rentrent dans le rang.

Il se prit la tête dans les mains.

— Elles n'auraient jamais pu, vous le savez, murmura Kelly. Certaines personnes sont faites pour vivre plus fort… Rentrer dans le rang leur est impossible.

— Je sais…

Ils se regardèrent, soudain troublés par leur proximité physique.

— Et vous ? lui demanda Arthur. Comment vous êtes-vous retrouvée dans toute cette folie ?

Kelly sourit tristement.

— J'ai rencontré Tom lors d'un colloque, il y a trois ans. Son approche différait de tout ce que j'avais entendu jusque-là. Sa clinique était à la pointe de la recherche, ses traitements validés par des instances éminentes. Quand il m'a proposé de le rejoindre, je me suis dit que ma vocation prendrait une autre dimension. Et j'ai accepté de le suivre.

La jeune femme se tordait nerveusement les mains.

— Au fur et à mesure des mois, nous sommes devenus plus proches… Nous avons eu une liaison. Beaucoup de choses n'auraient jamais dû se produire, je m'en veux terriblement.

— De quoi ? lui demanda Arthur.

— D'avoir mis autant de temps à réaliser qui il était vraiment. Je me suis laissée manipuler.

— Ces gens-là sont très doués, vous ne pouviez pas savoir.

— Qu'allons-nous faire, maintenant ? l'interrogea Kelly avec anxiété.

— Je pense qu'il faut d'abord que nous dormions un peu, puis je poursuivrai mon travail. Vous voulez prendre une chambre là-haut ?

— Non. Je préfère rester avec vous.

Arthur retira les coussins du canapé et prépara un espace pour que Kelly puisse s'allonger. La jeune femme, épuisée, luttait contre le chagrin et la solitude qui l'envahissaient et qu'elle n'avait pu partager avec personne durant ces trois dernières années. Elle se prit la tête dans les mains. Touché par sa détresse, Arthur s'avança vers elle et la prit dans ses bras. La jeune femme s'abandonna à ce contact. Elle chercha ses lèvres, ils s'embrassèrent longuement.

Le craquement d'une latte de parquet tira Arthur du sommeil. Il ouvrit les yeux, le souffle court. Deux ombres s'avançaient vers lui. Il se leva en hâte, alluma la lumière et se plaça devant Kelly, qui hurla. Deux hommes se tenaient face à eux.

— C'est Thalie qui nous envoie, dit l'un d'eux en levant les mains pour montrer qu'il n'était pas armé.

Arthur se figea. Disait-il vrai ?

— Où est-elle ? demanda le jeune homme.

— Dans une maison, à une heure de Paris.

— Qui êtes-vous ?

— Des citoyens, comme vous, qui luttent contre WorldLink. Nous sommes passés chez vous, vous devez savoir que votre appartement est surveillé. Ils vous recherchent. Vous joindre sur votre portable était beaucoup trop dangereux.

Arthur ignorait s'ils devaient les croire.

— Thalie m'a donné ça pour vous.

L'homme lui tendit une feuille qu'il déplia. Arthur reconnut l'écriture déliée de son amie.

Si un jour quelque chose arrive à l'un d'entre nous, quoi que ce soit, je veux que nous nous promettions de revenir ici, dans cette maison. Qu'elle soit notre refuge à tous les trois, pour la vie.

Tu te souviens ?

Arthur ramassa ses affaires et enjoignit Kelly à faire de même. L'un des hommes désigna la jeune femme.

— Thalie ne nous a pas parlé d'elle, dit-il. Elle ne peut pas venir.

— Kelly a risqué sa vie pour sauver Thalie, répliqua Arthur. Hors de question qu'elle reste ici.

Les deux hommes hésitèrent et échangèrent un regard, avant d'acquiescer. Quelques minutes plus tard, les deux voitures s'éloignèrent d'Ambleteuse à vive allure. Il faisait nuit noire.

28

DURANT LE TRAJET, Arthur se demanda une nouvelle fois s'il ne s'agissait pas d'un piège, mais chassa ces pensées. Kelly restait silencieuse, épuisée par les rebondissements de ces derniers jours. La jeune femme gardait les yeux rivés sur le bitume, envahie par la culpabilité. Comment avait-elle pu ignorer les agissements de Tom ? Pourquoi ne s'était-elle rendu compte de rien ? Il y avait pourtant eu de nombreuses alertes. À commencer par son attitude avec elle. Il l'avait très vite dénigrée, la laissant la plupart du temps dans la confusion, appuyant sciemment sur ses failles, alimentant les doutes qu'elle nourrissait sur son travail. Le piège s'était refermé dès qu'elle avait accepté de rejoindre la clinique. Une fois engagée, Kelly s'était retrouvée reléguée au sein d'exécutante des interventions que Tom lui demandait de pratiquer. Tout ce que la jeune femme avait vécu et subi durant les trois dernières années prenait soudain une signification nouvelle. Tom l'avait manipulée, flattée, humiliée, isolée, la poussant à douter de ses capacités pour neutraliser son libre arbitre et disposer d'elle à sa guise. Ses remises en question permanentes, source de souffrance depuis son enfance, s'étaient exacerbées au contact de Tom, qui avait intérêt à ce que la jeune femme s'en remette exclusivement à lui. Kelly, horrifiée, prenait conscience de l'ampleur de la manipulation qui s'était exercée à ses dépens. La honte l'envahissait à mesure que les scènes vécues remontaient à la surface avec une lucidité implacable. Elle s'était laissée faire. Comment pourrait-elle un jour se pardonner ?

— Ce n'est pas de ta faute.

La voix d'Arthur la tira de la prison de ses pensées. Elle se tourna vers lui, le regard baigné de larmes. Il tendit la main vers elle et caressa sa joue. Le contact de sa peau contre la sienne l'apaisa un peu. Disait-il vrai ? Kelly aurait voulu le croire, mais tout en elle hurlait qu'elle aurait dû comprendre le dessein funeste de Tom, le dénoncer, se battre. Les larmes coulèrent sans bruit le long de son cou. Seule la chaleur d'Arthur l'empêcha de sombrer dans ses gouffres. Il garda longtemps sa main contre sa joue, et ne la retira qu'au moment où ils empruntèrent un chemin de terre et s'approchèrent d'une maison entourée par un grand portique, qui s'ouvrit à leur approche. La voiture qu'ils suivaient s'arrêta devant un escalier de pierre, sur la droite de la propriété. Arthur stoppa la sienne juste derrière. S'étaient-ils jetés dans la gueule du loup ? Ils n'allaient pas tarder à en avoir le cœur net. Kelly sécha ses larmes, ils se regardèrent et descendirent du véhicule, tendus.

— Arthur !

Cette voix, le jeune homme aurait pu la reconnaître entre mille. Il tourna la tête et vit Thalie courir dans sa direction. Une joie intense l'envahit, il s'élança vers elle et la serra de toutes ses forces contre lui.

— Thal ? C'est bien toi ? s'écria-t-il. Oh mon Dieu !

— Tu m'as tellement manqué ! murmura-t-elle.

Kelly les observait, émue. Thalie tourna la tête et la vit. Elle s'avança et la prit dans ses bras.

— Vous m'avez sauvé la vie, lui dit-elle. Merci.

Une boule d'angoisse grossissait dans la gorge de Kelly. Une voix à l'intérieur lui hurlait que tout était de sa faute, qu'elle avait pratiqué l'opération funeste, que les choses auraient pu être différentes si seulement elle avait eu le courage de réagir. La jeune femme baissa la tête et garda le silence pendant qu'ils pénétraient dans la maison. Tout le monde dormait, à l'exception de Toby et Slimane, que Thalie présenta à Kelly et à Arthur. Ce dernier entraîna son amie quelques secondes à l'écart.

— Kelly a réussi à copier la base de données de la clinique avant de s'enfuir, lui expliqua Arthur. Je n'ai malheureusement pas les compétences pour lire ces fichiers.

— Toby va s'en charger, répondit Thalie.

— Tu es certaine que nous pouvons faire confiance à tes nouveaux amis ? l'interrogea Arthur, soucieux.

— Oui, lui répondit-elle.

Arthur la sonda du regard pour être sûr qu'il prenait la bonne décision, puis il lui remit le disque dur. Thalie expliqua la situation à Toby, qui prit les choses en main.

— Je vais m'y atteler, lui dit-il. Mais ça risque de prendre du temps.

Arthur observait son amie, surpris du changement qui s'était opéré en elle. La jeune femme semblait différente, mais il n'aurait su dire en quoi. Il était tard, aussi

Thalie leur proposa d'aller dormir et les conduisit dans leurs chambres. Toby, lui, n'avait pas sommeil et décida de se concentrer sur le disque dur. Si quelqu'un pouvait réussir à décrypter ces fichiers, c'était bien lui.

Le lendemain matin, Thalie présenta Claire, Émeline, Sacha, Mateo et Jacob à Arthur et Kelly. Toby les rejoignit un peu plus tard. Ses traits étaient tirés, il avait passé la nuit sur la base de données de la clinique. Il prit une courte pause en leur compagnie, avant de poursuivre son travail sur les fichiers cryptés. En observant Thalie et Slimane, Arthur comprit au fur et à mesure d'où provenait le changement de son amie. Elle était manifestement amoureuse, et malgré la situation, c'était la première fois qu'il la voyait aussi apaisée.

Il était près de midi lorsque Toby les appela enfin. Il venait de réussir à pénétrer dans les fichiers. L'un d'entre eux semblait particulièrement lourd. D'étranges caractères s'affichèrent sur l'écran lorsqu'il cliqua dessus.

— Savez-vous ce que ça signifie ? demanda-t-il à Kelly.

La jeune femme s'installa devant l'écran.

— C'est une procédure chiffrée utilisée par Tom, répondit-elle. Il attribue un code à chaque patient.

À côté de ces codes se trouvait une classification que Kelly n'avait encore jamais vue. Elle cliqua dessus, intriguée. Le fichier Excel s'ouvrit. La première colonne révélait une liste de noms, une autre indiquait « pourcentage », la troisième avait pour intitulé « donneurs ». Kelly ne comprenait pas ce que cela signifiait et se raidit.

— Que se passe-t-il ? lui demanda Arthur. Ça va ?

Elle ne répondit pas et rechercha nerveusement Thalie dans la base de données. Le niveau d'énergie vitale qui lui avait été transféré s'afficha sur l'écran. Juste à côté, dans la colonne « donneur », figuraient un prénom et un nom. La jeune femme, horrifiée, fit une rapide recherche sur Internet et reconnut immédiatement le visage qui s'affichait sur l'écran. Elle s'empressa de refermer le fichier. C'était pire encore que ce qu'elle croyait. Respirant avec difficulté, elle sortit en hâte de la maison et s'appuya contre l'escalier en pierre. Arthur s'élança à sa suite.

— Ça va ? lui demanda-t-il.

Il l'aida à se redresser et remarqua les tremblements qui agitaient son corps. Il la prit dans ses bras.

— Dis-moi ce qu'il se passe, lui chuchota-t-il.

Elle se tourna vers lui, sous le choc.

— Le traitement... balbutia-t-elle, l'énergie qu'ils m'injectaient... Ils affirmaient avoir mis au point un procédé leur permettant de le faire en stimulant certaines zones du cerveau... C'était faux... Ils la volaient...

— Comment ça ? Qui la volait ?

— Tom et les autres.

— Ils la volaient à qui ?

— À des gens...

Arthur lui prit la main et l'obligea à retourner dans le salon. Il expliqua à Jacob ce qu'elle venait de découvrir.

— La clinique de Tom appartient à WorldLink, leur expliqua Jacob. Son fameux traitement est en réalité une implantation d'énergie vitale. Et cette énergie, ils la prennent chez des personnes classées « inutiles » ou « utiles nuisibles ».

La nouvelle des liens entre la clinique et WorldLink, de la classification des citoyens et des implantations d'énergie vitale horrifia Kelly et acheva de la plonger dans le désespoir. Elle ne pouvait s'empêcher de se répéter qu'elle avait contribué à tout cela. La jeune femme s'adressa à Jacob. Elle n'avait pas le choix et devait lui dire ce qu'elle venait de découvrir.

— L'un des fichiers de la clinique concerne les personnes dont on prend l'énergie, répertoriées sous le nom de « donneurs »...

Elle s'interrompit quelques secondes.

— Le nom du « donneur » de Thalie y est indiqué...

Jacob attendit la suite en silence. Les fichiers apportés par Arthur et Kelly contenaient la preuve qu'ils cherchaient depuis des semaines. Il redoutait pourtant ce qu'il s'apprêtait à entendre.

— Il s'agit de Slimane... Je suis désolée...

Kelly tourna la tête. Thalie et Slimane venaient d'entrer dans le salon. Tous deux la regardaient, tétanisés. La stupeur se peignait sur le visage du jeune homme. Thalie, glacée, ne parvenait pas à assimiler cette information. Le jeune homme la fixait, les yeux écarquillés par l'horreur. Il n'y avait plus en lui aucune trace de l'amour et de la chaleur qu'ils avaient partagés. Thalie n'y lisait rien d'autre qu'une accusation silencieuse à laquelle il lui était impossible de répondre. Comment pourrait-il croire qu'elle ne savait rien de tout cela ? Elle aurait voulu arracher sa peau, évider ses veines, faire sortir d'elle l'énergie de Slimane pour la lui rendre.

— Je suis désolée, dit Kelly, effarée, au jeune homme. Je ne savais rien de tout cela...

Il s'éloigna sans un regard pour Thalie et se dirigea vers sa voiture, garée dans l'allée. Jacob s'élança à sa suite.

— Où vas-tu ?

Slimane ne répondit pas. Pétrifiée, Thalie le regarda s'éloigner, sans pouvoir réagir. Son corps la lâchait, il ne répondait plus.

— Ni Kelly ni Thalie ne sont responsables, dit Jacob au jeune homme. Tu le sais bien. Le seul coupable, c'est WorldLink.

Le jeune homme monta dans son véhicule.

— Slimane !

— Je ne peux pas rester ici.

Jacob se pencha vers lui, furieux.

— Tu n'as pas le droit de partir comme ça. Tu prends le risque de te faire prendre.

— Ça n'a plus aucune importance.

— Il ne s'agit pas seulement de toi, lui lança sèchement Jacob. En partant, tu nous mets tous en danger.

— Moi, je vous mets en danger ? hurla Slimane. Mais qui est en danger, ici ? Qui ?

Il alluma le moteur.

— Ils ne peuvent rien me prendre de plus que ce qu'ils m'ont déjà pris, ajouta-t-il.

La voiture démarra en trombe. Impuissant, Jacob la regarda s'éloigner. Il finit par rejoindre Kelly, seule dans le salon.

— Où est Thalie ? lui demanda-t-il.

— Arthur l'a emmenée dans sa chambre.

— Venez avec moi, lui dit-il.

La jeune femme se laissa entraîner jusqu'au salon. Jacob la fit asseoir et s'installa face à elle.

— Je sais ce que vous ressentez, lui dit-il, nous avons vécu la même chose en apprenant jusqu'où ils étaient allés. WorldLink porte atteinte au vivant sous toutes ses formes. Ils veulent anéantir le lien, détruire notre substance, ce que d'aucuns appellent l'âme, en en faisant commerce. Notre énergie vitale est leur nouvelle monnaie d'échange pour diviser, asservir et détruire ceux qu'ils considèrent comme « inutiles », et augmenter le pouvoir de ceux qu'ils jugent utiles. Ils appellent de leurs vœux une société dans laquelle ne vivraient que ces fameux utiles, rentables financièrement ou capables de l'être grâce à leurs dons ou leurs idées.

— Comment pouvons-nous les contrer ? dit Kelly. Ils sont tellement puissants…

— Je pense que nous n'en sommes malheureusement qu'au début.

Kelly le scrutait, interrogative.

— Comment ça ? Vous pensez qu'ils peuvent faire pire ?

Jacob se pencha vers elle.

— Ce que WorldLink veut, à mon avis, ce n'est pas seulement commercialiser notre énergie vitale, c'est faire en sorte que nous la donnions nous-mêmes. Et nous pousser à vendre notre âme au Diable… littéralement.

— Comment ?

— Je l'ignore encore.

29

Jacob organisa deux jours plus tard une visioconférence avec un protocole d'accès sécurisé pour faire un point sur la situation avec les membres du réseau HeartWave. Les fichiers qu'ils avaient en leur possession étaient autant de preuves contre WorldLink, mais l'ampleur du noyautage de la multinationale sur l'ensemble de la société les contraignait à ne commettre aucun impair. Le niveau de corruption était si élevé qu'ils devaient mettre au point un plan d'action millimétré s'ils voulaient espérer la faire tomber, elle et ceux qui lui avaient fait allégeance, consciemment ou non. De nombreux échanges eurent lieu pour déterminer la marge de manœuvre dont chacun disposait. Il fallait patienter, malgré la pression du gouvernement, qui, par ailleurs, intensifiait son programme d'injections. La conférence venait tout juste de s'achever lorsque Slimane fit son retour. En le voyant, Thalie sut immédiatement que quelque chose n'allait pas. Sa démarche saccadée, son corps raide, et ses yeux…

— Slimane… ? s'écria-t-elle en s'avançant vers lui.

Une lueur étrange dans son regard la fit frissonner. Il y avait quelque chose d'anormal.

— Slimane, qu'est-ce qui se passe ?

— Viens avec moi, Thalie.

Sa voix avait changé. Sa tonalité était indéfinissable, presque mécanique.

— Qu'est-ce que tu as ?

Elle se jeta contre lui et le serra de toutes ses forces.

— Slimane, regarde-moi !

Son regard était froid.

— Slimane ! hurla-t-elle. Je suis là. Regarde-moi… C'est moi, je suis là.

Elle l'embrassa de toutes ses forces. Il sentit sa chaleur, l'amour qu'elle lui portait pénétra dans chaque pore de sa peau. Ses yeux prirent soudain une teinte différente, plus chaude. Il revenait à lui. Elle regarda par la fenêtre, plusieurs voitures franchissaient la grille. Elle comprit que Slimane avait mené malgré lui les hommes de WorldLink jusqu'à eux.

— Jacob ! hurla-t-elle.

Jacob entra et donna immédiatement l'ordre de se replier. Toby et les autres ramassèrent leurs affaires en hâte.

— Viens, Slimane, dit Jacob au jeune homme.

— C'est trop tard, je ne peux plus.

Thalie se tourna vers Jacob, paniquée. Toute vie semblait s'être retirée de celui qu'elle aimait.

— Qu'est-ce qu'ils lui ont fait ? s'écria-t-elle.

— Il faut partir, Thalie, lui répondit Jacob en l'entraînant de force.

Elle plongea une dernière fois son regard dans celui de Slimane, cherchant en lui un fragment d'âme, un reste de vie, quelque chose que WorldLink n'aurait pas encore détruit. Mais elle ne vit rien d'autre qu'un vide abyssal. Ses yeux fixes et éteints la glacèrent. Toby l'obligea à se détourner. Elle suivit Arthur, Kelly et les autres aussi vite qu'elle le pouvait, le cœur à vif. Au moment où ils s'éloignaient, elle se retourna une dernière fois. Les hommes de WorldLink pénétraient dans la maison et frappaient Slimane au visage. Toby la ceintura pour l'empêcher de se porter à son secours. La milice de la multinationale se lança à leur poursuite. Vite, il fallait faire vite ! Jacob avait toujours su que ce moment arriverait, tout était prêt pour leur fuite. Ils sortirent par l'arrière de la maison en empruntant un souterrain et montèrent dans une Range Rover. Un portail dissimulé au fond du jardin leur permit de quitter les lieux rapidement. Une course-poursuite s'enclencha. Au bout de quelques secondes, leurs assaillants parvinrent à leur hauteur et les percutèrent violemment à plusieurs reprises. Toby accéléra et leur échappa, avant d'être à nouveau rattrapé. Après une embardée qui faillit leur être fatale, le jeune homme, concentré, se faufila entre leurs deux véhicules, qui s'entrechoquèrent, leur faisant perdre un temps précieux. La Range Rover vrombit et s'éloigna à toute vitesse, les laissant loin derrière elle.

Deux heures plus tard, Toby gara la voiture dans l'allée d'une maison proche de Paris qui appartenait à l'un de ses contacts. Ils posèrent leurs affaires dans le salon ; le jeune homme les mena au sous-sol. La cave était aménagée. Les murs blanchis à la chaux, les tapis colorés et le plafond haut rendaient l'endroit agréable. Plusieurs ordinateurs étaient installés sur une grande table posée sur des tréteaux. Toby s'assit devant l'un des écrans. Thalie ne parvenait plus à se contenir, l'angoisse des derniers jours la submergeait. Elle ignorait où pouvait bien se trouver Slimane. La stimulation émotionnelle était à nouveau trop vive, menaçant son intégrité psychique. Jacob, Kelly et Toby se concertèrent un peu à l'écart.

— Avez-vous une idée de l'endroit où ils retiennent Slimane ? demanda Jacob à Kelly.

— Je l'ignore, je suis désolée, répondit la jeune femme. Je crains qu'ils ne lancent leur procédure d'effacement. Il ne leur sert plus à rien maintenant.

Ils se turent à l'approche de Thalie qui les rejoignait, toujours sous le choc.

— Que vont-ils faire à Slimane ? demanda la jeune femme à Kelly.

Elle n'avait plus la force de lutter, toutes ses défenses étaient tombées depuis qu'elle avait revu Slimane. Elle l'aimait de tout son être et ne savait plus quoi faire. On lui avait injecté de force, sans qu'elle en ait la moindre idée, l'énergie vitale de celui dont elle était tombée éperdument amoureuse et qui se trouvait entre les mains de ses bourreaux. Le choc de la mort d'Alisha, ajoutée à ces révélations terrifiantes anémiaient son âme plus encore.

— Nous devons trouver un moyen rapide d'infiltrer le système d'information de WorldLink pour prendre la main sur leurs serveurs, dit Toby. C'est la seule solution.

— C'est impossible, répondit Kelly. Je connais leurs procédures de sécurité, ils ont forcément désactivé tous mes accès dès qu'ils ont remarqué mon absence et constaté que je ne répondais plus ni à leurs appels ni à leurs SMS. Dès qu'une personne quitte l'entreprise, ils lancent un workflow accessible depuis un portail de service pour supprimer ses comptes et sa messagerie, désactiver son badge d'accès aux différents sites, retirer son adresse mail de toutes les listes de diffusion et détruire tous les fichiers de données personnelles.

— Qu'est-ce qu'un workflow ? demanda Jacob.

Toby se tourna vers lui.

— Un processus qui déclenche automatiquement un ensemble de tâches.

— Toujours est-il qu'ils ont forcément supprimé tous mes accès, enchaîna Kelly. Je n'ai pas tenté de me connecter de peur de me faire repérer. Je sais qu'ils ont des sondes de détection d'intrusion, des firewalls, et que toute tentative de pénétration du système est immédiatement détectée, analysée et enregistrée. Il est impossible d'accéder au système sans être habilité.

Toby pianotait sur son clavier, sous tension.

— Il y a toujours une faille, intervint Arthur. Il suffit de l'exploiter.

— Je ne te suis pas. De quelle faille parles-tu ? l'interrogea Kelly, agacée. Je suis justement en train de vous expliquer qu'il n'y en a pas ! Ils ont mis en place une Red Team au sein du département de cybersécurité. Cette équipe passe son temps à essayer d'attaquer notre système. Les failles sont répertoriées et traitées.

— La majorité des attaques aboutissent non pas de l'extérieur de l'entreprise, mais de l'intérieur, reprit Toby.

Jacob s'avança vers lui et regarda l'écran.

— Où veux-tu en venir, Toby ? lui demanda-t-il.

— La principale faille est et restera toujours l'humain. Vous connaissez le phishing ?

— Bien sûr, s'écria Kelly. On se fait passer pour un organisme connu et on demande de vérifier les comptes et les codes d'accès. Mais cela ne fonctionnera pas.

— Si, dit Arthur, c'est une excellente idée.

— Je vous en prie, intervint Thalie, il faut faire vite !

— Nous allons cibler et appliquer le harponnage, ajouta Toby. Il faut sélectionner quelques personnes ayant accès à l'application qui gère le système de contrôle des énergies vitales. Kelly, peux-tu me donner la liste de ces personnes avec leur adresse électronique professionnelle ? J'imagine que tu peux la déduire à partir de leur nom et prénom.

— Bien sûr.

La jeune femme commença à répertorier ces personnes.

— Il me faut aussi le nom d'un responsable hiérarchique qui représente pour eux l'autorité, enchaîna Toby. Nous allons leur envoyer un message en usurpant l'adresse de cette personne digne de confiance à leurs yeux.

— Comment vas-tu faire pour l'envoyer de sa part ? lui demanda la jeune femme. Nous n'avons pas son mot de passe.

— En falsifiant la section « De » du message envoyé. Face à l'autorité, la majorité des personnes perd en lucidité et obéit sans trop se poser de questions.

Kelly n'y croyait pas. Comment une entreprise aussi perfectionnée et paranoïaque que WorldLink pourrait-elle se faire avoir de la sorte ?

— Nous avons des systèmes antivirus qui analysent les pièces jointes, expliqua-t-elle. Si tu envoies un message avec une pièce jointe, elle sera analysée et systématiquement supprimée si elle contient un antivirus.

— Je sais. Je vais combiner ce message avec une attaque XSS*.

* Cross-Site Scripting.

— Comment ça fonctionne ? demanda Thalie d'une voix tendue.

— La personne piégée va être invitée à se connecter sur un site Web dont la base de données contient un Javascript malveillant qui se déclenchera sur le navigateur Internet du poste des collègues de Kelly. Il collectera et me transmettra alors des informations utiles pour exploiter les vulnérabilités détectées, et enregistrer les frappes de touches, les captures d'écran et surtout découvrir et collecter des informations réseau. J'aurai alors les codes d'accès et les informations pour rentrer sur le système.

— Sur quel type de sites vont-ils être invités à se connecter ? l'interrogea Arthur. Parce qu'ils vont vite réaliser que le site ne correspond en rien aux activités de WordLink.

— Un site de sondage, d'enquête sur la qualité de vie au travail fera très bien l'affaire.

Kelly donna à Toby les informations nécessaires ; le jeune homme se mit au travail. Après avoir scruté attentivement le visage de son amie, Arthur insista auprès de Thalie pour qu'elle se repose un peu. La jeune femme refusa, puis finit par entendre raison. Elle était épuisée. Son ami la guida jusqu'à une chambre au premier étage, et attendit qu'elle s'endorme avant de quitter la pièce.

30

Le lendemain, l'attente se poursuivit. Thalie ne supportait plus la tension qui régnait dans la maison, elle ressentait le besoin de s'échapper et sortit sans prévenir personne. Elle savait qu'ils ne l'auraient jamais laissée partir. Elle prit le train jusqu'à la gare Saint-Lazare, emprunta la ligne 2 et descendit à la station Philippe-Auguste. Il était 9 heures lorsqu'elle arriva au cimetière du Père-Lachaise qui venait tout juste d'ouvrir. Thalie marcha dans les allées, désertes à cette heure. Le mois d'août touchait à sa fin, il faisait encore chaud. La jeune femme arriva devant la tombe de Vijayânanda, appelé Babaji. C'était un disciple de Mâ Ananda Moyî, considérée comme une sainte en Inde. Alisha lui avait fait découvrir son pays, sa culture, ses traditions spirituelles, mais aussi ce cimetière et le tombeau de Babaji. Hindouiste, Alisha appréciait beaucoup Mâ, dont elle aimait à citer certains des enseignements.

« Ce n'est pas dans le monde extérieur que vous trouverez la paix. Creusez au fond de vous-même et vous trouverez la perle inestimable. » Thalie avait souvent cherché cette perle inestimable, sans jamais la trouver. Où était-elle donc ? Alisha lui disait souvent que tout était là, présent en elle, mais la jeune femme ne comprenait pas ce que cela signifiait. Son cœur souffrait, se cabrait, espérait. Elle regarda fixement la photo de Mâ, sur le samadhi* et songea à Slimane. Où était-il donc ? Elle revoyait son regard vide, sa démarche saccadée. Découragée, la jeune femme s'absorba dans une prière silencieuse, suppliant Alisha et Mâ de lui venir en aide. Une présence, derrière elle, la fit sortir de l'état de communion dans lequel elle se trouvait. Thalie se retourna et vit un homme se dissimuler derrière une tombe. Elle se figea, tous ses sens en alerte et s'éloigna dans les allées, en regardant autour d'elle. L'homme la suivait, il fallait fuir. Elle courut sans s'arrêter. Ses muscles étaient tendus à l'extrême, mais l'adrénaline anesthésiait sa douleur. L'homme, derrière elle, se rapprochait. Thalie scruta les environs. Acculée, elle s'élança dans la rue Servan et décida de se réfugier dans un parking souterrain, dans l'espoir de se dissimuler sous une voiture, en attendant. En attendant quoi ? Elle descendit par la rampe d'accès des voitures. Les pas derrière elle se rapprochaient, elle accéléra. Un 4 × 4 démarrait un peu plus loin. Elle courut dans sa direction, il lui fallait absolument l'atteindre. Les pneus crissèrent, elle força l'allure. C'était sa dernière chance. Thalie tendit tout son corps vers l'avant et s'accrocha à la roue de secours du véhicule. Elle y était presque… Le conducteur accéléra, elle faillit perdre

* Le tombeau.

l'équilibre et se cramponna plus encore. Soudain, la voiture pila ; Thalie fut projetée à terre. La douleur était vive, mais elle se redressa.

Leur échapper, ne surtout pas se laisser prendre.

Elle se releva en chancelant et vit le 4 × 4 s'éloigner. Sa cage thoracique lui faisait mal. Des pas résonnèrent sur le sol du parking. Ils se rapprochaient. Elle tourna la tête et le vit. Un frisson la parcourut. La jeune femme regarda autour d'elle, paniquée. Comment sortir de là ?

— Vous n'avez aucune issue, dit une voix métallique.

Thalie suffoqua. Un filet de sueur glacée coula le long de sa colonne vertébrale. Elle tenta de prendre une grande inspiration, mais ses poumons ankylosés ne répondaient plus. Ce qu'elle redoutait tant se produisait enfin. C'était le pire qui pouvait lui arriver. Elle avait tellement peur qu'elle était presque soulagée.

— Alors, Thalie ? Vous pensiez vraiment pouvoir vous enfuir ?

La jeune femme regarda sur sa droite et sur sa gauche, cherchant une issue, n'importe laquelle. L'homme s'avança lentement vers elle. Nul besoin de se hâter, elle était à sa merci.

31

Lorsque Jacob et les autres se rendirent compte de la disparition de Thalie, ils furent submergés par l'angoisse et le découragement. Fou d'inquiétude pour son amie, Arthur se sentait impuissant. Où était-elle donc allée ? Les heures passaient, n'apportant aucune nouvelle de la jeune femme. En fin de journée, Toby reçut enfin le message qu'il attendait. Son phishing avait fonctionné. Il se connecta au poste de travail du salarié de la clinique qui venait de mordre à l'hameçon. Kelly et lui procédèrent à un rapide examen de l'historique des applications qu'il avait utilisées. L'une d'elles portait un nom inconnu de Kelly. Toby établit une session avec le nom et le mot de passe de l'agent piraté.

— Venez voir, leur dit Toby.

L'un des menus de l'application correspondait à l'activation des procédures de gestion des transferts d'énergie.

Il trouva Slimane dans la base de données. Le taux d'énergie du jeune homme s'établissait à 20 %, avec une valeur cible à 0 %, programmée trois heures plus tard.

— Ils vont l'effacer, s'écria Kelly.

— Qu'est-ce que tu veux dire ? lui demanda Arthur.

— Ils vont lui prendre toute l'énergie qui lui reste. Dans trois heures, Slimane n'en aura plus aucune, répondit la jeune femme. Son processus vital sera engagé.

— Si on supprime son compte, est-ce qu'il disparaîtra de la base de données ? demanda Toby.

Kelly était désemparée.

— Je n'en sais rien.

— Il faut qu'on réussisse à bloquer leur serveur, ça nous permettra de gagner du temps.

— Nous en avons très peu, dit Arthur. Et ils détiennent sûrement Thalie à l'heure qu'il est.

Ils gardèrent le silence.

— Il y a peut-être encore un espoir, poursuivit Jacob. Si nos soupçons sont fondés, le père de Thalie sait tout depuis le début et a amené sa fille à la clinique en parfaite connaissance de cause. La sachant en danger, il fera jouer ses relations. Nous devons le contacter.

Il se tourna vers Arthur.

— Tu peux t'en charger ? lui demanda-t-il.

Le jeune homme eut un mouvement de recul.

— Nous n'avons pas d'autres choix.

Arthur prit sur lui et appela Victor Duval sur son portable, sans quitter Jacob des yeux. L'avocat, toujours à Singapour pour ses affaires, répondit dès la troisième sonnerie, malgré le décalage horaire.

— Oui Arthur, qu'est-ce que tu veux ? lui dit-il d'un ton sec.

— Je vous appelle parce que Thalie a des problèmes, répondit le jeune homme.

— Quel genre de problèmes ?

— Il s'est passé des choses très graves à la clinique.

— De quoi parles-tu ? l'interrogea Victor.

Arthur soupira. Victor s'adressait à lui comme si le jeune homme était l'un de ses employés. Cette façon de se comporter lui avait toujours été insupportable.

— Ne perdons pas de temps, Victor, nous n'en avons pas. Nous savons que la clinique Piersen est un département de WorldLink.

Il y eut un silence au bout du fil. Arthur poursuivit sur sa lancée.

— Leur traitement consiste en réalité à implanter de l'énergie vitale qui appartient à des citoyens considérés par eux comme « inutiles » ou « utiles nuisibles »...

— Tu ne sais pas de quoi tu parles, l'interrompit Victor.

— Nous avons la preuve de ce que nous avançons. Et nous savons que vous savez.

Arthur retint son souffle, ignorant ce que savait réellement le père de Thalie.

— Je ne sais pas ce que tu t'imagines, répliqua Victor. Je suis l'un de leurs conseils, rien de plus.

Victor venait de reconnaître ses liens avec la multinationale. Soulagé et glacé, le jeune homme tenta le tout pour le tout.

— Nous savons que vous êtes au courant de leurs agissements et que vous avez fait implanter Thalie en toute connaissance de cause, asséna-t-il à nouveau. Ce que vous ignorez, en revanche, c'est que vos amis se sont rendu compte que son implantation a eu de graves effets secondaires à cause de sa trop grande réceptivité émotionnelle, et qu'ils la séquestrent dans le but de la désimplanter.

— Comment ça, la désimplanter ?

Arthur sentit qu'il avait marqué un point. La belle assurance de Victor se fissurait.

— Ils vont retirer l'énergie vitale qu'ils lui ont administrée, répondit le jeune homme. Mais ils sont incapables de différencier la sienne de celle de son donneur. Ils vont donc tout enlever, elle n'aura plus aucune énergie.

— Mais c'est impossible ! s'écria l'avocat.

Arthur lui exposa la situation en détail.

— Ils détiennent également son donneur, Slimane. Victor, la vie de votre fille est en jeu, celle de Slimane aussi. Ils les séquestrent, chaque seconde compte. Nous avons suffisamment de preuves pour tout révéler.

— Je m'en occupe, dit Victor.

L'avocat raccrocha, en proie à une grande inquiétude. Tout cela était allé beaucoup trop loin.

32

LE LENDEMAIN À MIDI, une voiture déposa Thalie place de la Concorde avant de repartir. La jeune femme, désorientée, mit du temps à se repérer. Un grand centre dédié à l'administration des implants avait été édifié face à l'hôtel Crillon. Elle passa devant la file des citoyens qui attendaient leur tour. Les visages éteints, résignés, lui firent froid dans le dos. Elle emprunta la rue Royale, arriva place de la Madeleine et se dirigea vers la rue Tronchet, en se retournant à intervalle régulier pour s'assurer de ne pas être suivie. Une fois gare Saint-Lazare, elle acheta un billet et monta dans le train au dernier moment, afin de semer ses potentiels assaillants. Ce n'est qu'une fois assise dans le wagon que la jeune femme se détendit un peu. N'ayant plus de téléphone, il lui était impossible de prévenir Arthur et les autres. Les événements des dernières heures repassaient en boucle dans sa mémoire.

Pourquoi l'avait-on libérée ? Où se trouvait Slimane ? Qu'allait-il se passer maintenant ?

Thalie descendit à la gare de Bois-Colombes et marcha rapidement, en effectuant des détours, jusqu'à la maison. Elle sonna à la porte, personne n'ouvrit. À l'intérieur, il y eut un mouvement de panique. Toby et les autres, craignant la milice de WorldLink, se préparaient à riposter. Thalie appuya à nouveau sur la sonnette et tambourina à la porte. Arthur finit par ouvrir, non sans s'être assuré qu'elle était bien venue seule et la fit entrer, soulagé. Ils se jetèrent dans les bras l'un de l'autre.

— Tu nous as fait tellement peur, Thal ! Est-ce que ça va ? lui demanda-t-il.

— Oui, murmura-t-elle.

Arthur l'entraîna dans le salon. Un à un, Claire, Mateo, Toby et les autres firent irruption et l'entourèrent avec chaleur.

— Où est Slimane ? demanda-t-elle.

Le regard gêné échangé par Jacob et Arthur n'échappa pas à la jeune femme.

— Que se passe-t-il ?

— Il devrait nous rejoindre bientôt, répondit Jacob.

Arthur hésita.

— C'est ton père qui t'a fait libérer, finit-il par lui dire.

— Quel rapport avec mon père ? s'étonna Thalie.

Embarrassé, son ami garda le silence.

— Qu'est-ce qu'il y a ? Dis-moi, le pressa la jeune femme.

— Ton père a confirmé ce que nous pressentions. Il était bien au courant pour les implantations, lui dit Arthur. Je lui ai expliqué la situation, il a pris les choses en main.

— Comment ça ?

— Il s'est débrouillé pour que tu sois relâchée.

Thalie accusa le coup. Elle ne s'attendait pas à ce que la confirmation de la complicité de son père provoque en elle tant de tristesse et de dégoût. Il l'avait déjà tant de fois déçue…

— Et Slimane ?

— Nous attendons de ses nouvelles. Ton père doit le faire libérer aussi.

Épuisée, Thalie se laissa tomber dans un fauteuil.

— Nous avons lancé hier soir une attaque sur les serveurs de WorldLink, lui dit Toby. Leur site est encore inaccessible. Pour l'instant, ils ne peuvent plus rien faire.

Thalie accueillit cette nouvelle avec un certain soulagement, mais savoir Slimane entre leurs mains lui était insupportable.

— Ton père a demandé que tu l'appelles dès que tu serais libre, lui dit Arthur en lui tendant son téléphone.

Thalie détourna la tête, écœurée.

— Je pense que ce serait important que tu le fasses. Slimane n'est pas encore libre.

Thalie comprit le message et s'éloigna avec le portable d'Arthur. Son père décrocha dès la première sonnerie.

— Thalie, c'est toi ?

— Oui, répondit-elle sèchement.

— Tu vas bien ?

La jeune femme ne put contenir plus longtemps sa colère.

— Tu savais depuis le début pour les implantations ! Comment as-tu pu m'amener dans cette clinique ? Tu me dégoûtes.

— J'ai fait tout ça pour ton bien.

— Pour mon bien ? hurla-t-elle. Tu as accepté qu'on prenne l'énergie vitale de quelqu'un pour mon bien ?

— Tu comprendras quand tu auras des enfants.

— Si un jour j'ai des enfants, et ça m'étonnerait que j'en fasse dans un monde aussi pourri, je ne prendrai jamais la vie d'une personne pour les sauver.

Il garda le silence.

— Tu as intérêt à faire libérer Slimane. Si ces salopards lui font du mal, je ne te le pardonnerai jamais, ajouta-t-elle avant de raccrocher.

Thalie tenta d'apaiser les tremblements de son corps et d'apprivoiser le précipice qui s'ouvrait en elle. Sa mère et Alisha n'étaient plus là, l'espoir ténu d'un lien possible avec son père venait de se rompre. Elle ne voulait plus rien avoir à faire avec lui. La jeune femme resta quelques secondes sur ce point de bascule intérieure, entre la vie et la mort, dans cet espace intime et secret de l'indicible douleur. Lorsqu'elle en eut le courage, elle rejoignit les autres. Claire vint s'asseoir à ses côtés et posa une main sur son bras. C'était la première fois qu'elle lui témoignait du soutien et de l'affection. Thalie en fut considérablement ébranlée.

Les deux heures qui suivirent semblèrent interminables. Le portable d'Arthur finit enfin par sonner. Un homme à la voix grave lui communiqua des instructions pour récupérer Slimane. Thalie insista pour accompagner Toby et Sacha, elle se sentait incapable de rester là à attendre sans rien faire, mais Arthur la raisonna. Elle venait tout juste d'être libérée, il était hors de question de prendre le moindre risque. La jeune femme obtempéra de mauvaise grâce et les regarda partir, en rongeant son frein. Elle détestait attendre ainsi en se sentant impuissante.

Pendant que Toby et Sacha se chargeaient de retrouver Slimane, Jacob, Thalie, Claire, Mateo, Arthur, Kelly et Émeline prirent la route de Fontainebleau, où se trouvaient une maison et un laboratoire appartenant au réseau HeartWave. Ils y seraient plus en sécurité. Le pavillon était entouré de grandes baies vitrées qui donnaient directement sur la forêt. Ils s'installèrent dans les chambres situées au premier étage et se retrouvèrent dans la pièce principale décorée de meubles en bois clairs. L'attente se poursuivit.

Deux heures plus tard, des pneus crissèrent sur les graviers, Jacob et Thalie se précipitèrent à la fenêtre. La voiture de Toby s'arrêta devant la maison. Il apparut, accompagné de Sacha, soutenant Slimane. Thalie s'avança vers l'homme qu'elle aimait et tenta de dissimuler son inquiétude en le voyant si faible. Que lui avaient-ils fait ?

Slimane fut installé dans la chambre de la jeune femme. Il faisait un effort pour garder les yeux ouverts, voir Thalie, lui parler, la toucher, mais la fatigue le submergeait. Elle s'allongea à ses côtés, la chaleur de son corps fit du bien au jeune homme. Émue, elle caressa ses cheveux, son front, ses joues. Son amour pour lui la débordait, jamais elle n'aurait imaginé ressentir un jour une telle émotion. Ses échanges avec Alisha au sujet de l'amour lui revinrent en mémoire. Les deux amies n'avaient pas la même conception des relations amoureuses. Longtemps, Thalie n'y avait vu qu'une prison. La jeune femme souhaitait être libre, le couple lui faisait horreur depuis l'enfance. Elle avait vu sa mère renoncer à tout pour son père, à sa vie, sa carrière, ses rêves, et s'était juré de ne jamais faire la même erreur. Pourtant, à cet instant, dans les bras de Slimane, tout cela lui semblait loin. Elle ne s'était jamais sentie aussi libre que depuis qu'elle l'aimait.

— Ça va ? lui demanda-t-elle.

— Oui...

— Je suis tellement désolée... Je ne savais rien au sujet des implantations, je te le jure !

Il posa un doigt sur ses lèvres et lui caressa la joue.

— Je sais, Thalie.

Elle ne voulait pas pleurer, mais ne put empêcher ses larmes de couler.

— Tu ne m'en veux pas ? lui demanda-t-elle.

— Non… Je suis désolé de ma réaction, l'autre jour. J'étais sous le choc. Je sais que tu n'y es pour rien.

— Qu'est-ce qu'on va faire, maintenant ?

— Je ne sais pas, répondit le jeune homme, mais on va trouver une solution.

Thalie ignorait s'il y en avait une, mais Slimane semblait si sûr de lui qu'elle se blottit contre lui et dormit d'une traite sans faire le moindre cauchemar.

Plusieurs membres du réseau HeartWave arrivèrent dès le lendemain matin pour assister à une réunion de crise. Ils décidèrent de retirer les puces de Thalie et Slimane, implantées par WordLink, et de neutraliser totalement la porte d'entrée du système de transfert d'énergie mis en place par WorldLink. Mais cela ne permettrait pas au jeune homme de recouvrer son énergie vitale. Près de deux heures d'échanges à bâtons rompus aboutirent à une solution inédite, proposée par Jacob. En effet, l'appareil qu'il avait créé pour mesurer le champ magnétique du cœur montrait une augmentation d'intensité du champ de Thalie et de Slimane lorsqu'ils se trouvaient en présence l'un de l'autre. C'était tout l'objet des recherches de leur réseau. De multiples opérations d'imbrications se produisent dans le cœur lorsque l'on aime. Jacob et les siens avaient jusqu'à présent théorisé, comme d'autres, ces processus qui s'activent grâce à l'aptitude des ondes électromagnétiques du cœur*,

* Laurence de La Baume, *La Contagion du cœur.* Paris : Massot éditions, 2021, p. 251-52.

lorsqu'on choisit de retourner vers l'extérieur ce qui est à l'intérieur de soi. Dans leur langage scientifique, Jacob et les autres appelaient cela une compression de symétrie, tandis que les bouddhistes, les moines et les moniales appelaient cela la compassion.

— Nous savons que nos champs magnétiques sont chargés d'informations, qu'ils contiennent nos ressentis et nos émotions, mais surtout qu'ils se communiquent les uns aux autres, expliqua Jacob. En intensifiant la communication entre le champ de Thalie et celui de Slimane, nous pourrons créer un canal au travers duquel son énergie vitale pourra lui être restituée.

Thalie soupira.

— Et comment pensez-vous faire ça ? lui demanda-t-elle.

— En vous plongeant l'un et autre dans un état de conscience modifiée, répondit-il.

— Vous voulez parler d'hypnose ? l'interrogea Kelly.

— Oui.

— Vous pensez vraiment que ça peut marcher ? demanda Thalie à Jacob.

— Je n'en sais rien, mais nous ne perdons rien à essayer.

— Je connais quelqu'un qui peut nous aider, lui dit Thalie.

— Qui est-ce ? l'interrogea Toby.

— Une thérapeute que j'ai consultée.

Toby montrait des signes de nervosité.

— Je ne suis pas sûr que ce soit une bonne idée de faire venir ici quelqu'un qu'on ne connaît pas, lança-t-il.

— Tu crois qu'on peut faire confiance à cette thérapeute ? demanda Jacob à Thalie. C'est important, on ne peut se permettre de prendre le moindre risque.

— Oui.

Le groupe resta silencieux. Ils se consultèrent du regard.

— Qui vote pour qu'on fasse venir cette femme ici ? les interrogea Jacob.

Toutes les mains se levèrent, à l'exception de celle de Toby, qui s'inclina.

33

Le lendemain, avec l'aide de deux neurologues membres du réseau, Kelly installa Thalie et Slimane dans le laboratoire situé au sous-sol de la maison et effectua une très fine incision pour procéder au retrait des puces qui avaient permis l'implantation. De leur côté, Arthur et Toby passèrent chercher Julia Payre, prévenue par Thalie, à son cabinet de la rue de Berri, pour la conduire à Fontainebleau. Ils lui firent un bref résumé de la situation, et elle accepta aussitôt de les suivre. Une fois sur place, elle retrouva Thalie et fit la connaissance de Jacob et ses amis, ainsi que des membres du réseau HeartWave qui les avaient rejoints.

— Nous ignorons si ce que nous imaginons peut fonctionner, expliqua Jacob à Julia, mais nous devons essayer, pour permettre à Slimane de récupérer son énergie, et à Thalie de réguler la sienne. Nos recherches sur les champs magnétiques du cœur montrent qu'il est la source énergétique la plus puissante du corps et que notre propre champ magnétique est constitué de ce que nous ressentons. Or les champs magnétiques émis par chaque cœur sont reliés les uns aux autres et échangent des informations.

— Et vous voulez utiliser l'hypnose pour activer ces échanges d'informations ? lui demanda Julia.

— Oui. Qu'en pensez-vous ?

Julia trouvait l'idée excellente. L'urgence de la situation lui donnait peu de temps. Elle réfléchit à la meilleure manière de procéder.

— Nous pouvons nous inspirer de la technique de récapitulation chamanique*.

— De quoi s'agit-il ? demanda Thalie.

— D'un processus naturel de reconstruction de notre corps énergétique, détérioré par certaines interactions du passé**. Pour résumer, c'est une méthode d'autoguérison qui vise à restaurer les dégâts subis par notre champ d'énergie dans le passé. Une façon de nous réapproprier notre énergie et d'évacuer celle qui s'est incrustée en nous.

Toby écoutait attentivement Julia, mais ne parvenait pas à être convaincu par ses propos. Il ne connaissait rien à l'hypnose, dont il avait une très mauvaise image.

— Je ne comprends toujours pas en quoi l'hypnose peut nous aider, insista-t-il. De quoi s'agit-il exactement ?

— Nous faisons tous régulièrement l'expérience de l'hypnose, lui expliqua Julia. Par exemple, quand nous sommes absorbés dans la lecture d'un livre ou lorsque nous sommes en pilotage automatique sur un trajet que

---

* Terme utilisé par Carlos Castaneda dans son livre, *Le Don de l'Aigle*, Paris : Gallimard, coll. Témoins, 1982.

** Voir le livre de Victor Sanchez, *La Récapitulation chamanique*, Monaco : éditions du Rocher, 2001.

nous connaissons par cœur. Ce sont ce que nous appelons des états de transe quotidienne. L'hypnose n'est rien d'autre que l'utilisation de ces états pour atteindre un objectif thérapeutique.

— Et cette récapitulation dont vous parlez ? insista Toby.

— C'est une pratique ancestrale. Elle sert à nettoyer son passé pour pouvoir s'affranchir des ordres énergétiques qui nous vident de notre force vitale. En l'adaptant à la situation, nous pouvons essayer de différencier l'énergie de Thalie de celle de Slimane pour que chacun retrouve la sienne.

La plupart des membres du réseau semblaient enthousiastes.

— Qu'avons-nous à perdre de toute façon ? conclut Jacob.

Une fois que la décision fut prise et qu'ils furent tous installés pour cette séance, Julia s'adressa au groupe. La plupart des membres du réseau, présents dans plusieurs pays, étaient connectés en direct. Au total, plus de deux cents personnes étaient réunies, la plupart à distance.

— Je vais avoir besoin de la puissance de vos champs magnétiques qui communiqueront les uns avec les autres et se focaliseront pendant la séance sur ceux de Thalie et Slimane. Que vous soyez présents physiquement ou en visio ne change rien, vous vivrez cette expérience avec nous. Vous êtes prêts ? Nous allons nous installer à l'extérieur.

Thalie, Slimane, Kelly, Arthur, Jacob, Toby, Mateo, Émeline et les autres s'installèrent dans le jardin. Un des membres du réseau fut chargé de filmer la séance en direct pour que les personnes présentes à distance y participent. C'était une splendide journée de septembre, le soleil brillait dans un ciel sans nuages. Les feuilles des arbres bruissaient au rythme de la brise tiède. Le groupe forma un cercle. Thalie et Slimane prirent place au centre. La jeune femme tenait dans sa main le morceau du sari rose qu'Alisha portait le jour des attentats. Elle l'avait ramassé dans les décombres et conservé précieusement. C'était pour elle une manière d'associer son amie à ce moment. Elle avait besoin de sa force. Julia s'installa auprès d'eux.

— Je vous invite à vivre une expérience, un voyage, commença Julia. Un voyage en vous-même et en même temps, avec les autres, et aussi avec le jardin, avec la forêt, avec cette nature qui nous entoure... Vous pouvez fermer les yeux, et sentir votre corps assis sur l'herbe... Vous prenez conscience de votre respiration. Elle circule dans votre poitrine qui s'abaisse et se soulève, au rythme de la brise que vous sentez sur votre peau... Vous prenez conscience de votre souffle, cette brise intérieure, et en même temps, de la brise à l'extérieur... de votre monde intérieur et, en même temps, du monde à l'extérieur... Puisque tout ce qui est dedans est dehors et inversement...

Elle poursuivit son induction pendant de longues minutes, afin de permettre au groupe d'entrer peu à peu en transe.

— ... Laissez l'oxygène de votre respiration circuler en vous et rejoindre les arbres de la forêt, et même le ciel au-dessus de la forêt... Vous êtes assis sur l'herbe et en même temps vous survolez la forêt, le pays et même la terre... et l'espace dans lequel vit et respire notre planète...

Thalie et Slimane montraient des signes de transe profonde, qu'elle ratifia.

— ... Vous pouvez maintenant diriger la source énergétique de votre cœur vers chaque cellule de votre corps… Visualisez cette source, sa couleur, sa texture… Laissez votre cœur produire toute l'énergie qu'il souhaite pour nourrir et alimenter votre champ magnétique, comme une bulle qui s'étend autour de vous… Ce champ magnétique va au-delà des limites de votre corps… Laissez-le s'étendre de plus en plus…

Julia parlait selon un rythme régulier, modulant les intonations de sa voix.

— … Je vous propose maintenant de visualiser le champ magnétique de votre cœur, ajouta-t-elle… Thalie, je vous invite à laisser votre conscience s'emplir de votre champ magnétique… Tout comme vous, Slimane… Et en même temps que vous avez conscience de votre champ magnétique, vous avez conscience de vos champs magnétiques respectifs…

Julia les observait, attentive, concentrée.

— Thalie, prenez le temps de sentir la présence du champ magnétique de Slimane… Slimane, prenez le temps de sentir celui de Thalie… Thalie, je vous propose maintenant de vous concentrer sur votre énergie, celle qui circule à l'intérieur de votre corps… Est-ce qu'elle a une couleur ?

— Verte, répondit Thalie.

La voix de Thalie était plus lente, signe de son état de transe.

— Suivez bien cette énergie verte à l'intérieur de vous… C'est votre énergie… Puis je vous invite à vous concentrer sur l'énergie de Slimane, celle qui circule à l'intérieur de votre corps… Je vous propose de donner une couleur à l'énergie de Slimane… Quelle est cette couleur ?

— Dorée.

— Sentez ces deux énergies distinctes qui circulent en vous… Concentrez-vous sur l'énergie de Slimane dans votre corps, sur sa couleur dorée. Est-ce que vous pouvez diriger cette énergie dorée dans votre champ magnétique, cette bulle autour de vous ?

— Oui…

Julia attendit quelques secondes.

— Est-ce que cette énergie est dans votre champ magnétique ?

— Oui, répondit Thalie.

— Vous pouvez maintenant laisser cette énergie rejoindre la bulle qui se trouve autour de Slimane, imprégner son champ magnétique et me faire un signe de la main quand c'est le cas.

Thalie leva la main quelques secondes plus tard.

— Slimane, poursuivit Julia, je vous laisse accueillir dans votre champ magnétique cette énergie dorée, votre énergie…

Julia se tut quelques secondes.

— Est-ce que vous la sentez ? lui demanda-t-elle.

— Oui, répondit le jeune homme.

— Je vous propose, maintenant que vous sentez cette énergie dorée dans votre champ magnétique, de la laisser rejoindre votre corps…

Julia resta silencieuse quelques instants.

— Est-ce que cette énergie dorée est maintenant à l'intérieur de vous ?

— Oui… murmura Slimane.

— Vous pouvez laisser circuler cette énergie dans tout votre corps… dans votre visage, votre cou, vos bras, vos poumons… Laissez-la imprégner votre cœur… Chacune de vos cellules baigne dans cette énergie retrouvée… Et à mesure que cette énergie retrouve son univers, son espace, vous sentez sa présence et sa puissance… toute la force de cette lumière dorée reprend sa place à l'intérieur de vous. Et vous sentez votre énergie, votre lumière dorée. Comment vous sentez-vous, Slimane ?

Un sourire illumina le visage du jeune homme.

— Bien, répondit-il.

— Thalie, prenez le temps de ressentir votre énergie, qui circule elle aussi à l'intérieur de votre corps. Comment c'est, de sentir votre énergie ?

— Apaisant, dit la jeune femme.

— Prenez tous les deux le temps de sentir votre énergie imprégner chacune de vos cellules... De sentir votre énergie, vos cellules, votre champ magnétique, votre espace à vous et en même temps le champ magnétique de l'autre, son espace... Et même les champs magnétiques des personnes autour de nous...

Julia s'adressa ensuite au groupe.

— Vous pouvez maintenant laisser votre énergie circuler en vous, dans chacune de vos cellules, et en même temps, sentir votre bulle autour de vous, votre champ magnétique empreint d'énergie... et sentir la bulle, le champ magnétique des personnes qui vous entourent... Être conscients de vous-mêmes, de votre espace intérieur, de votre énergie, et en même temps des champs magnétiques qui vous entourent... Des informations qui circulent en vous et entre vous... Et vous pouvez créer un lien entre votre cœur, votre cerveau et votre corps... Comme un chemin lumineux entre eux... Un faisceau d'énergie de plus en plus dense et vibrant... Installez ce lien, pour entrer dans un état de synchronisation avec vous-mêmes, un état de cohérence encore plus élevé... Vous êtes responsables du champ magnétique de vos cœurs... Vous êtes les gardiens de vos cœurs... Vous pouvez maintenant prendre une grande inspiration... sentir votre corps sur l'herbe... Bouger vos mains... vos pieds... ouvrir vos yeux...

La séance d'hypnose s'acheva. Thalie ouvrit les yeux. Elle se sentait apaisée, comme si elle revenait d'un long voyage. Les images de la séance demeuraient présentes, les couleurs vertes et dorées, le tracé des énergies à l'intérieur de son corps. Quelque chose semblait plus clair, mais elle n'aurait su dire quoi. Le sourire de Slimane la rassura.

Thalie se savait prête à tout pour que le jeune homme retrouve son énergie et la vie que WorldLink lui avait dérobée.

34

La nuit suivant la séance, Thalie fut réveillée en sursaut. La pleine lune s'étirait sur le parquet. Pour la première fois depuis la mort d'Alisha, la jeune femme se sentait apaisée. Peut-être était-il trop tôt pour s'assurer que la séance d'hypnose avait fonctionné, mais quelque chose avait changé, ses sensations semblaient clarifiées. Slimane ne bougeait pas. Elle se tourna vers lui pour le regarder dormir et réalisa qu'il était réveillé.

— Ça va ? lui demanda-t-elle.

Il hocha la tête.

— Tu as fait un cauchemar ?

— Non, répondit-il.

Il garda le silence, les yeux fixés sur le plafond, une étrange expression sur le visage.

— Qu'est-ce qu'il y a ?

— J'ai vu mon frère… dit-il.

Thalie ignorait que Slimane avait un frère.

— Quand ?

— À l'instant. Dans mon rêve.

Le jeune homme semblait ému, Thalie caressa son visage.

— Il m'a dit qu'il allait bien et qu'il n'avait pas oublié notre promesse.

— Quelle promesse ?

— Veiller sur moi et sur tous les enfants malheureux.

Thalie était bouleversée. L'image de deux fillettes de neuf ans, face au Gange pollué, se promettant de tout faire pour changer le monde, lui revint en mémoire.

— Qu'est-il arrivé à ton frère ? lui demanda la jeune femme.

Slimane ne répondit pas immédiatement. Sa douleur était toujours vive.

— Notre père nous battait, Max et moi. C'était mon grand frère, il essayait de me protéger du mal.

Le jeune homme sourit tristement.

— Nous nous étions juré de vivre ensemble au Pays sans Adultes, un pays où les adultes auraient gardé leur âme d'enfant, et veiller sur tous les enfants du monde pour les protéger du mal.

Slimane se tut. Son émotion était palpable. Il avait si peu souvent parlé de tout cela. Combien de personnes, sur cette Terre, pouvaient comprendre un tel chagrin ?

— Que s'est-il passé ? murmura Thalie.

— Maxence n'a pas pu tenir, c'était trop dur.

Les battements du cœur de Thalie s'accélérèrent.

— Il s'est pendu. C'est moi qui l'ai trouvé, en rentrant de l'école.

Thalie fut soudain assaillie d'images issues des cauchemars qu'elle avait faits depuis son implantation.

Elle comprit alors qu'elle avait reçu, en même temps que l'énergie vitale de Slimane, ses souvenirs, ses émotions, son vécu, ses aptitudes. Comme les personnes qui reçoivent une greffe de cœur et disent adopter les goûts et les habitudes de celui à qui appartenait le cœur implanté[4]. Thalie lui raconta ce qu'elle avait vécu depuis son implantation, trois mois plus tôt : les images de lui enfant, le corps pendu de Maxence, les montées et les chutes brutales d'énergie, le krav maga qu'elle pratiquait sans rien en connaître… Elle lui parla aussi d'Alisha qu'elle aurait tant aimé lui présenter, et de la promesse qu'elles s'étaient faite devant le Gange. Slimane se leva et sortit de son portefeuille une lettre qu'il déplia avant de la tendre à Thalie.

— C'est la lettre que Maxence m'a laissée avant de partir. Je ne l'ai fait lire à personne jusqu'à aujourd'hui.

Bouleversée, Thalie commença sa lecture.

Slimane, je ne supporte plus les cris du Démon qui rebondissent sur les murs de notre chambre et s'engouffrent partout dans mon cœur, même quand je dors. Mon cœur est fissuré, rempli de courants d'air qui me glacent. Je ne supporte plus de voir ton visage en sang, je ne supporte plus de m'endormir en ayant mal, là où le Démon m'a frappé. Je ne supporte plus les pleurs de maman. Souvent, la nuit, je suis réveillé par leurs hurlements, et je pose mes mains sur mes oreilles pour ne plus les entendre. Je voudrais que le monde s'éteigne et ne fasse plus jamais de bruit. Je ne supporte plus la terreur que je lis sur ton visage quand tu te serres contre moi. Je sens ton cœur battre dans ma poitrine et je sais que tu as mal. Je n'en peux plus de ces bruits de meubles renversés, du corps de maman qui tombe, des portes qui claquent. Je sors de la chambre, et je sais déjà ce que je vais trouver dans le salon : des bouteilles de vin renversées, le décor éventré, et maman, allongée par terre, la lèvre fendue et les yeux tout noirs, comme si elle avait mis trop de khôl. Celui qu'elle achète au marché le dimanche. Pourquoi le Démon crie comme ça ? Pourquoi le Démon lui tape tout le temps dessus ? Pourquoi quand elle ouvre les yeux, elle sourit en disant que c'est pas grave, alors qu'il y a du sang partout ? Pourquoi elle refuse qu'on s'en aille depuis des années ? Le monde des grands, moi, j'en veux pas. Ce monde sans âme, rempli de cœurs rassis.

Je pars au Pays sans Adultes. Je voudrais t'emmener avec moi, mais tu es encore trop petit pour décider, alors je préfère partir tout seul. Là où je serai, je veillerai sur tous les enfants du monde, pour qu'ils ne soient plus jamais seuls. Je sais qu'un jour viendra où les enfants n'auront plus jamais peur et ne s'endormiront plus en pleurant, perdus au fond de leur lit. Je ne peux plus rester ici. Je souffre tellement que parfois, je n'arrive plus à respirer. Ne sois pas triste, Slimane. Je serai toujours avec toi. Mais là où je vais, je serai plus utile pour vous tous. Je t'aime. Maxence*.

Thalie reposa la lettre sur le lit et serra Slimane dans ses bras. Tous deux avaient perdu la personne qu'ils aimaient le plus sur cette terre. Ils comprirent à cet instant que dans ce monde en plein chaos, leurs promesses d'enfants devenaient plus importantes que jamais.

---

* Ondine Khayat, *Le Pays sans Adultes*, Paris : Anne Carrière, 2008 ; Le Livre de Poche, 2010.

35

JACOB ROULA PLUS D'UNE DEMI-HEURE sans croiser aucune voiture. Il retrouvait avec émotion le paysage des Landes qu'il avait tant aimé dans sa jeunesse. Il arriva à Castets, emprunta plusieurs ronds-points et poursuivit son chemin jusqu'à la commune voisine de Léon. Jacob n'était pas venu ici depuis des années, mais tout lui était familier. Il tourna à droite sur un petit chemin de terre et roula au pas pour éviter les trous et les bosses qui tavelaient la route. Après plusieurs minutes, il se gara et poursuivit son chemin à pied. Il traversa la forêt landaise, et avança le long d'un sentier qui le mena face à une dune. L'émotion le saisit. Des images oubliées de son enfance rejaillirent avec une intensité surprenante. Ses pas s'enfoncèrent dans le sable pendant qu'il escaladait le monticule de sable. L'océan grondait en contrebas. Jacob poursuivit sa route et longea la mer, bercé par le bruit des vagues.

Le ciel laissait déjà apparaître la lune, qui se reflétait sur le sable avant de disparaître, noyée dans les nuages. Jacob cala sa respiration sur le rythme de ses pas. L'odeur des embruns le ramena des années en arrière, à l'époque de sa jeunesse. Il fut surpris de la modification de son rythme cardiaque. Il ralentit l'allure. Une partie de lui souhaitait rebrousser chemin, mais il savait qu'il n'en ferait rien. Le flot de ses souvenirs ne pouvait plus être endigué, ceux-ci se libéraient du carcan dans lequel Jacob les avait enfermés durant toutes ces années. Sa mémoire reprenait sa forme initiale. Cette invitation était-elle un piège ? L'espace d'un instant, Jacob fut traversé par le doute, mais s'obligea à poursuivre sa route. Le vent s'était calmé, l'air se chargeait de parfums familiers.

— Je me demandais si tu allais venir.

La voix familière était couverte par le murmure des vagues. Jacob se retourna, mais ne le vit pas.

— Tu as hésité, n'est-ce pas ?

— Ton petit jeu est déloyal, répondit Jacob.

— Je croyais que tu avais enfin compris qu'il ne s'agit pas d'un jeu.

La voix se rapprochait.

— Nous étions si jeunes, alors.

— Pas tant que ça, répondit Jacob.

— Regarde-nous.

— J'aimerais bien, mais je ne te vois pas.

— Je suis là.

La silhouette se découpa sur le rivage et s'avança vers Jacob, semblant sortir de l'eau. La semi-obscurité l'empêchait de le voir distinctement, mais l'homme était reconnaissable entre mille. Les années écoulées n'avaient rien changé à sa démarche dégingandée. Greg Hanson était grand et maigre, et semblait désarticulé. Les deux hommes se rapprochèrent l'un de l'autre.

— Tu as vieilli, Jacob.

— C'est dans l'ordre des choses, il me semble.

Greg Hanson éclata d'un rire nerveux.

— C'est justement contre cet ordre des choses que nous avons lutté. Tu sembles avoir perdu la mémoire, mon ami.

— Au contraire.

Ils se firent face. Une étrange émotion étreignit Jacob. Greg avait été son ami, le plus proche qu'il ait jamais eu. Comment avaient-ils pu devenir si étrangers l'un à l'autre ?

— Je ne savais pas si tu viendrais, lui dit Greg.

— Je suis là parce que tu me l'as demandé.

— L'ami fidèle, comme toujours, ironisa Greg.

— Pourquoi as-tu demandé à me voir ?

— Tu vas trop vite.

Greg garda le silence.

— Cet endroit est magnifique, dit Jacob, émerveillé par la beauté de la mer.

— Tu es toujours aussi sentimental, à ce que je vois, répliqua Greg.

— Et toi, toujours aussi cynique.

L'homme soupira.

— Nous ne changeons pas tant que ça, en fait. Tu ressembles à celui que j'ai toujours connu. Le petit Jacob, le premier de la classe.

— Avant que tu ne me la piques, cette première place, répondit Jacob en souriant.

— La compétition remonte à loin, entre nous.

— Je ne vois pas les choses comme ça, répliqua Jacob. Je n'ai jamais souhaité être en compétition avec toi. C'est toi qui as introduit ce paramètre entre nous.

Ils firent quelques pas en silence.

— Ça en valait la peine ? lui demanda Jacob.

— Quoi ?

— Tout ça…

Greg eut un petit rire amer.

— Bien sûr que non. Qu'est-ce qui vaut la peine, ici-bas ?

— Tu es tellement désespéré…

— Encore une différence entre toi et moi.

Ils marchaient sur le sable. Le rugissement de la mer rythmait la nuit tombante.

— Je ne t'ai pas demandé de venir pour faire mon examen de conscience, poursuivit Greg. Je n'ai jamais eu le goût des confessions.

Jacob garda le silence.

— J'ai toujours pensé que tu n'avais pas les épaules assez larges, poursuivit Greg.

La voix de Greg le fit revenir à lui. Jacob ne put s'empêcher d'avoir de la peine pour son ami, pour cet orgueil démesuré qui l'avait tant de fois poussé à se fourvoyer.

— Assez larges pour quoi ? répliqua Jacob.

— Pour avoir un destin.

— Et tu estimes en avoir eu un ? lui demanda Jacob.

Greg ricana.

— Évidemment.

— Et ça te rend heureux ?

— Je ne cherche pas à être heureux.

— Que cherches-tu, alors ?

— À être puissant.

— Tu l'es ?

Greg balaya cette question d'un revers de la main. Son visage était agité de tics que Jacob ne lui connaissait pas. Le petit garçon malingre et dégingandé lui revint en mémoire.

« Un jour, je serai le président du monde et je déciderai de tout dans la vie des gens. »

Greg tourna sur la gauche et emprunta un sentier qui les mena en haut d'une dune de sable qui dominait l'océan. Ils se dirigèrent vers une maison isolée, éclairée par une lumière pâle. Greg ouvrit la porte et précéda Jacob. Une odeur d'humidité salée se dégageait des murs en bois.

— Whisky ? proposa Greg.

Jacob hocha la tête. Il ne buvait guère d'alcool, mais sentait qu'il en aurait bientôt besoin. Pourquoi Greg lui avait-il donné cet étrange rendez-vous ? Son regard se posa sur un vieux télescope, posé sur un trépied, à côté de la fenêtre. Une vague de nostalgie l'envahit ; il repensa à ce soir de juillet. Il venait tout juste de fêter ses dix ans.

*

La maison était vieille, abîmée. La sonnette ne fonctionnait pas, Jacob tapa à la porte. La mère de Greg apparut, les vêtements élimés, le visage fatigué. Jacob savait que son mari était parti deux mois plus tôt, la laissant seule avec son fils.

— Bonjour madame, lui dit Jacob. Je viens chercher Greg pour aller voir les étoiles filantes.

Elle appela son fils, qui descendit à toute vitesse et entraîna Jacob avec lui. Il ne semblait pas vivre ici, il n'avait rien à voir avec cet endroit misérable. Les deux enfants traversèrent la forêt des Landes.

— Dépêche-toi, le pressa Greg.

Il allongea le pas sans attendre, suivi par Jacob qui le rejoignit en courant.

— Tu te rends compte qu'il y a plus de deux cents milliards d'étoiles dans la Voie lactée, et cent milliards de planètes ? lui

expliqua Greg, exalté. Je veux toutes les voir, les étudier, et devenir le meilleur astronome de la Terre.

Il courut plus vite.

— R136a1 est la plus grosse étoile, poursuivit-il. Elle brille autant que dix millions de soleils.

Ils arrivèrent au pied d'un promontoire qu'ils escaladèrent. La nuit était en train de tomber. Jacob sortit de son sac à dos le cadeau d'anniversaire qu'il venait de recevoir pour ses dix ans : un télescope, que Greg regarda avec envie avant de se tourner vers lui, le poing levé.

— Un jour, je serai le président du monde et je déciderai de tout dans la vie des gens, dit-il. Souviens-toi de ça, Jacob.

Le ciel d'été se couvrit d'étoiles. Les deux garçons les observèrent à tour de rôle, fascinés. Deux heures plus tard, Jacob insista pour rentrer, mais Greg voulait rester encore et encore. Jacob songea à ses parents et à sa sœur qui l'attendaient dans une belle maison chaleureuse, et à la bicoque froide dans laquelle Greg vivait dorénavant seul avec sa mère. Il rangea son télescope dans son étui et le tendit à Greg.

— Tiens, je te le donne, lui dit-il.

Le visage du garçon s'illumina, Jacob était heureux de le voir ainsi. Greg descendit du promontoire en courant, son ami s'élança derrière lui, mais trébucha, et s'étala par terre. La douleur dans sa jambe droite lui arracha un hurlement. Greg s'approcha et pointa sa lampe de poche sur Jacob. Son tibia était cassé, comme en témoignait le bas de sa jambe qui formait un angle droit par rapport à l'axe de sa cuisse. Greg s'avança vers lui. Sans réfléchir, d'un mouvement instinctif, il tira sur son pied et remit le tibia en place. Le lendemain, Jacob expliqua le geste de son ami au médecin qui lui faisait passer des radios.

— Tu as de la chance, ton ami a remis ton tibia droit, lui dit-il. Grâce à lui, on n'a pas besoin de t'opérer.

*

Le tintement des deux verres de whisky, sur la table, fit revenir à lui Jacob. Greg s'assit dans un fauteuil. La lumière artificielle faisait ressortir la pâleur de sa peau tavelée, ses yeux rougis, ses cernes violacés.

— Ne me regarde pas comme ça, je sais de quoi j'ai l'air.

— Que se passe-t-il, Greg ?

— Tu n'as vraiment pas remarqué ce qu'il se passe ? s'écria-t-il.

— Je parlais de toi, pas de la situation.

Greg but son verre d'une traite.

— Je ne suis pas à terre, Jacob. Pas encore. Et tu me connais assez pour savoir que ça n'arrivera pas.

Jacob ne l'interrompit pas.

— Je me souviens de nos discussions comme si elles dataient d'hier, poursuivit Greg. Tu m'as toujours emmerdé avec ton bon sens. On aurait dit que tu savais toujours tout. Tu avais la bonne famille, la bonne maison, la bonne éducation, les bons vêtements... Tout le monde appréciait le petit Jacob !

— Et personne n'appréciait le grand Greg, c'est ça ?

— Je ne leur ai pas laissé le choix. À défaut de m'aimer, ils m'ont craint.

— Et tu en es satisfait ? insista Jacob.

— Ne me fais pas chier avec ta morale à la con. C'est facile pour toi, tu n'as eu aucune porte à forcer, elles étaient grandes ouvertes quand tu t'es pointé. Tu n'as même pas eu à appuyer sur une putain de sonnette.

Greg s'était levé, le visage tordu par la haine. Jacob resta assis sur le canapé, immobile.

— Ne prends pas ton air condescendant avec moi, poursuivit Greg. Si tu avais vécu le quart de ce que j'ai vécu, tu ne serais peut-être plus là pour en parler.

Jacob soupira.

— Nous avons déjà eu cette conversation, répondit-il. Je refuse de passer ma vie à m'excuser d'avoir grandi dans un milieu favorisé. Je suis désolé que tu n'aies pas bénéficié des mêmes chances que moi, mais je n'y peux rien.

— Tu as fait quoi, dans ta vie, rappelle-moi ? poursuivit Greg. Tu as mis en place un réseau de scientifiques et tu as créé un appareil qui mesure le champ magnétique du cœur, c'est ça ? Passionnant, non ?

Jacob se leva et lui fit face. Greg le dépassait d'une tête.

— Et toi, qu'as-tu créé ? Un système de traçage pour contrôler les citoyens, un procédé pour voler et vendre leur énergie vitale. Est-ce que tu te rends compte de la gravité de tes actes ?

Jacob sentait la brûlure de sa colère. Son cœur effectuait des rotations trop rapides. À quoi bon affronter Greg ainsi ? Il se concentra sur sa respiration pour faire revenir le calme en lui.

— Ne me fais pas la morale ! hurla Greg. Je suis un créateur, un visionnaire. J'emmerde les fonctionnaires de la science et les connards de ton espèce. Pendant que tu joues au rat de laboratoire, moi, je change la face du monde.

— Tu changes la face du monde, oui, dit Jacob d'une voix lasse. Grâce à toi, il est pire qu'avant. Je suis venu parce que tu me l'as demandé et je n'accepte pas tes insultes. Si tu as quelque chose à me dire, dis-le, sinon, je m'en vais.

Ils s'affrontèrent du regard.

— Assieds-toi, lui ordonna Greg.

Jacob hésita, et obéit. Greg se dirigea vers une armoire dont il ouvrit l'un des battants. Un coffre était encastré dans le mur. Il composa un code et en sortit une chemise en papier kraft, qu'il posa sur la table. Jacob la prit avec précaution. Il n'avait pas envie de découvrir son contenu, mais il l'ouvrit et en sortit une feuille tapée à l'ordinateur. Greg y avait répertorié les programmes qu'il avait imaginés.

1) SouLlife : implantation de l'énergie vitale d'inutiles dans le corps d'utiles fortunés. Objectif : permettre aux utiles d'avoir plus d'énergie et de lutter contre la maladie

2) SouLrest : téléchargement de l'énergie vitale d'un utile sur une nanopuce pour un temps donné. Objectif : se déconnecter de ses préoccupations et se reposer.

3) SouLawareness : implantation de la conscience d'une victime dans le corps d'un criminel. Objectif : favoriser la prise de conscience des criminels.

4) SouLtreatment : implantation d'un programme qui efface les données et connections perturbatrices d'un dépressif et implantation d'émotions positives. Objectif : vaincre la souffrance.

5) SouLknowledge : implantation de connaissances dans le cerveau. Objectif : accéder au savoir sans faire le moindre effort.

6) SouLcells : implantation dans le cerveau des nourrissons d'un programme permettant d'ignorer la souffrance. Objectif : permettre le développement d'êtres parfaits ne connaissant pas la douleur.

7) SouLdeath : implantation de la totalité de l'énergie vitale d'un inutile dans le corps d'un utile. Objectif : permettre à ceux qui en ont les moyens de vivre plus longtemps.

8) SoulExchange : création d'une bourse d'énergie vitale. Objectif : créer une nouvelle monnaie basée sur l'énergie des citoyens.

Lorsqu'il eut achevé sa lecture, Jacob se tourna vers Greg.

— Le premier de ces programmes est déjà en place. À quel stade d'avancement sont les autres ? demanda-t-il d'une voix blanche.

— Ils sont très avancés.

— C'est-à-dire ?

Greg ne répondit pas.

— Où en sont ces programmes, Greg ?

— La phase test est terminée, ils sont en phase de lancement.

— Tous ?

— Oui.

— Pourquoi m'as-tu demandé de venir ?

— Je n'ai plus aucun pouvoir au sein de WorldLink, répondit Greg.

Jacob était glacé.

— Tu sais que j'ai toujours agi dans l'ombre. Je tirais les ficelles, ils exécutaient. C'est ça, le vrai pouvoir. Ces salauds m'ont destitué, je ne fais même plus partie du conseil d'administration.

— Depuis quand ?

— Ça fait une semaine.

— Que s'est-il passé ?

Greg émit un rire sarcastique.

— Ils ont tous les éléments utiles, je ne leur sers plus à rien maintenant.

— Qui, « ils » ? l'interrogea Jacob.

— Quelle importance ? répliqua Greg en balayant sa question d'un geste de la main.

— Qu'attends-tu de moi ?

— Que tu les arrêtes.

Greg soutint le regard de Jacob.

— Dis à ton réseau d'éplucher ces informations, lui dit-il en lui confiant un document, et transmettez ces éléments aux bonnes personnes. L'ampleur de la corruption dépasse l'entendement, ne commettez aucune erreur. Seules deux personnes peuvent peut-être encore faire quelque chose, leurs noms figurent dans l'enveloppe. Il faut faire vite.

Jacob parcourut rapidement le document. Le nom du ministre français de la Santé y figurait, le second lui était inconnu. Le visage de Greg était couvert de sueur, agité de tremblements.

— Pars. Maintenant.

— Tu es sûr que… ? murmura Jacob.

— Épargne-moi ta sollicitude, je ne la mérite pas. Je ne fais pas acte de contrition. Si WorldLink ne m'avait pas évincé, je ne t'aurais jamais demandé de venir. J'ai créé ces programmes, je persiste et signe.

Jacob le regarda à nouveau. L'effroi qu'il ressentait se mêlait à la pitié. Il fit demi-tour et s'éloigna sans se retourner.

36

UN MOIS PLUS TARD, le téléphone de Jacob sonna à 3 heures du matin.

— Vous êtes Jacob Kolehn ?

— Oui, c'est moi.

— Je suis l'inspecteur Denis Lemaire. Greg Hanson est décédé. Il s'est tiré une balle dans la bouche hier soir, je suis désolé. Nous avons trouvé une photo avec votre nom à côté de lui.

L'échange fut bref. Jacob raccrocha et reposa son portable sur sa table de nuit. Il se leva et marcha pieds nus jusqu'à la fenêtre de sa chambre, qui donnait sur le jardin. Le visage du petit Greg dansa devant lui.

« Je vais plus vite que la lumière.

La terre est trop petite pour moi.

Un jour, je quitterai la vie et c'est elle qui me suppliera de revenir. »

Une douleur insoutenable s'empara de lui, un chagrin si profond qu'il dût se plier en deux pour supporter la violence de sa houle. Jacob pleura pour la première fois depuis des années. À sa tristesse d'homme mûr se mêlait celle du petit garçon qu'il avait été, et qui venait de perdre son meilleur ami.

Quelques heures plus tard, les télévisions et les radios du monde entier partagèrent en boucle l'information du suicide de Greg Hanson. Jacob parcourut l'un des nombreux articles qui lui étaient consacrés.

Le fondateur de WorldLink, Greg Hanson, qui vient de mettre fin à ses jours, était un scientifique de génie, spécialiste des neurosciences et de la physique quantique. Il avait fait quelques années auparavant une découverte majeure, de celles qui changent le cours de l'Histoire. Ses travaux découlaient directement de ceux du Dr Vassili Leroff, un physicien américain émérite du Département d'anesthésiologie et de psychologie, et de sir David Duncan, physicien mathématique à l'université d'Oxford, qui, en 1996, avaient travaillé sur une théorie quantique de la conscience. Ils affirmaient alors que l'âme humaine était contenue dans les structures intérieures des cellules du cerveau, appelées microtubules. Le cerveau humain était en réalité un ordinateur biologique et que la conscience de l'être humain n'était rien d'autre qu'un programme géré par l'ordinateur quantique se trouvant à l'intérieur même du cerveau. Les deux scientifiques affirmèrent que ce que les humains percevaient comme la conscience était en fait le résultat de la gravité quantique des effets situés dans leurs microtubules. Ils appelèrent ce processus « *Orchestrated Objective Reduction* ». Leur théorie postulait que lorsque les gens entrent dans une phase connue sous le nom de « mort clinique », les microtubules situés dans le cerveau perdaient leur état quantique, mais conservaient l'information qu'ils contenaient. Ce qui signifiait qu'après la mort d'un individu, son âme retournait à l'univers, mais ne mourait pas. Greg Hanson s'intéressa de près, des décennies plus tard, à ces travaux qui n'avaient retenu l'attention d'aucun scientifique de l'époque. Deux éléments le fascinaient. D'une part, la localisation de l'âme dans le corps physique, d'autre part, l'énergie contenue en elle, qui se dissipait dans l'univers après la mort physique du sujet. Il fit des recherches et tomba sur des travaux datant de 2019. Des scientifiques avaient mis au point une puce susceptible d'être implantée dans le cortex, la couche la plus externe du cerveau, afin de stimuler des milliers, voire des millions de neurones. Contenant des dizaines d'électrodes, cette puce était capable de recevoir des informations visuelles et auditives et de les transmettre directement aux zones du cerveau capables de les traiter, les aires auditives et visuelles. Plusieurs années auparavant, d'autres scientifiques avaient réussi à implanter des électrodes pour stimuler certaines zones du cerveau. Appelé « stimulation cérébrale profonde », ce procédé était utilisé à l'époque dans le traitement de la maladie de Parkinson.

Ces éléments permirent à Hanson d'avancer dans ses recherches. Après des mois de tâtonnements, il finit par mettre au point un prototype révolutionnaire : une puce quantique, implantable directement dans les microtubules des cellules du cerveau. Mais il ne s'arrêta pas là, et mit à profit ses connaissances informatiques pour insérer dans sa puce un processeur quantique capable non seulement de télécharger l'âme du patient, de transférer son énergie vitale, mais aussi de télécharger dans son âme des programmes, dans le but de modifier ses états de conscience. Cette découverte majeure changea la vie d'Hanson, certain d'avoir en sa possession la plus grande révolution technologique de tous les temps. Son intuition se révéla exacte, mais à quel prix ?... »

L'article dénonçait ensuite la folie de Greg, et son obsession du pouvoir. Jacob reposa le journal sur la table du salon. La vie lui apparut dans toute son ironie. Greg avait enfin les honneurs de la presse, mais n'était plus là pour le savourer.

37

L'ENTERREMENT DE GREG eut lieu quelques jours plus tard. Jacob était très affecté par le suicide de son ami d'enfance, avec lequel il avant tant partagé, tant rêvé… Durant toute cette période, il bénéficia du soutien de ses amis de longue date, mais aussi de nombreux membres du réseau HeartWave, et de Claire, Émeline, Toby, Sacha et Mateo. Julia, qui venait de rejoindre le réseau, lui offrit un espace d'écoute bienveillante dans lequel il put partager sans retenue les émotions qui le traversaient.

Thalie et Slimane assistèrent aux obsèques, ils ne voulaient pas laisser Jacob seul. Le matin même, ils étaient passés chez Arthur, Kelly venait manifestement d'y passer la nuit. Thalie se réjouissait de savoir son ami à nouveau heureux avec une femme. Pour la première fois, elle songea à Alisha sans être foudroyée par la douleur.

Elle se tenait désormais dans ce cimetière, serrant la main de Slimane. Le cercueil de Greg fut déposé dans le caveau familial. La pluie coulait dans le cou de Jacob, mais il n'y prêtait pas attention. Un indicible chagrin comprimait sa poitrine. Thalie s'avança et le prit par le bras. Une fatigue intense s'empara de lui. Tous ces espoirs et ces luttes, ces affrontements, ces questionnements...

Les documents fournis par Greg avant sa mort avaient été enrichis des preuves rassemblées par Jacob et son réseau, confiées au ministre français de la Santé et à un membre haut placé des services secrets. Les dirigeants de WorldLink avaient été arrêtés, le gouvernement destitué, et à sa suite, les gouvernements des pays qui avaient fait allégeance à la multinationale. Tous auraient à rendre des comptes. Le scandale avait un retentissement mondial. De nombreux pays se retrouvaient désormais sans président ni chef de gouvernement. Peut-être était-ce le moment, pour les citoyens, d'inventer de nouvelles formes de gouvernance. Au cours des dernières semaines, Jacob avait réalisé que plusieurs personnes, dans les sphères du pouvoir, s'étaient elles aussi organisées pour lutter contre la corruption. Certaines d'entre elles s'étaient engagées personnellement, prenant de gros risques pour sauver la démocratie. WorldLink et les gouvernements impliqués étaient-ils à l'origine des attentats, où avaient-ils profité de ces événements pour mettre à exécution leur sombre dessein ? Aucune preuve ne permettait à ce jour de les accuser d'être à l'origine des explosions, mais le débat était ouvert.

Thalie avait eu une longue conversation avec Antoine, l'occasion pour eux de se confier sur ce qu'ils avaient vécu durant ces longs mois. La jeune femme avait réalisé qu'elle s'était méprise sur son rédacteur en chef.

Les menaces qui pesaient sur lui avaient été si violentes, qu'il avait été contraint de plier, pour protéger sa vie et celle de ses équipes. Heureusement, *FreeMedia* était à nouveau un journal libre et indépendant.

Les choses allaient mieux en apparence, mais Jacob savait que le mal était bien plus profond. Il concernait le cœur des hommes. Seule une prise de conscience permettrait un réel basculement, mais quand aurait-elle lieu ? Les projets imaginés par Greg venaient certes d'être stoppés, mais continueraient à être soutenus et portés par ceux qui avaient intérêt à semer la division et le chaos. Jacob avait dépassé depuis longtemps cette vision manichéenne de la société, opposant les bons d'un côté aux méchants de l'autre. Chacun se débattait avec ses rêves, ses pulsions, ses contradictions... Le déferlement de haine qui s'était abattu avait profondément divisé les citoyens. Depuis que les agissements de la multinationale avaient été révélés au grand jour, la stupeur initiale avait fait place à la colère. De nombreux citoyens descendaient chaque jour dans la rue pour réclamer justice. Thalie voyait avec émotion la jeunesse recommencer à se mobiliser et manifester à nouveau pour que la crise climatique soit enfin traitée comme une urgence. Les réseaux qu'elle avait créés et entretenus avec Alisha se réactivaient. Leur promesse d'enfance face au Gange pollué demeurait plus que jamais d'actualité.

La confiance dans les institutions était rompue et nécessiterait un long travail pour être restaurée. Chacun devait, plus que jamais auparavant, prendre ses responsabilités et se positionner. Car au fond, quelle valeur accorde-t-on réellement à la vie humaine et au vivant ? Jacob, Thalie, Slimane, Arthur, Kelly, Julia, Toby, Claire, Émeline, Mateo, Sacha, Antoine, Rose, Esteban et les autres... Tant de citoyens rêvaient d'un monde meilleur et ignoraient encore l'incroyable pouvoir qu'ils avaient entre leurs mains.

Jacob marchait, entouré par Thalie et Slimane. La pluie cessa, un pâle rayon de soleil apparut. Tous trois levèrent les yeux vers le ciel, unis dans une prière silencieuse. Le combat pour que leurs rêves deviennent réalité ne faisait que commencer.

ÉPILOGUE

Regardez-vous dans un miroir et réfléchissez bien :

Selon vous, certains citoyens sont-ils plus importants que d'autres ?

Sur ce marché mondial, combien valez-vous ?

Êtes-vous utiles ou inutiles ?

Seriez-vous prêts à acheter l'énergie vitale de quelqu'un ?

Et si la vôtre était à vendre, à quel prix serait-elle estimée ?

NOTE DE L'AUTRICE

De nombreuses personnes s'engagent quotidiennement pour un monde meilleur, pour la plupart dans l'anonymat le plus total. Même si nous n'entendons pas parler d'elles, elles mènent des actions essentielles. Ce livre leur rend hommage.

Le réseau HearthWave, créé par Jacob, est inspiré de l'institut HeartMath, créé en 1991, composé de nombreux scientifiques de plusieurs nationalités : médecins, biologistes, ingénieurs, psychologues, physiciens, etc. Tout comme Jacob l'explique à Thalie, ils travaillent sur l'aspect guérisseur du cœur, pour aider à créer un changement global de conscience. Vous trouverez sur leur site https://www.heartmath.org de nombreuses informations ainsi que des vidéos.

Chacun de nous peut, à son niveau, contribuer à renforcer les liens qui nous unissent en créant un monde plus proche du cœur. Il n'y a pas que les grands projets qui font bouger les lignes. Il suffit parfois d'un sourire, d'un regard, pour nourrir et réparer ces liens.

Pour ma part, je me suis battue pendant plus de vingt ans, avec le réalisateur Frédéric Koskas, pour mettre en place un projet de loto humanitaire qui m'a permis de côtoyer beaucoup de personnes d'horizons très différents, personnages publics (de George Soros à Michael Douglas en passant par Nicolas Sarkozy et Christine Lagarde) et nombreux anonymes impliqués dans des associations. Nous avons réussi à donner naissance, après vingt ans de combat, au premier jeu de grattage humanitaire commercialisé par la Française des jeux en 2016 : « Solidaires pour un Monde Meilleur. » Ce jeu, pour lequel nous avons obtenu de haute lutte tous les accords politiques au plus haut niveau, a été un grand succès et s'est vendu à 22 millions d'exemplaires. 2,6 millions d'euros, correspondant à 4 % des mises, ont été reversés à WWF pour soutenir neuf projets en faveur de l'environnement et de la protection des espèces. Notre travail acharné a permis d'ouvrir une brèche en créant un cadre légal pour que de tels jeux solidaires voient le jour, c'est le cas du Loto du Patrimoine. Ce fut un long chemin, j'en suis fière. Ce que j'ai perdu en illusion, je l'ai gagné en expérience. Thalie m'a permis d'exprimer de nombreuses émotions et ressentis vécus tout au long de ce projet humanitaire.

Aujourd'hui, je continue à vivre mes rêves. L'écriture et mon travail de thérapeute en font partie. À la base de tout projet et de toute grande réalisation, il y a d'abord et avant tout des femmes et des hommes qui ne font que rêver.

Je ne peux que vous encourager à faire de même !

REMERCIEMENTS

Je remercie mon éditrice Danaé Tourrand-Viciana pour sa confiance et son énergie positive, merci d'être toujours là quand j'en ai besoin !

Merci à Caroline Obringer, ton soutien m'est précieux. Merci à Alice Bercker, c'est toujours un plaisir de travailler avec toi !

Merci à Laure Paradis, Valentine Baud, Stefania Zuin, Émeline Loysier et à toutes les équipes de Charleston pour leur bonne énergie.

Un très grand merci à Anne-Charlotte Sangam qui m'accompagne avec toute sa finesse et son attention pour la seconde fois sur ce roman. C'est une joie stimulante d'échanger avec toi !

Merci à mon attaché de presse Gilles Paris.

Merci aux lectrices et lecteurs qui ont réservé un très bel accueil à mon précédent roman, *Le Parfum de l'exil*, vos coups de cœur et vos nombreux messages ont été un véritable rayon de soleil !

Un immense merci à mon amie Delphine Gorges, ta présence durant tous ces mois m'a beaucoup aidée.

Merci aussi à ton fils Gabriel Padis pour son cours de sécurité informatique.

Merci à Élisabeth et Dominique Khayat pour leur soutien constant.

Merci à Frédéric Koskas, le plus rêveur d'entre nous, qui continue à y croire, quoi qu'il arrive, et qui a été à mes côtés durant toute l'aventure du jeu solidaire.

Merci à Mary Avot, qui m'a accueillie dans sa fabuleuse maison d'hôtes La Goélette à Wimereux, sur les terres de mon enfance, où une partie de ce livre a été écrit. Tu sais combien j'aime cet endroit magique !

Merci à mes patients pour leur courage et leurs rêves d'une vie meilleure.

Un merci très spécial à Hervé Cappe, grand voyageur. Ton indéfectible soutien et nos échanges sur la science quantique, la sécurité informatique, l'hypnose, la méditation, les NDE, l'idéalisme, l'écologie et tant d'autres sujets ont nourri mon écriture. Merci aussi pour tous tes partages sur l'Inde et Bénarès, que tu aimes tant, et qui ont nourri mon imaginaire.

Et merci à tous ceux qui continuent à y croire, où qu'ils soient, d'où qu'ils viennent, quoi qu'ils vivent et qui, par leurs rêves, leur énergie et leur amour, contribuent à tenir le monde ensemble.

RÉFÉRENCES

1. https://reporterre.net/Les-jeunes-sont-terrifies-par-la-crise-climatique-Et-l-inaction-des-gouvernants

2. https://www.francesoir.fr/politique-monde/la-chine-etend-son-credit-social-linternational

3. https://www.youtube.com/watch?v=4MNHsNn19ug

4. https://www.konbini.com/fr/culture/greffe-et-transfert-de-personnalite-possible/

Certifié PEFC

Ce produit est issu de forêts gérées durablement et de sources contrôlées.

PEFC™
10-31-3068

pefc-france.org

Cet ouvrage est composé de matériaux issus de forêts gérées durablement certifiées PEFC™. Le Programme de reconnaissance des certifications forestières (PEFC™) est le plus grand organisme mondial indépendant de contrôle pour une gestion durable des forêts. Pour en savoir plus, consultez le site www.pefc-france.org

Achevé d'imprimer en février 2022
par CPI Bussière
À Saint-Amand-Montrond (18)
Dépôt légal : mars 2022
N° d'impression : 2062359

Imprimé en France